इंतज़ार हुसैन

इंतज़ार हुसैन का जन्म 7 दिसम्बर, 1923 को डिबाई, बुलंदशहर, उत्तर प्रदेश में हुआ था। 1947 में पाकिस्तान गए और लाहौर में बसेरा। प्रारम्भिक और धार्मिक शिक्षा घर पर हुई। हापुड़ से हाईस्कूल किया और 1946 में मेरठ कॉलेज से उर्दू में एम.ए.। पहली कहानी *क़य्यूमा की दुकान* अप्रैल 1948 में लिखी जो दिसम्बर 1948 में *अदबे-लतीफ़* में प्रकाशित हुई।

उनकी प्रमुख कृतियाँ हैं— *चाँद गहन, बस्ती, आगे समन्दर है, तज़्किरा* (नया घर) (उपन्यास); *दिन और दास्तान* (लघु उपन्यास); *जनम कहानियाँ : खंड 1, क़िस्सा कहानियाँ : खंड 2, गली-कूचे, कंकरी, आख़िरी आदमी, शहरे-अफ़सोस, कछुए, ख़ेमे से दूर, ख़ाली पिंजरा, शहज़ाद के नाम, एन अनरिटेन एपिक एंड अदर स्टोरीज़* (अंग्रेज़ी में अनुवाद) (कहानी-संग्रह); *अलामतों का ज़वाल* (आलोचना); *ज़मीन और फ़लक, नए शहर, पुरानी बस्तियाँ* (यात्रा-कथा); *चराग़ों का धुआँ, दिल्ली जो एक शहर था* (संस्मरण); *अजमले-आज़म* (जीवनी); *ज़र्रे* (स्तम्भ); *घास के मैदानों में : चेख़व, नई पौद : तुर्गनेव, सुर्ख़ तमग़ा : स्टीफ़न क्रेन, नाव, हमारी बस्ती : थार्नटन वाइल्डर, फ़लसफ़ा की नई तश्कील : जॉन डेवी, माऊज़े तुंग : स्टेवर्ट श्रेम* (अनुवाद); *इंशा की दो कहानियाँ, हज़ार दास्तान : रतननाथ सरशार* (सम्पादन)।

दैनिक *इमरोज़, आफ़ाक़, नवाए-वक़्त* और *मशरिक़* से सम्बद्ध रहे। अंग्रेज़ी दैनिक *डॉन* (कराची) में स्तम्भ-लेखन किया। साहित्यिक पत्रिका *अदबे-लतीफ़* के सम्पादक रहे।

उन्हें *बस्ती* के लिए पाकिस्तान के सबसे बड़े पुरस्कार *आदमजी अवार्ड* से सम्मानित किया गया। बाद में उन्होंने इस पुरस्कार को वापस कर दिया।

2 फरवरी, 2016 को उनका निधन हुआ।

कछुए

इंतज़ार हुसैन

लिप्यंतरण

चेतनक्रांति

राधाकृष्ण पेपरबैक्स

पहला पुस्तकालय संस्करण
राधाकृष्ण प्रकाशन प्राइवेट लिमिटेड द्वारा
2000 में प्रकाशित

राधाकृष्ण पेपरबैक्स में
पहला संस्करण : 2008
दूसरा संस्करण : 2024

राधाकृष्ण पेपरबैक्स : उत्कृष्ट साहित्य के जनसुलभ संस्करण

राधाकृष्ण प्रकाशन प्राइवेट लिमिटेड
जी-17, जगतपुरी, दिल्ली-110 051
द्वारा प्रकाशित

शाखाएँ : अशोक राजपथ, साइंस कॉलेज के सामने, पटना-800 006
पहली मंजिल, दरबारी बिल्डिंग, महात्मा गांधी मार्ग, प्रयागराज-211 001
1, अनमोल सोराबजी संतुक लेन, धोबी तलाव, मरीन लाइंस, मुम्बई-400 002
वेबसाइट : www.radhakrishnaprakashan.com
ई-मेल : info@radhakrishnaprakashan.com

विकास कंप्यूटर एंड प्रिंटर्स
ट्रॉनिका सिटी-201 102
द्वारा मुद्रित

मूल्य : ₹ 199

KACHHUE
(Short Stories) by Intezar Hussain

ISBN : 978-81-8361-185-5

क्रम

क़दामतपसंद लड़की

वह चुस्त क़मीज़ पहनती थी और अपने आपको क़दामतपसंद[1] बताती थी। क्रिकेट खेलते-खेलते अज़ान की आवाज़ कान में पहुँच जाती तो दौड़ते-दौड़ते रुक जाती, सिर पर आँचल डाल लेती और उस वक़्त तक बाउलिंग नहीं करती जब तक अज़ान ख़त्म न हो जाती।

ये उस लड़की का ज़िक्र है जो महात्मा बुद्ध की पैरो[2] थी और तीसों रोज़े रखती थी। पिक्चर का प्रोग्राम हो या क्रिकेट का मैच, रोज़ा उसका कभी कज़ा[3] नहीं हुआ। गोले की आवाज़ पर वह पर्स से इलायची निकालती, रोज़ा अफ़्तारती[4] और फिर मसरूफ़ हो जाती, और इंटरकालेजिएट तक़रीरी मुक़ाबले[5] में एक मर्तबा वह सिर्फ़ इस वजह से हार गई थी कि जब उसकी बारी आई तो मग़रिब की नमाज़[6] का वक़्त हो चुका था। और, वह नमाज़ कज़ा नहीं कर सकती थी।

मगर वह फ़िरकापरस्त नहीं थी। वह महात्मा बुद्ध की पैरो थी और इनसानदोस्ती उसका मसलक[7] था; यह अलग बात है कि उसने मोहसिन को जो स्वेटर अपने हाथ से बुन कर दिया था, उसका मतलब मोहसिन ने इनसानदोस्ती के सिवा कुछ जाना। यह स्वेटर पहनकर उसने जज़्बे की गरमी महसूस की और एक क़दम आगे बढ़ा दिया। मगर उसे फ़ौरन पीछे हटना पड़ा। मोहसिन ने मआज़रत[8] की और साजिदा नियाज़ ने जवाब दिया :

"मैं महात्मा बुद्ध की पैरो हूँ और माफ़ कर दिया करती हूँ।"

इस जवाब से मोहसिन को बहुत ढारस हुई। वह खुद भी तलवार से इस्लाम फैलाने का क़ायल नहीं था। उसने अमनो-आस्ती[9] की फ़िज़ा में अपने जज़्बे की ख़ामोश तब्लीग़[10] का तसव्वुर किया और मुत्मइन[11] हो गया। जज़्बे की ख़ामोश पुरअम्न तब्लीग़ से उसने चंद दिनों में ज़मीन को हमवार पाया और तजवीज़ पेश की कि, "चलो, पिक्चर देखें।"

उसने इसे ग़ौर से देखा और संजीदगी से बोली, "देखिए, मैं बहुत क़दामतपसंद हूँ।"

मोहसिन को एक दफ़ा फिर मआज़रत करनी पड़ी और चूँकि वह महात्मा बुद्ध की

---

1. पुरातनपंथी 2. अनुयायी 3. छूट, नाग़ा 4. तोड़ती, खोलती 5. वाद-विवाद प्रतियोगिता 6. शाम की नमाज़ 7. सरोकार 8. खेद व्यक्त करना 9. शांति व मित्रता 10. प्रचार 11. संतुष्ट

पैरो थी, उसने इसे माफ़ कर दिया।

चंद दिनों में इसने खोया हुआ ऐतिमाद[1] फिर पा लिया और एक रोज़ जब वो मिले तो मौसम बहुत .खुशगवार था। इसने मौसम को इशारा-ए-ग़ैबी[2] जाना और तजवीज़ पेश की कि, ''दरिया पर चलें !''

वह फिर संजीदा हो गई और बोली, ''देखिए, मैं बहुत क़दामतपसंद हूँ और मर्दों के साथ बोटिंग नहीं किया करती।''

मोहसिन ने जब यह मुक़दमा अशरफ़ के सामने पेश किया तो वह बहुत हँसा,

''लड़की और क़दामतपसंद ?''

''हाँ यार, वो बहुत क़दामतपसंद है।''

अशरफ़ हँसते-हँसते रुका और संजीदगी से बोला, ''अहमक़, लड़की कभी क़दामतपसंद नहीं होती।''

''क्या मतलब ?''

''मतलब ये है कि लड़की तवारीख़[3] में कभी क़दामतपसंद नहीं हुई। क़दामतपसंद सिर्फ़ दो चीज़ें होती हैं—बूढ़ी औरत और नौख़ेज़[4] लड़का। तीसरी कोई मख़्लूक़[5] क़दामतपसंद नहीं होती।''

मोहसिन ने अशरफ़ के नुक़्तः-ए-नज़र से इत्तेफ़ाक़ नहीं किया। अशरफ़ का इन मुआमलात में नुक़्तः-ए-नज़र इतना मुख़्तलिफ़ था कि मोहसिन को उससे कभी इत्तेफ़ाक़ नहीं हो सका। अशरफ़ रोमांटिक होने के सख़्त ख़िलाफ़ था। यहाँ तक कि जब अतिया ने नींद की गोलियाँ खाकर .खुदकुशी का तहैया[6] किया, उस वक़्त भी वह रोमांटिक नहीं हुआ। और, अतिया ने आँखों में आँसू भरकर कहा, ''मैंने तो नींद की गोलियाँ खाईं और बच गई, मगर तुम एक दिन शाही मस्जिद के मीनार से कूदकर .खुदकुशी करोगे।''

अशरफ़ ने निहायत सादगी से जवाब दिया, ''नहीं, मैं शाही मस्जिद के मीनार पर चढ़ा हूँ। .खुदकुशी के लिए वह निहायत नामुनासिब मुक़ाम है।''

मगर ऐसा भी नहीं कि अशरफ़ को .खुदकुशी का ख़याल कभी आया ही न हो। अतिया की खातिर .खुदकुशी करने के लिए वह सचमुच तैयार हो गया था। कई दिन वह इस ख़याल से बावला बना फिरता रहा। मगर वह बे-सोचे-समझे क़दम उठाने का क़ायल नहीं था। उसने मुतानत[7] से अपने इस जज़्बे पर ग़ौर किया और फिर उसका ज़िक्र सैयद हसन से किया। सैयद निहायत सिक़ह[8] और समझदार आदमी थे और आज़ादी-ए-इज़हार के सख़्त हामी। उन्हें यह बात मालूम थी कि .खुदकुशी भी इज़हारे-ज़ात की एक सूरत है। बस उन्होंने इसमें बराहे-रास्त[9] मुख़िल[10] होना अपने उसूल के ख़िलाफ़ जाना, अलबत्ता इतना कहा, ''डॉक्टर असग़र से मशविरा किया ?''

''नहीं।''

''क्यों ?''

---

1. विश्वास 2. ईश्वरीय संकेत 3. इतिहास 4. किशोर 5. प्राणी 6. निश्चय 7. समझदारी 8. विश्वस्त 9. बाक़ायदा 10. संलग्न

ये बात अशरफ़ के दिल को बहुत लगी। वो फ़ौरन डॉक्टर असग़र के पास गया। जब वह वहाँ से वापस आया, उसका इरादा बदल चुका था—"बात ये है," उसने निहायत मतानत से कहा, "मैंने अपनी उलझन को समझ लिया है। मैं असल में इडीपस काम्पलेक्स का शिकार हूँ। मेरी वालिदा मरहूम का रंग साँवला था और अतिया की रंगत भी साँवली है।"

यूँ इसके बाद भी अशरफ़ साँवली लड़कियों के पीछे दीवाना होता रहा। मगर इस नफ़्सियाती बसीरत[1] के साथ कि वह इडीपस काम्पलेक्स का शिकार है और इसलिए ख़ुदकुशी के ख़याल ने उसे फिर कभी नहीं घेरा।

सैयद हसन किसी काम्पलेक्स के शिकार नहीं थे। उनमें सक़ाफ़त[2] और दानिश्वरी[3] इस दरजा फ़रावाँ[4] थी कि वह किसी काम्पलेक्स में मुब्तिला हो ही नहीं सकते थे। अलबत्ता वो लंदन के नोस्टेल्जिया में मुब्तिला थे। शाम को वो रोज़ ब्रिटिश काउंसिल महज़ इस वजह से जाते थे कि वो गोशा[5] उन्हें लंदन का गोशा लगता था। लाहौर से बेज़ार थे, कहते थे कि, "यहाँ आकर दुनिया से कट गया हूँ। लंदन के अख़बार यहाँ हफ़्ता-भर बाद पहुँचते हैं।"

जब वो लीडर्ज़ प्रोग्राम में अमरीका गए थे तो वहाँ से सिर्फ़ एक रेफ्रीज़रेटर और एक बुद्ध की मूर्ति लाए थे। कार उन्होंने बहुत बार में ख़रीदी थी और फिर कार होने के बावजूद वह हफ़्ते में एक दिन बस में सफ़र ज़रूर करते ताकि अवाम से उनका राबिता[6] क़ायम रहे और वो तबक़ाती अलहद-पसंदी[7] का शिकार नहीं हो जाएँ। वो खद्दर का कुर्ता पहनते थे और शहर के फाइव स्टार होटल में बैठते थे और अपने अंग्रेज़ी फूलों की क्यारी में उन्होंने मोतिया की क़लम भी लगाई थी ताकि देसी कल्चर फ़रामोश[8] न हो जाए। सादिक़ा जैनुल-आबिदीन ने इन फूलों के बारे में यह सवाल उठाया कि इनमें महक तो है ही नहीं। मगर जब सैयद हसन ने उसे ये समझाया कि, "खुशबू और महक का मुतालबा[9] ख़ाम जमालियाती मज़ाक़[10] का मुतालबा है," तो वह अपने ऐतराज़ पर खुद ही शर्मिंदा हो गई। फिर उसने खुशबूदार देसी फूलों को भूलकर सैयद हसन के अंग्रेज़ी फूलों को इस तरह पसंद करना शुरू किया जैसे नए-नए तहज़ीबयाफ़्ता[11] हल्के-फुल्के गानों से तर्क़े-तआल्लुक़[12] करके क्लासिकी मौसिक़ी[13] से इश्क़ करते हैं।

सादिक़ा जैनुल-आबिदीन ने आद्रे हेबर्न की तर्ज पर अपनी जुल्फ़ें तरशवाई थीं। आशूरा[14] के दिन वो इन जुल्फ़ों में कंघी नहीं करती थी और काला लिबास पहनती थी। काले लिबास पर दोस्तों ने उँगलियाँ उठाईं तो सैयद हसन रक़ीक़ुलक़ल्ब[15] हो गए और बोले, "मुहर्रम में काली क़मीज़ पहनना मज़हब नहीं है, कल्चर है।"

इस पर सब चुप हो गए क्योंकि कल्चर के तो सब ही क़ायल थे। और, जब सैयद

---

1. मनोवैज्ञानिक धारणा 2. संस्कृति 3. विद्वत्ता 4. सक्रिय 5. कोना 6. संबंध 7. अलगाववाद 8. विस्मृत 9. माँग 10. अपरिपक्व सौंदर्यबोध 11. सभ्य 12. संबंध-विच्छेद 13. संगीत। 14. मुहर्रम की दसवीं तारीख़ 15. भावुक

हसन ने अपने घर मजलिस मुनक़्क़द[1] की तो उसमें सब शरीक हुए। सादिक़ा जैनुल-आबिदीन ने इस रोज़ न बालों में तेल डाला था, न कंघी की थी। मलगज़ी स्याह क़मीज़ के पहलू वाले टच-बटन सब खुले हुए थे। सैयद हसन का दिल इस दिन यूँ भी गुदाज़[2] हो जाता था। यह देखकर वह और भी बेचैन रहे। और, उसने सैयद हसन के घर पहुँचकर महात्मा बुद्ध की मूर्ति पर अपना रूमाल डाल दिया और दीवार में आवेज़ाँ[3] न्यूड को उल्टा कर दिया। फिर उसने नज्मुल हसन की बनाई हुई तजरीदी[4] तसवीर जुलजिनाह[5] को कारनिस पर सजाया और बड़ी अक़ीदत[6] के साथ अगरबत्तियाँ सुलगाईं। सैयद हसन ने अपनी अंग्रेज़ी फूलों की क्यारी से फूल लाकर हार गूँधा और नज्मुल हसन की पेंटिंग पर डाल दिया। फिर सादिक़ा जैनुल-आबिदीन का बाजू बनकर सोज़[7] पढ़ा। सैयद हसन सोज़ पढ़कर हटे और बोले, "जुलजिनाह और अलम[8] सलीब से बड़े सिंबल हैं। पता नहीं हमारे पेंटर इनसे क्यों मुतआस्सिर नहीं हुए ?" अशरफ़ ने जो पिछले एक साल से मुस्तक़िल मुसलमानों के मिथ का मुतलाशी[9] था, यह सुना और मुतआस्सिर हुआ और क़मीज़ उतारकर मातम किया। उसने ऐलान किया था कि अगले बरस वह भी काली क़मीज़ पहनेगा। मगर चूँकि चंद ही माह बाद मार्कीट में एक नई किताब आ गई और अशरफ़ को जुंग से चंद दर चंद इख़्तिलाफ़ात हो गए, इसलिए ये इरादा पूरा न हो सका। मगर मोहसिन के तरीक़े में एक एतिदाल[10] था। ख़ुदा के वजूद से इनकार तो उसने मैट्रिक में फर्स्ट डिवीज़न लेते ही कर दिया था और अब तो ख़ैर वो एम. ए. था, मगर इस्लाम का वो एक सोशल मूवमेंट के तौर पर हमेशा क़ायल रहा। समाजी इस्लाहात[11] के इस प्रोग्राम को समाज के दुश्मनों से बचाने के लिए इमाम हुसैन ने जो क़ुरबानी दी, उसे वो मानता था। अलबत्ता मुहर्रम में वह रिफ़ॉर्म का तालिब[12] था, ताहम[13] सैयद हसन के घर की मजलिस में बैठने और रो लेने में उसे मुज़ायक़ा[14] नज़र नहीं आया।

साजिदा नियाज़ को मोहसिन के गिरयः[15] पर कोई ऐतराज़ नहीं हुआ। उसने बेतआल्लुक़ी[16] के अंदाज़ में कहा, "कोई राफ़्जी हो या मिरज़ाई[17], इससे क्या फ़र्क़ पड़ता है। मैं तो महात्मा बुद्ध की पैरो हूँ।"

ये संजीदा क़िस्म की बेतआल्लुक़ी उसका मख़्सूस[18] वस्फ़[19] थी और नाज़ुक से नाज़ुक मौक़े पर बरक़रार रहती थी। जब उसने 'लेडी चैटरली'ज़ लवर' का सालिम[20] एडीशन ख़त्म किया और क़िरदारों के रवैए पर मोहसिन से तबादला-ए-ख़याल शुरू किया तो मोहसिन को एक मर्तबा फिर ज़मीन हमवार नज़र आई और उसने बहस की गर्मा-गर्मी में उसका हाथ थाम लिया। साजिदा नियाज़ बोलते-बोलते रुकी, मुकम्मल बेतआल्लुक़ी से अपने हाथ को मोहसिन के हाथों में देखा और संजीदगी से बोली, "आपको यह मालूम है कि मैं एक क़दामतपसंद लड़की हूँ ?" इस पर मोहसिन के हाथों की गिरफ़्त

---

1. आयोजित 2. हरा-भरा 3. लगाए हुए 4. नग्न 5. इमाम हुसैन का घोड़ा 6. श्रद्धा 7. मुहर्रम में पढ़ी जानेवाली नज़्म 8. झण्डा 9. खोज करनेवाला 10. संतुलन 11. सुधार 12. इच्छुक 13. तो भी 14. आपत्ति 15. रुदन 16. निस्संगता 17. मुसलमानों के सम्प्रदाय 18. खास 19. गुण 20. संपूर्ण

आप ही आप ढीली पड़ गई और साजिदा नियाज़ ने निहायत मुतानत से अपना हाथ खींच लिया।

साजिदा नियाज़ मोहसिन ही को नहीं, अपनी बहन ज़ाहिदा को भी ग़ैरसंजीदा जानती थी और ज़ाहिदा वाक़ई ग़ैरसंजीदा थी। उसके कमरे में बग़ैर दस्तक दिए घुस आती और अगर वह सोती होती तो लिहाफ़ उठाकर अलग फेंक देती। इसी लड़ंगेपन में वह आला तालीम से महरूम रह गई थी। घर के कमरों से लेकर अक़्ब के बाग़ीचे तक कुलाँचें लगाती फिरती थी। जब अफ़ू गर्मियों की छुट्टियाँ ख़ाला के घर गुज़ारने आया तो साजिदा नियाज़ ने तो उसे मुतलक़[1] मुँह नहीं लगाया। मुँह क्या लगाती, फर्स्ट ईयर का तो वह तालिबे-इल्म था। मगर ज़ाहिदा एक दिन के अंदर-अंदर उससे घुल-मिल गई। ख़ैर, पहला दिन तो कच्ची अम्मियाँ तोड़ने ही में गुज़र गया और दोनों इसमें ऐसे ग़र्क हुए कि उन्हें एक-दूसरे के वजूद का अहसास तक नहीं हुआ। दूसरे दिन जब उन्हें एक दूसरे के वजूद का अहसास हुआ तो वह भी अजीब तरह से। न उन्होंने रोमांटिक बातें की थीं, न एक-दूसरे का हाथ थामा था, न आइडियलिज़्म बघारी थी। हुआ यूँ कि जब वो अम्मियाँ तोड़कर दरख़्त से ज़ाहिदा का सहारा लेकर उतर रहा था तो उसकी साँस तेज़ और गर्म हो गई। और गर्मी उस वक़्त बहुत थी। उस तपती दोपहरी में दरख़्तों के दरमियान घूमते-घूमते उनके जिस्म भीगने लगे थे। ज़ाहिदा के गोरे गाल गर्म होकर सुर्ख़ हो गए थे और क़मीज़ पसीने से भीगकर बेबनियाइन वाली भरी पुश्त पर चिपकने लगी थी और उसके शानों के सहारे दरख़्त से नीचे उतरते-उतरते अफ़ू की साँस तेज़ हो गई और बाँहें उस भीगी कमर के गिर्द लिपटतीं चली गईं और जैसे गर्म दोपहरी में दाना चुगते-चुगते एकाएकी मुर्ग़ा फूलने लगता है और मुर्गी बैठने लगती है और फिर दोनों गुत्थम-गुत्था हो जाते हैं, बस इसी तरह खड़ी दोपहरी में एक अँधेरे ने उन्हें आनन-फ़ानन आ लिया।

जब अँधेरा छँट गया तो उन्होंने अपने आपको बहुत हल्का और बहुत पाक़ीज़ा[2] महसूस किया। बस उन्हें यूँ लगा कि कच्ची अम्मियाँ खाते-खाते उन्होंने कोई मीठा, रस भरा आम चूस लिया है।

मगर साजिदा नियाज़ को आम और अमियों से नफ़ूर[3] था। रेफ्रीज़रेटर में लगे हुए सरदे को निकाल कर चीनी की सफ़ेद प्लेट में बड़े सलीक़े से उसकी दो फाँकें तराशती, फाँकों को क़तला-क़तला करती और एक मुतानतआमेज़ बेतआल्लुक़ी से उन्हें काँटे से तनाउल[4] करती। मज़हबी अक़ीदे से लेकर सरदे की क़ाश[5] तक उसने ये मुतानतआमेज़ बेतआल्लुक़ी बरक़रार रखी थी। मगर मोहसिन और उसके दरमियान फिर भी लड़ाई होकर रही। हुआ यूँ कि एल्विस प्रीस्ले का मस्ला दरमियान में आ गया। मोहसिन उसे दीगर कहता था। बात बढ़ गई और साजिदा नियाज़ ने ऐलान किया कि, ''मेरे और आपके दरमियान नज़रियाती इख़्तिलाफ़[6] पैदा हो चुका है।''

---

1. क़तई 2. पवित्र 3. नफ़रत 4. खाना 5. फाँक 6. वैचारिक मतभेद

मोहसिन ने जब ये तश्वीशनाक़[1] इत्तिला अशरफ़ को दी तो उसने उसे झटक दिया, "फ़िज़ूल बातें मत करो। औरत और मर्द के दरमियान नज़रियात का इख़्तिलाफ़ कभी पैदा नहीं होता।"

"मगर वो हो गया है।"

"हो गया है तो या तुम मर्द नहीं हो या वो औरत नहीं।"

अशरफ़ का नज़रिया ये था कि नज़रियात आदमी की हिमाक़त हैं। औरत के नज़रियात नहीं होते, अहसासात[2] होते हैं। मगर साजिदा नियाज़ को यह अहसास था कि वो नज़रियात रखती है। उसके इस अहसास ने मोहसिन के लिए जुदाई की अज़ीयत[3] का सामान किया। महरूमी के आलम में मोहसिन ने क्या कुछ नहीं सोचा—कि वो ख़ुदकुशी कर ले, वो कपड़े फाड़कर जंगल में निकल जाए और साधु बन जाए।

सैयद हसन ने इनमें से किसी तजवीज़ पर साद[4] नहीं किया। उनका ख़याल था कि ये सब इज़्हारे-ज़ात के रिवायती साँचे हैं। "और इश्क़," उन्होंने अपने दानिश्वराना लहजे में कहा, "कोई तख़रीबी[5] ताक़त नहीं है।"

"और जो आशिक़ सहराओं में नहीं गए और तेशे से सिर फाड़कर मर गए, उनके मुतआल्लिक़ क्या इरशाद है ?" मोहसिन ने जलकर सवाल किया।

"वह इश्क़ नहीं था, मरीज़ाना दाख़्लीयतपसंदी[6] थी।" सैयद हसन ने वुसूक़[7] से कहा।

मोहसिन, कि अक़ीदतपसंद था, इस इस्तेदलाल[8] का क़ायल हो गया। उसने जीने का हौसला पैदा किया और साजिदा नियाज़ को टेलीफ़ोन कर डाला। साजिदा नियाज़ उस दिन रोज़े से थी। सहरी[9] खाने के फ़ौरन बाद वह सितार लेकर बैठ गई थी। जब अज़ान हुई तो उसने वज़ू करके फ़रीज़ा-ए-सहरी[10] अदा किया। फिर तिलावत[11] करने बैठ गई। सुबह हुए पर उसने क़ुरआन जुज़्दान[12] में बंद किया, रेडियो ऑन किया और जालंधर से भजन सुनने लगी। इतने में मोहसिन का टेलीफ़ोन आया। उसने निहायत बेतआल्लुक़ी से मोहसिन की बात सुनी और बड़ी शाइस्तगी से जवाब दिया—

"मोहसिन साहब, माफ़ कीजिए, मेरे और आपके दरमियान नज़रियात का फ़र्क़ है। मैं अपने आपको आपसे बहुत दूर महसूस करती हूँ। इसलिए आने से माज़ूर[13] हूँगी। शुक्रिया।" और वो टेलीफ़ोन बंद करके जब बरामदे में आई तो सामने बाग़ में ज़ाहिदा दुपट्टे से बेनियाज़ सलवार के पाँयचे चढ़ाए अमरूद के पेड़ पर चढ़ रही थी। अफ़्रू ने उसकी दोनों टाँगें पकड़ी हुई थीं और उसे ऊपर चढ़ने में सहारा दे रहा था। ज़ाहिदा ने एक कच्चा अमरूद तोड़कर आधा खाया और आधा पलटकर अफ़्रू के सिर पर खींच मारा। अफ़्रू ने कचकचाकर उसकी नंगी पिंडली में काट लिया। रोज़ेदार साजिदा नियाज़ को इस बेहूदगी पर सख़्त ग़ुस्सा आया। वह वापस अपने कमरे में चली गई। कुछ देर

---

1. अफ़सोसनाक़ 2. भावनाएँ 3. कष्ट 4. सही 5. विनाशकारी 6. विकृत हस्तक्षेप की प्रवृत्ति 7. दृढ़ता 8. तर्क 9. रोज़े में सुबह का खाना 10. सुबह की नमाज़ 11. क़ुरान का पाठ 12. किताब रखने का बस्ता 13. असमर्थ

बेइत्मीनान-सी बैठी रही। समझ में न आया कि रोज़े का लंबा दिन कैसे काटा जाए। आख़िर उसने फिर सितार उठाया और रोज़े के वक़्त तक मश्क[1] जारी रखने की ठानी।

मोहसिन ने जीने का हौसला उस टेलीफ़ोन के बाद भी नहीं हारा। उसने अब अपने इश्क़ को एक तरबीयती[2] कोर्स तसव्वुर कर लिया था और अपने हिज्र[3] को एक तख़्लीक़ी[4] तज्रिबा[5] समझकर मुत्मइन था। मगर बार-बार उस पर दौरा-सा पड़ता। साजिदा उसे बेतरह याद आती और फिर उसे यूँ लगता कि उसका इश्क़ तामीरी ताक़त[6] बनने की बजाय मायल-ब-तख़रीब[7] है और वह बीमार क़िस्म की दाख़्लीयतपसंदी का शिकार हो रहा है।

अशरफ़ ने उसकी आँखों में आँखें डालीं और सीधा सवाल किया—

"तुमने उसे..."

मगर मोहसिन इस सवाल पर इतना सिटपिटाया कि अशरफ़ का फ़िक़रा पूरा नहीं होने दिया और जवाब दिया—

"नहीं, नहीं।"

"क्यों ?"

"बस, नहीं।"

"अहमक़," अशरफ़ ने तहक़ीरआमेज़[8] लहजे में कहा, "वो महात्मा बुद्ध की पैरो है, माफ़ कर देती। महात्मा बुद्ध के पैरो होने का मतलब इसके सिवा कुछ नहीं होता।"

मोहसिन ने दुख-भरी नज़रों से उसे देखा और चुप रहा। फिर वह सोच में डूब गया। फिर उसने ठंडी साँस भरी और बोला, "ख़ैर, अब तो वो गई।"

"गई ? कौन गई ? तू निरा गावदी है। दो चीज़ें आकर नहीं जाया करतीं : बुढ़ापा और औरत।"

"क्या मतलब ?"

"मतलब ये है कि फिर आएगी।"

मोहसिन ने मायूसाना[9] कंधे बिचकाए और चुप हो गया।

"मैं सही कहता हूँ," अशरफ़ ने फिर कहा, "तारीख़ और औरतें, ये दो ताक़तें हमेशा अपने आपको दोहराती हैं। जो औरत आ गई है वो नहीं जाएगी। मगर आने वाली एक मर्तबा ज़रूर जाती है और सोचने की मोहलत देती है और जाने वाली एक मर्तबा अदबदाकर पलटती है, तय बात है कि वो फिर आएगी।"

और उसके बाद अशरफ़ रोज़ मिलने पर उससे पहला सवाल यही करता, "आई ?"

"नहीं।"

"इंतज़ार करो, आएगी।"

और एक रोज़ मोहसिन ने इत्तला दी, मगर मरी हुई आवाज़ में, "यार, वो आई थी।"

---

1. अभ्यास 2. शैक्षणिक 3. जुदाई 4. रचनात्मक 5. प्रयोग 6. रचनात्मक शक्ति 7. विनाश पर आमादा 8. उपेक्षापूर्ण 9. निराशापूर्वक

“देखा, मैं न कहता था, मान लो हमें उस्ताद।”

मगर मोहसिन ने अशरफ़ के इस इफ़्तिख़ार[1] को कोई अहमियत नहीं दी। रुककर बोला, “ये स्वेटर जो मैं पहने हुए हूँ, ये मुझे साजिदा ने प्रेज़ेंट किया था।”

“फिर ?” अशरफ़ ने भौंचक्का होकर पूछा।

“फिर ये कि साजिदा आई। उसने कहा, ‘हम आप नज़रियाती तौर पर अलग हो चुके हैं, मेहरबानी फ़रमाकर हमारा स्वेटर हमें वापस दे दीजिए’।”

“अच्छा ?” अशरफ़ हैरान रह गया, “फिर ?”

मोहसिन, कि इश्क़ से ज़िंदा रहने के आदाब सीख रहा था, बोला, “फिर क्या ? मामला तो ख़त्म हो गया। मगर तुम जानते हो कि ये दिसंबर का महीना है। जनवरी का महीना पूरा पड़ा है। मैंने साफ़ कह दिया कि सर्दियों-सर्दियों मैं ये स्वेटर वापस करने से माज़ूर हूँगा।”

“माक़ूल बात है, क्या कहा उसने ?”

“क्या कहती, वो महात्मा बुद्ध की पैरो है, फिर उसने माफ़ कर दिया। कह गई है—मैं आपके मसले को समझती हूँ, बहरहाल, मार्च के पहले हफ़्ते में स्वेटर मेरे पास पहुँच जाना चाहिए।”

मोहसिन यह कहकर चुप हो गया, मगर फिर भी बेइत्मीनान-सा रहा। अशरफ़ ने उसे ग़ौर से देखा और कहा, “अब क्या मुश्किल है तुम्हें ?”

“यार, मैं सोचता हूँ, तुम सही ही कहते थे।” मोहसिन रुका और बोला, “मैं सोचता हूँ ख़ता मुझसे हुई, वो तो महात्मा बुद्ध की पैरो है, बहरहाल माफ़ कर देती।”

---

1. गर्व

31 मार्च

इस मुहब्बत की मुद्दत दस महीने तीस दिन है। यानी यकुम[1] मई को इसका आग़ाज़ हुआ और 30 मार्च, 59 ई. को इसका अंजाम हुआ। असल में इसका अंजाम मार्च की आख़िरी तारीख़ को होना था। इस सूरत में हिसाब सीधा होता और मुहब्बत की मुद्दत ग्यारह महीने होती। घपला इस वजह से हुआ कि हसन मार्च को तीस दिन का महीना समझे हुए था। 31 मार्च की सुबह का अख़बार देखकर उसे अहसास हुआ कि महीना अभी ख़त्म नहीं हुआ है, लेकिन अब कुछ नहीं किया जा सकता था। वह कल डायरी में लिख चुका था कि मुहब्बत ख़त्म हो गई।

मगर हसन ने मुहब्बत की मीयाद[2] छह माह रखी थी। चार महीने तीस दिन ज़ाइदुलमीयाद[3] दिन हैं। हसन ने शशमाही[4] मुहब्बत का मनसूबा सोच-समझकर बनाया था और उसका पाबंद रहने की हत्ता-अलइमकान[5] कोशिश की थी। फिर भी उसे छह माह के ख़त्म पर तौसीअ[6] करनी पड़ गई। ये तौसीअ दो मर्तबा की गई। दोनों मर्तबा दो महीने की तौसीअ दी गई।

हसन, कि दानिश्वर[7] था, ये बात बहुत दिनों से जानता था कि मुहब्बत के बग़ैर आदमी की तकमील[8] नहीं होती, मगर खुद अपनी तकमील करने की वह कोई नीयत नहीं रखता था। अपनी तकमील की नीयत उसे ज़ुबैदा के यहाँ भी नज़र नहीं आई और ज़ुबैदा पर उसे एक मासूम और पारसा[9] लड़की का गुमान था, इसलिए उसके मुतआल्लिक़ उसने यह तय किया कि ऐसी लड़की से शादी की जा सकती है, मुहब्बत नहीं की जा सकती। और, चूँकि मुझे शादी करनी नहीं है और चूँकि वह भी मुझसे शादी नहीं कर सकती, इसलिए मुझे इस ख़याल से बाज़ रहना चाहिए। ये बात उसने बक़ायमी होशो-हवास[10] सोची और चुप हो गया। मगर फिर उसके ज़ेहन में ये सवाल आया कि आख़िर ये बात उसके ज़ेहन में आई क्यों। अब तक तो उस लड़की के मुतआल्लिक़ कोई ख़याल उसके ज़ेहन में नहीं आया था। आख़िर उसने नफ़्सियात पढ़ी थी और वो इस बात से बेख़बर नहीं था कि ज़ेहन में किसी ख़याल का आना खुद एक ख़तरे की घंटी है। तो उसने एहतियातन डायरी में तारीख़ नोट कर ली कि किस दिन ऐसा ख़याल पहली मर्तबा उसके ज़ेहन में आया, यह सोचकर कि मुबादा[11] कोई क़िस्सा शुरू हो जाए,

---

1. पहली 2. अवधि 3. निश्चित अवधि से ज़्यादा 4. षट्मासिक 5. हर संभव 6. बढ़ोत्तरी 7. विद्वान 8. पूर्णता 9. पवित्र 10. होशोहवास के साथ 11. कहीं ऐसा न हो

और क़िस्से की इंतहा[1] न मालूम हो, इब्तिदा[2] तो मालूम होनी चाहिए। यह 27 फरवरी, सन् 58 की बात है।

27 फरवरी, 58 के बाद से उसने अपनी थोड़ी-सी निगरानी शुरू कर दी। बात ये है कि वो मुहब्बत के अलझेड़े में नहीं फँसना चाहता था; तो जब ज़ुबैदा का ख़त आता तो वह अपने आपसे दूर खड़े होकर अपने आप पर इस ख़त के असर का मुशाहिदा[3] करता और जब ज़ुबैदा का फ़ोन आता तो एक हसन फ़ोन पर बातें करता और दूसरा हसन कोने में खड़ा होकर फ़ोन पर बातें करने वाले हसन को तकता रहता। मगर फिर दूसरा हसन खुद ही रफ़्ता-रफ़्ता ढीला पड़ गया।

फिर एक रोज़ हसन ने किसी क़दर तरद्दुद[4] के साथ मक़सूद से कहा, "यार इस लड़की का मामला कुछ गड़बड़ है।"

"अच्छा ?"

"हाँ, हाँ," हसन ने परेशान होकर कहा, "ख़त बहुत लिखती है।"

"और तुम ?"

"मैं भी लिखता हूँ।"

"तो मुहब्बत हो गई है ?"

मुहब्बत के लफ़्ज़ पर हसन बहुत भड़का और उसके बाद उसने अच्छे-ख़ासे दिनों तक इस मसले पर मक़सूद से कोई बात नहीं की। मगर फिर अज़ीज़ से बातें करते-करते ये लफ़्ज़ खुद ही उसके मुँह पर आ गया।

"यार, मुझे अंदेशा है कि मुझे उससे मुहब्बत तो नहीं हो गई !"

"मुहब्बत ?" अज़ीज़ ने तहक़ीरआमेज़[5] लहजे में कहा, "वो क्या होती है ?"

"पता नहीं यार," हसन थोड़ा सिटपिटा गया, "मगर वो ख़त बहुत लिखती है। और मैं भी ख़त बहुत लिखता हूँ।"

"तो सीधी बात कहो ना कि एक लड़की फँस रही है, वैसे वो ख़त में क्या लिखती है ?"

हसन ने वज़ाहती[6], बल्कि मआज़रती[7] अंदाज़ में कहा, "नहीं यार, ऐसा मामला नहीं। हमारी ख़तो-किताबत इंटेलेक्चुअल मसायल[8] पर होती है।"

"इंटेलेक्चुअल मसायल पर ?" अज़ीज़ फिर भड़क गया, "इंटेलेक्चुअल ख़तो-किताबत, और लड़की से ?"

हसन ने फिर मआज़रत की, "यार, वो लड़की वैसी नहीं।"

"कैसी नहीं ?" अज़ीज़ ने ग़ुस्से से कहा।

और हसन ने दबे-से लहजे में कहा, "वो बहुत संजीदा लड़की है।"

अज़ीज़ ने अपने ग़ुस्से पर काबू पाया और फिर कहा कि, "देखो हसन, हर लड़की संजीदा होती है। मगर कोई लड़की संजीदा नहीं रहना चाहती और हर लड़की जो कॉलेज

---

1. अंत 2. आरंभ 3. निरीक्षण 4. चिंता 5. उपेक्षापूर्ण 6. स्पष्टीकरण देने वाले 7. खेदजनक 8. बौद्धिक मसलों

में पढ़ती है, इंटेलेक्चुअल ख़त लिखेगी। मगर कोई लड़की ये नहीं पसंद करेगी कि उसके इंटेलेक्चुअल ख़त का जवाब इंटेलेक्चुअल ख़त से दिया जाए।''

हसन ने यह बात किसी क़दर शक के साथ क़ुबूल की। मक़सूद ने जब सुना तो अफ़सोस-भरे लहजे में कहा, ''ख़राबी ये है कि बेचारे अज़ीज़ की तालीम अधूरी रह गई। उसकी एक ख़ास ज़ेहनी सतह है, उससे बुलंद होकर वह नहीं सोच सकता।'' चुप हुआ, फिर बोला, ''जिन लड़कियों से पाला पड़ा वो भी ऐसी-वैसी थीं। किसी शरीफ़ तालीमयाफ़्ता लड़की से उसका रब्त[1] हुआ ही नहीं। ऐसी लड़की हमेशा ये देखती है कि क्या आप उससे ज़ेहनी तौर पर बरतर[2] हैं। ज़ेहनी लिहाज़ से अपने से कमतर को वो क़बूल नहीं कर सकती।''

असल में औरत के बारे में मक़सूद के अपने नज़रियात थे और अज़ीज़ की अपनी एक मख़सूस[3] बसीरत[4] थी। हसन दो बसीरतों के दरमियान भटक रहा था। मगर मौत और औरत, इन दो के सामने आदमी अकेला होता है। अपनी ही बसीरत हो तो काम आती है। हसन बसीरत से महरूम था। उसने फ़राख़दिली[5] से अपनी कोताही[6] का ऐतराफ़[7] किया। फिर कुछ दिर्स[8] मक़सूद से लिया और कुछ ज़ानू-ए-अदब[9] अज़ीज़ के सामने तह[10] किया। और अज़ीज़ ये कहता था कि औरत स्फिंक्स है। जो औरत तुम्हारे पास आती है, वो एक सवाल बनकर आती है, अगर तुमने उसके सवाल को समझ लिया तो तुमने उसे तोड़ दिया और नहीं समझा तो वह तुम्हें तोड़ देगी। मक़सूद अज़ीज़ की ऐसी सब बातों को सुनकर बस एक बात कहता था कि पुराने लोगों ने औरत और मर्द के रिश्ते को सही तौर पर समझा ही नहीं। औरत और मर्द एक दूसरे के हरीफ़[11] और मुक़ाबिल नहीं हैं, और मुहब्बत कोई जंग नहीं है।

हसन बयकवक़्त मक़सूद और अज़ीज़, दोनों का क़ायल था। तो कभी वो ज़ुबैदा से यूँ रजूअ[12] करता जैसे वो सिपाही है और उसे इस क़िले को फ़तह करना है और ये मुहिम सर करनी है और कभी यूँ रजूअ करता जैसे भगत है और मंदिर में दाख़िल हो रहा है।

ज़ुबैदा की रोस[13] यकसाँ थी। उसने शुरू ही में लिख दिया था कि मैं अपनी तनहाई के जहन्नुम में अपने आपको महफ़ूज़ महसूस करती हूँ। मगर इस मआज़रत ने और क़हर ढाया। ये मआज़रत हसन के दानिश्वराना मिजाज़ में खुब गई। इस फ़िक़रे ने उस पर वही असर किया जो नौख़ेज़ अनपढ़ लड़कों पर फ़िल्मी मुकालमों[14] का होता है। उसने इस ख़त का जवाब बहुत सोच-समझकर दिया और लिखा कि मेरी ज़ात मेरा जहन्नुम है, मैं इससे निजात चाहता हूँ।

इस दानिश्वराना रूमानी लहजे में बहुत से ख़त हसन ने लिखे और बहुत से जवाब ज़ुबैदा ने दिए। मगर फिर हसन थक गया और उसने सोचा कि मैंने मुहब्बत को एक इल्मी[15] मसला बना दिया है। हालाँकि वह एक सीधा-सच्चा इनसानी तज्रिबा है। इस

---

1. संबंध 2. बेहतर 3. ख़ास 4. धारणा 5. विशालहृदयता 6. कमी 7. स्वीकृति 8. सबक़ 9. साहित्य की समझ 10. समझा 11. शत्रु 12. प्रवृत्त होना 13. चाल-ढाल 14. संवादों 15. ज्ञानात्मक

अहसास के तहत उसने अपने सबा-रफ़्तार[1] क़लम को थोड़ी लगाम दी। ख़ैर, लगाम तो उसने दे ली मगर ये समझ में न आया कि अब वो क्या करे। इसी उलझन में उसने एक रोज़ मक़सूद से कहा, "यार, मैं थोड़ा सा बेवकूफ़ नहीं हूँ ?"

मक़सूद ने उसकी बात सुनी और जवाब दिया, "हर मुहब्बत करनेवाला बेवकूफ़ होता है। चालाक बनकर तो मुहब्बत नहीं की जा सकती।"

मगर अज़ीज़ नज़रियाती बहसों का ज़्यादा क़ायल नहीं था। मक़सूद ने इस मसले पर बहस की कोशिश की कि आया इश्क़ हिमाक़त का नाम है या मक्कारी का। लेकिन अज़ीज़ ने उसकी सारी बहस काटकर हसन से सीधा सवाल किया, "सीधी बात बताओ, चक्कर क्या है ?"

हसन ने मुँह लटकाकर जवाब दिया, "यार ख़तो-किताबत बहुत लंबी हो गई।"

"इसे मुख़्तसर करो।"

"मगर कैसे करूँ।"

"देखो, दुनिया में दो क़िस्म की लड़कियाँ पाई जाती हैं," अज़ीज़ रुका, और बोला, "मेरा मतलब है कि ख़त लिखनेवाली लड़कियों में दो क़िस्म की लड़कियाँ पाई जाती हैं। एक वो जो अपने ख़तूत[2] में फ़िल्मी मुकालमों से इस्तफ़ादा[3] करती हैं और एक वो जो इंटेलेक्चुअल क़िस्म के नाविलों से इस्तफ़ादा करती हैं। मगर लफ़्ज़ ख़्वाह[4] वो फ़िल्मी डायलॉग हो, ख़्वाह वो सार्त्र से माखूज़[5] हो, अमल का बदल[6] नहीं है और ख़ैर, फ़िल्मी मुकालमों से इस्तफ़ादा का एक जवाज़[7] है, मगर इंटेलेक्चुअल नाविलों से इस्तफ़ादा करके ख़त लिखना मुतब्ज़ल[8] हरकत है, ख़्वाह ये हरकत तुम करो या वो करे। तो लफ़्ज़ों के इस इब्तिज़ाल[9] को ख़त्म करो।"

"मुश्किल है," उसने एक बेचारगी के अहसास के साथ कहा।

"मुश्किल है तो इस क़िस्से पर ख़ाक़ डालो और उस लड़की पर लानत भेजो। वरना तुम मारे जाओगे। पूछो क्यों ?"

"क्यों ?"

"मेरी जान, वो यूँ कि मुहब्बत कोई दायमी[10] चीज़ नहीं है। हर जज़्बाई सूरते-हाल[11] की एक मुद्दत होती है और उसके कुछ तक़ाज़े होते हैं। ये तक़ाज़े इस मुद्दत में पूरे होने चाहिए। अगर मर्द इन तक़ाज़ों से कतराएगा तो औरत उस पर लानत भेजेगी और मुतनफ़्फ़िर[12] हो जाएगी। अगर औरत दामन बचाएगी तो मर्द उसे ठोकर मारेगा और अलग हो जाएगा। तो क़ब्ल इसके[13] कि वो तुम पर लानत भेजे और तुम से मुतनफ़्फ़िर हो, तुम उसे ठोकर मारो और अलग हो जाओ।"

मक़सूद ने अज़ीज़ को हिकारत की नज़रों से देखा और फिर वो किताब जो वो अभी-अभी ख़रीदकर लाया था, खोलकर यूँ पढ़नी शुरू कर दी जैसे वो अज़ीज़ की बातें मुतलक़ नहीं सुन रहा।

---

1. तेज़ चलनेवाले 2. खतों 3. उद्धृत 4. चाहे 5. उद्धृत 6. पर्याय 7. औचित्य 8. फूहड़ 9. फूहड़पन 10. स्थायी 11. स्थिति 12. घृणा करने वाली 13. इससे पहले

हसन चूँकि रोमांटिक आदमी नहीं था, इसलिए उसने ऐसे ख़यालात का हमेशा एहतराम किया था, मगर इस वक़्त वो किसी क़दर मुज़ब्ज़ब[1] था। अज़ीज़ ने फिर कहा, ''ठोकर मारो जी।'' और ये कहते-कहते उसने एक और हिकमत[2] उगल डाली, ''औरत को ठोकर मारो, औरत तुम्हारे क़दमों पर गिरेगी। औरत को सिज्दा करो, औरत तुम्हारे सिर पर सवार हो जाएगी। औरत की इज़्ज़त करोगे तो औरत तुमसे नफ़रत करेगी, औरत को हकीर[3] जानो, वो तुम्हें सिर चढ़ाएगी।''

अज़ीज़ चला गया तो मक़सूद ने किताब बंद की और इत्मीनान का साँस लिया, ''सख़्त वल्गर आदमी है, लचर बातें करता है,'' इस दीबाचे[4] के बाद उसने टुकड़ा लगाया, ''औरत से मिलने के लिए अपने आपको तोड़ना पड़ता है। मुहब्बत अना[5] के ऐलान का नाम तो नहीं है। हसन, तुम्हारे साथ ख़राबी ये है कि तुम अपने आपको तोड़ नहीं सकते। अपने आपको अपने जज़्बे के सुपुर्द नहीं कर सकते, मगर मुहब्बत तो सुपुर्दगी चाहती है और औरत को तुम उसकी इज़्ज़त करके ही जीत सकते हो।''

हसन ने कुछ बातें अज़ीज़ की सुनीं, कुछ बातें मक़सूद की सुनीं। कुछ बातें उसने किताबों में पढ़ रखी थीं और किताबों में बातें पढ़ने के बाद उसने अपने मुतआल्लिक़ तय किया था कि वह रोमांटिक आदमी नहीं है। मगर इन दिनों मुख़्तलिफ़ बातें और मुख़्तलिफ़ नज़रियातो-तसव्वुरात उसके अंदर कुछ गड्ड-मड्ड हो गए थे। और, उसे पता नहीं चल रहा था कि वह किस नज़रिए का आदमी है। मगर आख़िर वो दानिश्वर था। उसने इस नज़रियाती फ़साद को रफ़्ता-रफ़्ता एक वाज़अ[6] नुक्तः-ए-नज़र में ढाल लिया और मक़सूद और अज़ीज़ को आकर इत्तला दी, ''यार मैंने उससे कह दिया कि मुझसे शादी कर लो।''

''शादी ?'' अज़ीज़ ने निहायत तहक़ीर के साथ हसन को देखा, ''शादी और मुहब्बत का आपस में क्या तआल्लुक़ है ?''

मक़सूद ने इत्मीनान के लहजे में कहा, ''हसन, तुमने ठीक किया। क्या जवाब दिया उसने ?''

''यार, ख़फ़ा हो गई वो।''

''उसूलन[7] उसे ख़फ़ा होना चाहिए था।'' अब अज़ीज़ ने इत्मीनान का लहजा अख़्तियार किया।

मक़सूद ने अज़ीज़ की बात सुनी-अनसुनी की और अफ़सोस के लहजे में कहा, ''यार, इसका मतलब ये है कि वो तुमसे फ़्लर्ट कर रही थी।''

अज़ीज़ ने कहा, ''नहीं, इसका मतलब ये है कि वो फ़्लर्ट नहीं कर रही थी, सच्ची मुहब्बत करती है।''

''क्या मतलब ?'' मक़सूद ने ग़ुस्से से पूछा।

''मतलब ये है कि जब लड़की फ़्लर्ट करती है तो शादी की बात पर ख़ुश होती है,

---

1. अनिर्णय की स्थिति में 2. उक्ति 3. तुच्छ 4. प्रस्तावना 5. संघर्ष 6 उचित 7. सिद्धांततः

जब मुहब्बत करती है तो शादी की बात पर ख़फ़ा होती है और अगर मुहब्बत में लड़की शादी पर रज़ामंद हो जाए तो इसका मतलब ये है कि वह मुहब्बत नहीं कर रही थी, शादी के लिए फाँस रही थी, इनकार कर दे तो इसका मतलब ये है कि वह वाक़ई मुहब्बत करती है। शादी और मुहब्बत ज़िंदगी की दो अलग-अलग मद्‌दें हैं—एक अक़्ल का कारोबार है, दूसरी चीज़ तख़लीक़ी सरगर्मी है।''

बहरहाल अब हसन ने एक वाज़ेअ मोक़िफ़[1] अख़्तियार कर लिया था। अब अज़ीज़ और मक़सूद के नज़रियाती इख़्तिलाफ़ात उस पर असरअंदाज़ नहीं हो सकते थे। कहने लगा कि, ''यार, बात ये है कि मैं रोमांटिक आदमी नहीं हूँ। और हर तज्रिबे की एक उम्र होती है। मेरे तज्रिबे की उम्र पूरी हो चुकी। वैसे मैं उजलतपसंद[2] नहीं हूँ। मैंने एक हफ़्ते का मार्जिन रखा है।''

मक़सूद ने थोड़ा बेज़ार होकर सवाल किया, ''इससे तुम्हारी क्या मुराद है ?''

''मेरी मुराद ये है कि आज मार्च की 23 है, यह महीना बहरहाल अपने तज्रिबे के लिए वक़्फ़[3] है। इसमें कुछ न हुआ, और ज़ाहिर है कुछ नहीं होगा, तो इस महीने के ख़त्म पर मैं बाक़ायदा और क़लमी तौर पर इस तज्रिबे के ख़त्म का ऐलान कर दूँगा।''

अज़ीज़ ने टुकड़ा लगाया, ''सही फ़ैसला है, बात ये है कि हमारे अहद में मुहब्बत के तज्रिबे की उम्र इतनी तवील[4] नहीं हो सकती जितनी मजनूँ और फ़रहाद के अहद में थी। उनके लिए इश्क़ 'होलटाइम' ज़ॉब था। हम उसे पार्टटाइम ही कर सकते हैं और इसे लंबा नहीं चला सकते।''

''मुझे बस एक बात की फ़िक्र है।'' हसन ने कहा।

''क्या ?'' अज़ीज़ ने सवाल किया।

''यार, मैंने अपने ख़तूत में बाज़ बहुत काम की बातें लिखी हैं। इन ख़तूत की नक़लें मेरे पास महफ़ूज़ नहीं हैं। और अब मुझे यह भी यक़ीन नहीं कि उधर भी ये तहरीरें महफ़ूज़ रहेंगी या नहीं।''

अज़ीज़ बोला, ''इसका इनहसार[5] इस पर है कि तुम ज़िंदगी में मशहूर आदमी बनते हो या नहीं। अगर तुम वही रहे जो अब हो, तो यह ख़त ज़ाया[6] कर दिए जाएँगे। अगर तुम मशहूर शख़्सियत बने तो या तो वो तुम्हारे मरने के बाद उन्हें एडिट करके शाया[7] करेगी या मरते वक़्त अपने सामान में महफ़ूज़ छोड़ जाएगी कि मुहक़्क़ीन[8] उन पर काम करें।''

चूँकि हसन को ये यक़ीन था कि वह अपने अहद की मशहूर शख़्सियत बन कर मरेगा, इसलिए उसे ये सुनकर ख़ासी परेशानी हो गई, ''यार, बात ये है कि मैंने बाज़ ख़तूत में सख़्त घपला किया है। लारेंस का बयान सार्त्र से मनसूब[9] कर दिया और सार्त्र का फ़िक़रा कामू के मुँह में डाल दिया। और कहीं-कहीं एक्सप्रेशन भी बहुत कमज़ोर हो गया है बल्कि शायद कुछ मुहावरे की भी ग़ल्तियाँ हो गई हैं।'' अपने ख़तूत की फ़िक्र हसन को कई दिन परेशान किए रही। आख़िर उससे रहा न गया और उसने ज़ुबैदा को

---

1. स्थान (स्टैंड) 2. जल्दबाज़ 3. निर्धारित 4. लंबी 5. निर्भर होना 6. नष्ट 7. प्रकाशित 8. शोधार्थी 9. संबद्ध

ख़त लिखा कि फ़लाँ-फ़लाँ ख़त में हवाले की ग़ल्तियाँ हैं, इन्हें दुरुस्त कर लिया जाए और जिन फ़िक़रों का एक्सप्रेशन कमज़ोर है, उन्हें समझा जाए कि मैंने नहीं लिखे हैं।

ज़ुबैदा के नाम हसन का ये आख़िरी ख़त था।

ये ख़त 30 मार्च की सुबह को लिखा गया। इसी तारीख़ की रात को हसन ने अपनी डायरी का वरक़[1] भरते हुए लिखा कि आज मार्च का आख़िरी दिन है। मार्च का भी, और मेरी मुहब्बत का भी। तज्रिबे की मीयाद तयशुदा प्रोग्राम के मुताबिक़ आज ख़त्म हो गई है।

30 मार्च

तब उसने इत्मीनान का साँस लिया और कहा कि ऐसा ही होना था। उसने इत्मीनान का साँस लिया कि उसने मुहब्बत का तज्रिबा कर लिया और उसमें से कामयाब निकल आया। कामयाब के लफ़्ज़ पर वो थोड़ा ठिठका।

वह उन लोगों को ध्यान में लाया जो तज्रिबे में ग़र्क़ होकर रह जाते हैं और उन लोगों को जो तज्रिबे से निकल आते हैं, मगर टूट-फूटकर। उसने ख़ालिस इल्मी[2] अंदाज़ में इस मसले पर ग़ौर किया और मुहब्बत में कामयाबी के मरूजा[3] तसव्वुर को एक तहक़ीर के साथ रू[4] करके अपने तईं कामयाब क़रार दिया। उसने अपनी सारी पसलियों को शुमार किया और तय किया कि वो आग से सालिम निकला है। उसे अपनी कई ज़िल्लतों का ख़याल आया मगर फिर उसने ग़ैरजज़्बाती ग़ैरजानिबदाराना अंदाज़ में तय किया कि ज़िल्लतें तज्रिबे का हिस्सा हैं और आदमी बनने के लिए इनसे गुज़रना ज़रूरी है। वो अब आदमी बन गया है। उसने एक अहसासे-बरतरी के साथ फ़ैसला किया और मुत्मईन हो गया।

अब उसे फ़राग़त[5] थी। फ़राग़त के साथ उसे भूले हुए काम याद आए। उसने एक अहसासे-ज़िम्मेदारी के साथ उन सारे कामों की अहमियत को महसूस किया जो दस महीने तीस दिन ग़फ़लत का शिकार रहे थे। उसने फिर से सरगर्म होने का तहैया किया और तौलिया काँधे पर डाल लपक-झपक ग़ुस्लख़ाने में दाख़िल हो गया।

उसने ग़ुस्ल गुस्ले-सेहत[6] की तरह किया। या जैसे उसने कोई लंबा सफ़र किया हो और नहा-धोकर सारी थकान, सारी गर्द उतार देना चाहता हो। जैसे वो ग़मो-गुस्से की गर्द में अँटा हुआ था और ज़िल्लतों और नजिशों[7] ने उसे मैला कर दिया था। उसने स्नान किया और वो पवित्र हो गया। ग़ुस्लख़ाने से वो अपने फूल से बदन और खुशबूदार रूह के साथ एक नया आदमी बनकर निकला।

कपड़े बदलते-बदलते उसकी नज़र उस नीले ख़त पर जा पड़ी जो कई दिन से मेज़ पर खुला पड़ा था। उस ख़त को उठाकर यूँ पढ़ा जैसे वो किसी क़दीम[8] क़लमी नुस्ख़े का

---

1. पन्ना 2. ज्ञानात्मक 3. उपरोक्त 4. जोड़ करके 5. मुक्ति 6. स्वास्थ्यप्रद स्नान 7. अशुद्धताएँ 8. पुरातन

मुतालआ[1] कर रहा हो। जिस बेतआल्लुक़ी के साथ उसने इसे उठाया था, उसी बेतआल्लुक़ी के साथ उसे फिर मेज़ पर डाल दिया। निहायत फ़िज़ूल क़िस्म का ख़त है। मैंने क्या लिखा था ! उसने एक तल्ख़ से अहसास के साथ पिछले मुख़्तलिफ़ ख़तूत का ध्यान किया। मगर फिर उसे यकायक ख़याल आया कि मुहब्बत की मीयाद तमाम हो चुकी है। इस क़िस्म के किसी मसले पर ग़ौरो-फ़िक्र महज तज़ीअे-वक़्त[2] होगा। और आज पहली है और, उसे बहुत काम निपटाने हैं।

उजलत[3] में कपड़े बदले और उजलत में नाश्ता किया कि आज पहली थी और बहुत काम निपटाने थे। मगर नाश्ता करते-करते उसने अख़बार पर भी एक नज़र डाल लेने की कोशिश की। 31 मार्च—उसने अख़बार की तारीख़ को फिर ग़ौर से देखा। तो गोया आज पहली नहीं है, यानी मार्च का महीना ख़त्म नहीं हुआ है, यानी अपनी मीयाद तमाम नहीं हुई है। मगर दूसरे साँस में उसने सोचा कि जो लिखा गया, वो लिखा गया। कल मैं अपनी डायरी लिख चुका हूँ और अब मुहब्बत का खटराग दुबारा शुरू नहीं किया जा सकता।

31 मार्च

जब वो पूरी तरह तैयार हो गया और घर से निकलने को था तो उसे ख़याल आया कि उसे वाकई आज ही से ज़िंदगी का नया प्रोग्राम शुरू करना है। मगर तय तो ये था कि मार्च के ख़त्म तक पुराना प्रोग्राम चलेगा और मार्च ख़त्म नहीं हुआ है। तो क्या मैं इस तज्रिबे की तज्दीद[4] करूँ ? नहीं, वो तज्रिबा तमाम हो चुका। फिर ? और, उसकी समझ में न आया कि फिर वो क्या करे। पूरा दिन ख़ालीपन के एक पहाड़ की मिसाल[5] उसके सामने खड़ा था।

मार्च की इकतीस अगर मार्च ही का हिस्सा है तो मुहब्बत की मीयाद कहाँ से ख़त्म हो गई ! और, अगर मुहब्बत की मीयाद ख़त्म हो चुकी है तो इस दिन को किस ख़ाने में डाला जाए। गुज़रते-बसरते दिनों में कोई-कोई दिन अजीब तरह अड़कर खड़ा हो जाता है और किसी ख़ाने में मुक़य्यद[6] होने से इनकार कर देता है, और हसन ये फ़ैसला न कर सका कि आज का दिन उसे कैसे गुज़ारना है। उसने अपने कमरे का जायज़ा लिया, किताबों पर नज़र डाली, किताबों को, उसने सोचा, कि लगे हाथों आज किताबों को दुरुस्त करके रख दो।

बहुत देर तक वो किताबों को झाड़ता रहा, झाड़ता रहा। झाड़-पोंछकर क़रीने से तरतीब देता रहा। अलमारी में किताबें सजाने के बाद उसने मेज़ पर बिखरी किताबों को ज़मा किया और सलीक़े से तरतीब दिया। रद्दी काग़ज़ कुछ चाक किए, कुछ तोड़-मरोड़कर टोकरी में डाले। फिर उसने वो नीला ख़त उठाया। चूँकि उस ख़त में कोई ख़ास बात

---

1. अध्ययन 2. समय को व्यर्थ करना 3. जल्दी 4. नवीनीकरण 5. समान 6. सीमित

लिखी हुई नहीं है, इसलिए उसे महफ़ूज़ रखना बेसूद[1] होगा। मगर तोड़ते-मरोड़ते हुए उसने यूँ ही वो ख़त खोला और उसे पढ़ना शुरू कर दिया। एक दफ़ा पढ़ा। फिर दूसरी दफ़ा। बहुत मैले हो गए थे, उसने हाथ रूमाल से साफ़ किए। पोरों से ख़त को पकड़ा और एहतियात से तह करके लिफ़ाफ़े में रखा और मेज़ पर रख दिया।

ढेर सारी किताबें साफ़ करने और सजाने के काम से वह थक गया। थकन के रास्ते एक अफ़सुर्दगी[2] की कैफ़ियत उस पर तारी हो गई। उसने आँखें बंद कर लीं। आँखें बंद हुईं तो तसव्वुर का दरीचा खुल गया। नीले काग़ज़ पर सजे सब लफ़्ज़ जी उठे और उसके तसव्वुर में मँडलाने लगे। उसका बेइख़्तियार जी चाहा कि वो उन लफ़्ज़ों के जवाब में लफ़्ज़ लिखे। उसकी उँगलियों में वही बेचैनी पैदा हुई जो पिछले दिनों ख़त लिखने से पहले पैदा हुआ करती थी और जब वो क़लम उठाता तो सारे बदन का जी उँगलियों में उतर आता। पोरों में आकर ठहर जाता और लफ़्ज़ क़लम से काग़ज़ पर यूँ लिखा जाता जैसे होंठ बोसा[3] नक़्श करते हैं; मगर फिर उसने फ़ौरन झुरझुरी ली। क़िस्सा पाक हो चुका है। अब जो कुछ उसने सोचा वह महज़ रोमांटिसिज़्म है। तज़ीअे-वक़्त है।

उसने सोने की कोशिश की मगर थक जाने के बावजूद उसे नींद नहीं आई। उसने किताब उठाई और पढ़ने की कोशिश की। वो बहुत से सफ़े पढ़ गया। मगर फिर उसने बेज़ार होकर किताब बंद कर दी। असल में उसने अपने रोमांटिसिज़्म पर काबू तो पा लिया था मगर लगता था कि उसके अंदर किसी इलाक़े में बदस्तूर बग़ावत की आग भड़की हुई है। जैसे ये बाग़ी इलाक़ा अपनी खुदमुख़्तारी[4] का ऐलान कर देगा। उसने बग़ावत को सख़्ती से कुचलने की कोशिश की और अपने इरादे को पूरे शऊर के साथ बरूएकार[5] लाया। मगर बदअम्नी[6] क़ायम रही। जैसे दो साँड आपस में लड़ रहे हैं और उसकी हस्ती चटखकर रेज़ा-रेज़ा हो जाएगी और उसने, कि इल्मो-हिकमत की मोटी किताबों से चुन-चुन कर अपनी शख़्सियत की तामीर की थी, महसूस किया कि उसके अज़ज़ा[7] लेई से जोड़े गए हैं।

उसने महसूस किया कि उसके जोड़-बंद खुल रहे हैं और वो एक मलबा बना चाहता है।

यकुम अप्रैल

उसने उस फ़क़ीर की सूरत सुबह की जिसके अज़ज़ा रात को बिखर जाते थे और सुबह को जुड़ जाते थे। उसने अपने आपको इकट्ठा किया और इत्मीनान का साँस लिया कि मार्च गुज़र चुका है और वो सही-व-सालिम निकल आया है।

बिस्तर से वो एक अलकसाहट के साथ उठा। आईना देखा। मैली चीपड़-भरी आँखों को साफ़ करते हुए उसने सोचा कि वो कितने बरसों से नहीं नहाया है। तौलिया

---

1. बेफ़ायदा 2. उदासी 3. चुंबन 4. स्वयंप्रभुता 5. कार्यान्वित किया 6. अशांति 7. अंग

काँधे पर डाल वो गुस्लख़ाने में चला गया।

नहा-धोकर उसने कपड़े बदले, बाल सँवारे, चलते-चलते मेज़ की चीज़ें दुरुस्त कीं। पहले ख़त को उसने बेतआल्लुक़ी से देखा। उसे मुट्ठी में मला और रद्दी की टोकरी में डाल दिया, और फिर वो बाहर निकल गया।

जब वो घर से निकला तो दिन चढ़ चुका था। चारों तरफ़ धूप फैली हुई थी। चार क़दम में उसका नहाया-धोया बराबर हो गया। बस-अड्डे पर अच्छी-ख़ासी भीड़ थी। कई बसों को उसने ये सोचकर गुज़र जाने दिया कि उनमें रश बहुत है। लेकिन जब रश किसी तरह कम न हुआ तो उसने हिम्मत की और मार-तोड़ करता बस में घुस गया।

पसीने में भीगे मैले मुसाफ़िर उसके आगे-पीछे, दाएँ-बाएँ इस तरह खड़े थे कि उसके लिए साँस लेना दुश्वार हो रहा था। उसने सोचा कि क्या वह अपनी सफ़ेद क़मीज़ को इस ग़लाज़त-भरी बस से सलामत लेकर निकल सकता है !

रफ़्ता-रफ़्ता वो अपनी सफ़ेद क़मीज़ को भूल गया। बस की बसाँद उसके दिलो-दिमाग़ में उतर रही थी। उसने जाना कि वो मरी हुई मक्खियों के अंबार के दरमियान खड़ा है।

उसने एक बार फिर बचने की कोशिश की। एक मुसाफ़िर के उतरने पर वह पसीने में सराबोर काले भुजंग आदमी की बराबर से हटकर आगे सरक गया। ये क़दरे[1] बेहतर जगह थी। वो आसानी से साँस ले सकता था।

एक गोरी गर्दन उसके साँस की ज़द[2] में थी। उसने ऊपर से नीचे तक हरे-भरे बिछाए को नज़र भरकर देखा। फिर उसकी नज़र उन शादाब[3] लंबी बाँहों पर गई जो खोए[4] तक खुली हुई थीं। वो उन्हें देखता रहा। मगर फिर उसे अहसास हुआ, जैसे वो इस शादाब जिस्म को एक बेतआल्लुक़ी से देख रहा है। फिर उस गुलशन बदन को नज़र भरकर देखा। और देखता रहा। मगर उसे देखते हुए उसकी तबीयत उदास होती चली गई। और उस वक़्त उसे अहसास हुआ जैसे वो सालिम नहीं है। जैसे इकट्ठा होते हुए उसका कोई रेज़ा, कोई किनकी बाहर पड़ी रह गई है। जैसे उसके जहन्नुम का कोई अंगारा कहीं बाहर पड़ा दहक रहा है। मेरी ज़ात मेरा जहन्नुम है, मेरे जहन्नुम के सब अंगारे मेरे अंदर रहने चाहिए।

अपने जहन्नुम से बाहर निकलने की नीयत बाँधते हुए उसने सोचा कि इस भली लड़की शाकिरा के उसके पीछे दो फ़ोन भी आ चुके हैं। ख़त भी आ चुका है। इससे मिलना चाहिए। मगर इस इरादे से भी उसके भीतर गर्मी पैदा नहीं हुई। और वो उस बस से यूँ उतरा जैसे उस हजूम में फँसकर वो टूट-फूट गया है।

बस से उतरकर वो आगे जाने की बजाय घर की तरफ़ वापस चला। मेरी ज़ात अभी इकट्ठा नहीं हुई है। मेरे अजज़ा हनोज़[5] मुंतशर[6] हैं और, चलते हुए उसे यूँ लग रहा था जैसे वो कम होता चला जा रहा है। जैसे उसके जहन्नुम के अंगारे रास्ते में गिरते

---

1. किंचित 2. हद 3. हरी-भरी 4. कंधे 5. अभी भी 6. बिखरे हुए

चले जा रहे हैं और घर पहुँचते-पहुँचते वो बुझ जाएगा।

अपने बिखरे अंगारों के साथ वह वापस घर पहुँचा। कमरे में दाख़िल होकर सबसे पहले उसकी नज़र रद्दी की टोकरी पर गई। उसने वो मुड़ा-तुड़ा ख़त निकाला। उसे एहतियात से तह किया और फिर मेज़ पर रख दिया। और, उसने डायरी में यकुम अप्रैल का सफ़ा खोलकर लिखा—31 मार्च, फिर वो अगले वरक़ उलटता चला गया और उन पर लिखता चला गया—31 मार्च, 31 मार्च, 31 मार्च...

फ़रामोश

सड़क से ज़रा हटकर ऊँचे दूधिया खंभे, सीमेंट का उजला चबूतरा और वो हौज़ जिसमें शफ़्फ़ाफ़ चमकीला पानी एक मुतवाज़न[1] रफ़्तार और आवाज़ के साथ नालियों के ज़रिए बहता और निकलता रहता, वह मुक़फ़्फ़ल[2] कोठरी जिस पर सुर्ख़ लफ़्ज़ों में लिखा होता था—'ख़तरा है'; और इन सबसे हटकर बीस-तीस क़दम परे एक सुबुक[3] सफ़ेद मुख़्तसर सी कोठी जैसे कबूतरी ने अभी-अभी अंडा दिया हो। इन सबसे मिल-जुलकर कुछ एक ही क़िस्म की फ़िज़ा पैदा होती थी। या वो सब मिल-जुलकर एक ही फ़िज़ा से पैदा हुई थीं। अपने मुहल्ले की गलियाँ तय हो चुकतीं तो आबादी ख़त्म होती नज़र आती और वो सड़क शुरू हो जाती जो आबादी से बाहर भी थी और आबादी की निशानियाँ भी रखती थी। कच्चे में उतरकर किसी नीचे नीम से एक टहनी तोड़कर मस्वाक[4] बनाना और दाँतों से चबाते हुए फिर उसी लंबी सड़क पर हो लेना, चुंगी की चौकी जहाँ कभी मैले-उजले ज़र्द ख़रबूज़े, कभी हरी-हरी ककड़ियों की छाबड़ी, कभी गहरे हरे करेलों से लदे गधे खड़े नज़र आते। फिर वो रूँ-रूँ करता हुआ रहट जिसका ऊँट इर्द-गिर्द से बेख़बर उसी बेक़ैफ़[5] से अंदाज़ में चक्कर काटता रहता। फिर ट्यूबवेल का सीमेंट वाला हौज़ और वो खम्भे और वो कोठी, कोठी से आगे बहुत दूर तक दोनों तरफ़ खुला मैदान जहाँ कहीं-कहीं बहुत दूर बहुत सी भैंसें ख़्वाब में चलती और चरती नज़र आतीं। और, उसके बाद अचानक सड़क मोड़ खाती और मिशन स्कूल की सुर्ख़ इमारत सामने आ जाती और उससे ख़ासी दूर भट्ठे की ख़ामोश काली चिमनियाँ दिखाई देती हैं जो क़रीब आती जातीं, क़रीब आती जातीं और फिर सामने से पीछे की तरफ़ होती जातीं और इसके बाद एकाएकी रेल की पटरी सड़क को काट जाती। ये अपनी आख़िरी हद थी। लोहे का वो सफ़ेद कटहरा खुला हो या बंद, मैंने कभी पटरी को अबूर[6] करने की ख़्वाहिश ही महसूस नहीं की। फ़ौरन पलट पड़ता। नीम के कड़ुवे सफ़ेद रेशों से दाँतों को मलता-मलता, आमों के घने दरख़्तों के नीचे से होता हुआ कि शायद कोई कच्ची अमिया हाथ पड़ जाए, भट्ठे की चुपचाप चिमनियों और स्कूल की सुर्ख़ इमारत और ख़्वाब में चलती हुई और चरती हुई भैंसों की मईन[7] निशानियों से गुज़रता हुआ सीमेंट वाले हौज़ पर पहुँचकर दम लेता। दाँत साफ़ करके कुल्ली करता। मुँह-हाथ धोता और चप्पल उतार, मिट्टी में अटे हुए पैर ठंडे-ठंडे पानी में डाल देता। अजब फ़रहत[8] होती।

1. संतुलित 2. यंत्रीकृत 3. हल्की 4. दातुन 5. ऊबा हुआ 6. पार 7. धुँधली 8. खुशी

फ़रहत और आसूदगी तो इस फ़िज़ा में रची हुई थी। जाने दिन-भर यही आलम रहता था या यह फ़िज़ा इस वक़्त से मख़्सूस थी। कभी रात को बहुत हिब्स[1] हुआ तो बेशक इस वक़्त काले-कलूटे नंग-धड़ंग लड़के हौज़ में छलाँग लगाते, पानी उड़ाते दिखाई देते थे, वैसे तो ख़ामोशी ही रहती थी। बस सीमेंट की नालियों में रुकता-बहता उजला पानी बच्चों की मद्धम किलकारियों जैसा शोर पैदा करता रहता या कभी-कभी कोठी के सामने से गुज़रते हुए रबड़ की एक सफ़ेद गेंद गिद्दे खाने लगती। मैं ठिठक जाता। इस ख़ामोश फ़िज़ा में ये नन्हीं-सी बात भी एक शोर, एक वाक़िया बन जाती। कम-अज़-कम एक दफ़ा को तो मैं चौंक ही पड़ता था। गेंद के पीछे-पीछे एक जवान-सा लड़का, कि हुलिए से नौकर लगता था, दौड़ता आता और बग़ैर किसी तरफ़ ध्यान दिए गेंद उठाकर उसी यकसूई[2] से वापस दौड़ता और कोठी में दाख़िल होकर नज़रों से ओझल हो जाता। कभी-कभी के इस वाक़िए से ही मुझे अंदाज़ा हुआ था कि कोठी ग़ैर-आबाद नहीं है और इंजीनियर साहब के नाम की जो तख़्ती दरवाज़े पर आवेज़ाँ है, वो मा'नी और मतलब रखती है। सामने सड़क पर गिद्दे खाती गेंद को देखकर कभी तो मैं यूँ चौंका कि उस सफ़ेद हल्की-फुल्की कोठी का कोई हिस्सा उछलकर सड़क पर आ पड़ा है, खुली फ़िज़ा में गोल-गोल ख़तों और ख़मों[3] वाली सफ़ेद इमारत, सचमुच यूँ लगता कि रबड़ की बहुत-सी गेंदों को ऊपर-तले रख के कोठी बनाई गई हो।

फिर एक और वाक़िया हुआ। नन्हा मगर नया। कोठी के ऐन सामने सड़क पर चलते हुए मेरे क़दम रुक गए। जैसे एक साथ सामने दीवार आ गई हो या जैसे सामने रेल की पटरी रास्ता काट रही हो और चौकीदार ने अचानक कटहरा बंद कर दिया हो। चिकनी काली सड़क पर सफ़ेद चाक से बड़े-बड़े हरफ़ों में लिखा हुआ था—फ़रामोश। चाहे मैं चल पड़ा लेकिन एक मर्तबा तो मैं ठिठक ही गया और वसवसे[4] में पड़ गया कि इस रास्ता काटती लकीर को फलाँगूँ या न फलाँगूँ। 'फ़रामोश' के लफ़्ज़ से बातें और यादें भी तो वाबस्ता हैं। शायद इनका ये करिश्मा हो। आमों के मौसम में ये लफ़्ज़ मेरे बचपन में अच्छे-ख़ासे एक धमाके का काम करता था। किसी ने बेख़बरी में हाथ में दोगाड़ा आम थमा दिया और खट से कह दिया, फ़रामोश, और हाथों में एक ज़ंजीर सी बँध गई या जैसे अचानक किसी ने सारा जिस्म रस्सी से कस दिया हो। चीनी के प्लेट पर बड़े तकल्लुफ़ से सरपोश ढका हुआ, ख़याल होता कि कोई तक़रीब[5] हुई है और कोई बहुत बढ़िया, लज़ीज़ शै इस तक़रीब से बची हुई है और इतने में हाथ सरपोश की तरफ़ बढ़ाया और अचानक एक ललकार 'फ़रामोश', जैसे किसी ने जादू की छड़ी घुमा दी हो, या कोई दुआ पढ़के छू कर दिया हो, या कँकरियाँ पढ़के मार दी हों, हाथ दोगाड़ा आम पर जमा रह जाता। दो सौ आम नज़र कीजिए और इस क़ैदे-बे-ज़ंजीर से, इस जकड़ी हुई रस्सी से जान छुड़ाइए।

दूसरे दिन जब मैं फिर वहाँ से गुज़रा तो वह लकीर बाक़ी थी, अगरचे अधमिटी हो

---

1. उमस 2. एकाग्रता 3. कटावों व गोलाइयों 4. असमंजस 5. आयोजन

गई थी और इससे मुझ पर खुला कि अपने इस ख़ास वक़्त पर मौकूफ़[1] नहीं, सारे दिन ही इस सड़क पर आमदो-रफ़्त का सिलसिला बराए-नाम रहता है।

छह-हरफ़ी अधमिटी लकीर मिट्टी में अटती गई। मिटते-मिटते बिलकुल ही मिट गई। बात आई-गई हुई। अपना विर्द[2] इसी तरह जारी रहा। सड़क के मोड़ से गुज़र कर मिशन स्कूल की सुर्ख़ इमारत से परे, भट्ठे की ख़ामोश काली चिमनियों से उधर रेल की पटरी को छूना, छूकर पलटना, और सीमेंट वाले हौज़ में मिट्टी में अटे हुए पैर डालना, मुँह-हाथ धोना और वापस घर को हो लेना।

फ़रामोश...अपने विर्द में एक गिरह फिर पड़ी। लेकिन इतनी हल्की कि न तो ज़मीन ने क़दम पकड़े और न ये कि सफ़ेद अंडा-सी दीवार को किसी ने कोयले से काला किया है। वही कच्चा-कच्चा ख़त[3], टेढ़े-मेढ़े ख़म और दायरे। उल्टा एक इत्मीनान-सा हो गया कि किसी राह चलते नटखट लड़के की वो शरारत नहीं थी। यहाँ कहीं कोई बच्चा रहता है—शायद इसी कोठी वाला गेंद खेलनेवाला बच्चा हो, जिसे मौसम के बहाने इस लफ़्ज़ का चस्का पड़ा हो।

वापसी में मैंने देखा कि एक शख़्स, कि उसकी पीठ मेरी तरफ़ थी, और शबे-ख़्वाबी के लिबास और अधेड़ उम्री के बावसफ़[4] तेवर से अफ़सरी की चुग़ली खाता था, हाथ में छड़ी लिये दीवार की तरफ़ इशारा करता है और माली सिर न्यौढ़ाए दीवार यूँ साफ़ कर रहा है जैसे उसमें सारी ख़ता उसी की है।

दूसरे-तीसरे दिन का ज़िक्र है कि उसी मुक़ाम पर उसी ख़त में वो लफ़्ज़ फिर लिखा नज़र आया और मेरे वापस होते-होते वो फिर साफ़ कर दिया गया था। उसके बाद एक मर्तबा नहीं, कई मर्तबा मैंने जाते हुए वह लफ़्ज़ लिखा देखा और वापसी में वो मिटाया जा चुका होता या मिटाया जा रहा होता।

इन्हीं दिनों बाहर जाना निकल आया। बाहर जाना तो होता ही रहता था—कभी महसूल वसूल करने गाँव को, कभी मुक़दमे के चक्कर में शहर को। आज थाने में खड़े हैं, तो कल तहसील में और परसों ज़िला-कचहरी में। ज़्यादा से ज़्यादा तीन दिन-चार दिन, किसी अहलकार ने बहुत सताया तो हफ़्ता अशरा हो गया। पर अबके तो पूरे पंद्रह दिन लग गए। ये अलग बात है कि इतने दिन की वापसी पर भी मौसम वैसा ही था।

दूसरे दिन जब मैंने अपना विर्द फिर शुरू किया है तो क्या देखता हूँ कि वह लफ़्ज़ उसी मुक़ाम पर, उसी ख़त में फिर लिखा हुआ है। मगर हैरानी की अब कौन-सी बात रह गई थी ! बल्कि अब तो इस लफ़्ज के मिटने और नक़्श होने की तक़रार भी अपने विर्द का जुज़्व बन चुकी थी। हाँ, हैरानी इस पर हुई कि तक़रार की ये ज़ंजीर टूट गई। वापसी में लफ़्ज़ को ज्यूँ का त्यूँ देखकर गुमाँ हुआ कि आज इंजीनियर साहब और इंजीनियर साहब के मुलाज़िम, दोनों की निगाह चूक गई, मगर हद हो गई जब दूसरे दिन भी वो लफ़्ज़ उसी ख़त में, उसी मुक़ाम पर, उसी तरह लिखा हुआ था। अब माथा

1. तय 2. रुटीन 3. लिखावट 4. बावजूद

ठनका कि या अल्लाह, ये माजरा क्या है ! सौ-सौ तरह का शक पड़ा कि इंजीनियर साहब क्या लंबे दौरे पर निकल गए, या कहीं तबादला तो नहीं हो गया ! क्या ख़बर है कि बीमार पड़े हों ! गुमानों की डोरी लंबी होती गई। मगर गुत्थी गुत्थी हुई रही।

बरसात अबकी बार देर से लगी। तपती दोपहरों का सिलसिला टूटने ही में न आता था। दिन को लू, रात को हिब्स, और आँधी का कोई वक़्त मुक़र्रर न था कि कभी दिन ढलने से पहले अँधेरा हो जाता, कभी रात की अँधेरी में अँधियारी चलने लगती। कोठों और मुँडेरों पर कितनी मिट्टी अँट गई थी, इसका अंदाज़ा तो पहला छींटा पड़ने पर हुआ। एक रोज़ सुबह ही सुबह आँख खुली तो हर चीज़ धुली-धुली और ठंडी-ठंडी नज़र आई। जिस नीम से रोज़ टहनी तोड़कर मस्वाक बनाता था वो नहा-धोकर कितना हरा-भरा हो गया था। दरख़्त और खम्भे और दीवारें सब ही में एक शादाबी सी दौड़ रही थी। हाँ, सीमेंट वाले हौज़ में आज पानी नहीं चल रहा था। बस बारिश का मटियाला पानी रुका खड़ा था। इंजीनियर साहब की कोठी भी जो लूओं और आँधियों की गर्द से ज़र्द पड़ चली थी, फिर सफ़ेद अंडा-सी नज़र आने लगी और वो लफ़्ज़, काले कोयले से लिखे हुए हरूफ़ धुलकर रौशन-रौशन हो गए थे।

बरसात क्या लगी कि मींह की झड़ी लग गई। दिन बारिश, रात बारिश—सूखे तालाब मुँहा-मुँह भर गए, ख़स्ता छज्जों की लकड़ी भीग-भीगकर काली पड़ गई और गलने लगी और उसमें से सफ़ेद-सफ़ेद साँप की छतरियाँ उभरने लगीं। घास की नन्हीं पत्तियाँ फैलती गईं, चौड़ी होती गईं, पथरीली मुँडेरों पर सब्ज़ो-सियाह काई और लकड़ी के सीले किवाड़ों पर सफ़ेद फफूँद जमने लगी। इंजीनियर साहब की कोठी की सफ़ेद दीवारों पर बोसीदगी के ऐसे आसार नुमायाँ नहीं थे। हाँ, वो लफ़्ज़ धुँधलाता जा रहा था। ख़मों की फैली हुई स्याही को देखकर यूँ लगता कि रस्सी के बल खुल रहे हैं। 'फ़े'* का नक्शा तो बिलकुल ही मिट गया था। 'शीन'** के तीन नुक़्ते हल्के पड़ते गए, फैलते गए और मद्धम होकर ऐसे बन गए जैसे पुतली पथरा रही हो। मुझे फ़िक्र हुई कि कहीं ये लफ़्ज़ बिलकुल ही न मिट जाए। दरअसल अपना इस लफ़्ज़ से एक राबिता-सा क़ायम हो गया था। इस सड़क की यूँ किसी चीज़ से अपना राबिता नहीं। लेकिन बा'ज़ ख़ास-ख़ास चीज़ें अपने लिए निशानियों का, बल्कि संगे-मील का मर्तबा रखती हैं। अपने इस रोज़ाना के छोटे-से सफ़र की नोईयत[1] ख़ालिसतन निजी है। मंज़िल ही नहीं, मील और संगे-मील भी अपने मुक़र्रर किए हुए हैं। चुंगी की चौकी, रहट, मिशन स्कूल की सुर्ख़ इमारत, भट्ठे की ख़ामोश चिमनियाँ—ये संगे-मील ही तो हैं। अब ये लफ़्ज़ एक संगे-मील बन गया था। इस संगे-मील को छूते ही लगता बाक़ी फ़ासला तो यूँ तय हुआ और रेल की पटरी अब आई। कभी-कभी ये संगे-मील मंज़िल बन जाता। गोया इसे छूने के लिए ही घर से निकले थे और अगर रेल की पटरी तक जा रहे हैं तो महज़ वज़अदारी की ख़ातिर।

---

* शब्द 'फ़रामोश' में उर्दू लिपि का पहला अक्षर।

** आखिरी अक्षर।

1. प्रकृति।

बरसात ढलने लगी। मींह का ज़ोर टूट चला। घटा ऐसे घिर के आती कि जैसे टूट के पानी पड़ेगा। मगर दम भर पानी पड़ता और आन की आन में मतला साफ़। बड़ी-बड़ी सलोनी जामुनों की जगह छोटी-छोटी बदरंग जामुनें आईं। फिर छोटी जामुनें भी ग़ायब होने लगीं। चौलाई के पत्ते हरे से सुर्ख़ और सुर्ख़ से पीले हुए, साँप की छतरियाँ जिस तेज़ी से फूलीं थीं, उसी तेज़ी से मुरझाईं। तोतों के बच्चे नीम की खोखलों से निकलकर शाखों पर आ गए थे और टहनी-टहनी फुदकते फिरते थे। मुँहा-मुँह तालाब घटते गए, घटते गए, यहाँ तक कि पानी भैंसों के घुटनों तक रह गया। गिरी हुई छतों, झुकी हुई कड़ियों और छज्जों और चूना उतरती दीवारों की मरम्मत शुरू हो गई थी और अहातों में से ढही हुई दीवारों का मलबा उठने लगा था। इंजीनियर साहब की कोठी के अहाते में चूने की बोरी रखी नज़र आई तो कुछ अजीब-सा अहसास हुआ। सफ़ेद बदरंग दीवारों का जायज़ा लेते हुए नज़रें अपने ठिकाने पर जाकर टिक गईं। 'फ़े' का नुक़्ता पहले ही मारोम हो चुका था, अब मीम* की गुमटी भी घुल चुकी थी। 'शीन' की पुतली कुछ और पथरा गई थी। रस्सी के बल खुल रहे थे। बिखर रहे थे। मगर अब तो कूची के एक इशारे पर ये पूरा का पूरा छह-हरफ़ी अफ़साना हर्फ़-ग़लत बन जाएगा। इस ख़याल से जी ज़रा उदास-सा हो गया। पहली मर्तबा अहसास हुआ कि ये लफ़्ज़ संगे-मील नहीं, रास्ते का साथी था जो अपनी जगह पर खड़ा दूर से इशारा करता रहता था और दूर तक इशारा देता रहता था।

चूने की बोरी अहाते में डेढ़-दो दिन ज्यूँ की त्यूँ रखी रही, फिर बड़े-बड़े दो ढोल रखे नज़र आए जिनमें क़लई घुल रही थी, और दो-तीन कूचियाँ और एक सीढ़ी। दूसरे दिन कोठी को मैंने आधी पुती हालत में देखा। अंदर के बड़े हिस्से में क़लई हो चुकी थी मगर बाहर की दीवारों को अभी नहीं छुआ गया था। दूसरे दिन देखा कि सारी कोठी पर सफ़ेदी हो गई...मगर मैं दंग रह गया...बाहर की दीवार पर इस एहतिमाम से सफ़ेदी की गई थी कि 'फ़रामोश' अपनी जगह पर क़ायम था, और इस सलीक़े से कि चूने की एक बूँद किसी हर्फ़ पर नहीं पड़ी थी। मैं खड़ा का खड़ा रह गया और गोया एक रस्सी ने मेरे हाथ-पैरों को इस तरह जकड़ लिया कि मैं न आगे बढ़ सकता था, न पीछे हट सकता था।

इसके बाद ही मैं दौरे पर निकल गया। अब के दौरा लंबा था। वापस आया और उस कोठी के बराबर से निकला तो देखा कि बरामदे में दो-तीन बच्चे बेतरह धमा-चौकड़ी मचा रहे हैं। अंदर के कमरे से इसके ख़िलाफ़ निस्वानी इहतिजाज[1] की आवाज़ें सुनाई दे रही हैं। फिर एक मर्दाना डाँट। मुझे बड़ा अचंभा हुआ। बच्चे, बड़े, औरतें, महीन और मोटी, और नर्म रसीली, दुरुस्त आवाज़ों के ये रंग-बिरंगे तार कि एक जान बनकर फैल रहे थे। आखिर ये नई ज़िंदगी अचानक कैसे और कहाँ से फूट पड़ी। ख़ामोश बरामदे और अहाते, शीशेवाले बंद दरवाज़ों और गूँगे कमरों की काया एकाएक कैसे पलटी !

---

* 'फ़रामोश' का चौथा अक्षर।

1. औरतों की विरोध-भरी आवाज़ें।

समझ में कुछ न आया। बस सोच लिया कि कहीं से मेहमान आए होंगे।

दूसरे दिन कोठी का चोला बदला नज़र आया। दूर से पता चल रहा था कि सफ़ेदी हुई है। फाटक के बाहर क़लई के अध-भरे ढोल भी रखे थे, कि जैसे राज काम करते-करते उन्हें छोड़ गए हैं और आ के फिर काम से लग जाएँगे। मेरे क़दम नादनिस्ता[1] तेज़-तेज़ उठने लगे। कोठी के क़रीब पहुँचते ही मेरी निगाह ने उसी बाहर वाली दीवार को टटोला। दिल धक् से रह गया। सारी दीवार पर सफ़ेदी पुती थी। और सफ़ेदी पर नुक़्तों, शोशों और ख़मों से पुरा हुआ वो जाला सफ़ेदी में डूब चुका था। अचानक फिर किसी ने मेरा रास्ता काट दिया और एक अनदेखी रस्सी मुझे जकड़े ले रही थी।

हाथ में वही लंबी सी क़ैंची लिये, बाहर की रोश पर दो-रवैया[2] झाड़ियों की हरी-घनी शाखों और फुनगियों को वह तेज़ी से काटता चला जा रहा था। अब तो वाक़ई मुझसे ज़ब्त न हो सका। यूँ भी अब वो माली ही लगता था। कोई पुरअसरार[3] मख़्लूक़[4] नज़र नहीं आता था कि मुझे झिझक होती। उसके क़रीब से गुज़रते हुए सादगी से रुका और सादगी से पूछा, ''इंजीनियर साहब के तो आज बहुत मेहमान आए हुए लगते हैं।''

''मेहमान कोई नहीं,'' माली की क़ैंची उसी तरह चलती रही, ''नए इंजीनियर साहब के घर वाले हैं।''

''नए इंजीनियर साहब,'' मैं चौंका और निगाह फ़ौरन नाम की तख़्ती पर गई। तख़्ती वाक़ई बदली हुई थी। माली उसी तरह हाथ रोके बग़ैर सादगी से बोला—

''हाँ जी, अब नए इंजीनियर साहब आ गए हैं। इंजीनियर साहब तो गए।''

''कहाँ ?''

''उन्होंने पेंशन ले ली।''

''पेंशन ? अच्छा ?'' मुझे ये बात न जाने क्यों इतनी अजीब मालूम हो रही थी ! चंद लम्हे ख़ामोशी रही। बस हरी शाख़ों में क़ैंची के दर-दर करने की आवाज़ आती रही। फिर माली आप ही बोला और इस मर्तबा उसकी आवाज़ में अफ़सोस की भी एक कैफ़ियत थी—

''अजी अच्छा ही हुआ कि उनको पेंशन हो गई। जब से उनका बेटा मरा था, उनका दिमाग़ चल-बे चल हो गया था।''

''बेटा ? अच्छा, बेटा मर गया था इंजीनियर साहब का !'' यकबयक उलझी हुई डोर का सिरा मिलता दिखाई दिया।

''नहीं जी, वो बेटा नहीं था।'' माली ने क़ैंची रोकी, क़ैंची ज़मीन पर डालकर कमर सीधी की, मेरी तरफ़ रुख़ करके खड़ा हो गया, ''इंजीनियर साहब बेचारे तो अकेले थे, वो उनका ले-पालक था। बहुत लाड़ करते थे उसका। बस दो दम थे, इंजीनियर साहब और ले पालक। और क्या देखना रह गया था उन्हें ! बस उसे देख-देखके जीते थे। न किसी से मिलना, न किसी के पास जाना, न कोई मेल-मुलाक़ाती। दफ़्तर या दौरा, वाँ

---

1. बिना सोचे-समझे 2. दो क़तारों वाली 3. असरदार 4. प्राणी

से सीधे घर, न कोई क़िस्सा, न बखेड़ा। उसी के साथ मगन रहते थे...उसे लू लग गई। कली की तरयों मुरझा गया...'' माली किसी सोच में डूब गया। फिर आप ही बड़बड़ाया, ''इंजीनियर साहब, फिर अकेले रह गए। बहुत दुखी रहते थे, बेचारे, बिलकुल खोए हुए रहने लगे थे। बस उसका ख़याल हर वक़्त रहता था। उसकी एक-एक चीज़ को, गेंद को, बल्ले को सँभाल के रख छोड़ा था...अच्छा ही हुआ पेंशन ले ली। बिलकुल चल-बे चल हो गए थे।'' उसने आहिस्ता से झुककर क़ैंची उठाई और मेरी तरफ़ देखे बग़ैर दूसरी रोश की तरफ़ हो लिया। खुले मैदान में कहीं-कहीं बहुत दूर इक्की-दुक्की ख़्वाब में चलती और चरती हुई भैंसें, फिर वो दो-रवैया आमों के दरख़्त कि ख़त्म होने में न आते थे, मिशन स्कूल की सुर्ख़ इमारत, इमारत से कहीं बहुत आगे निकलकर भट्ठे की काली-काली, चुपचाप चिमनियाँ जो क़रीब होने की बजाय दूर होती नज़र आ रही थीं, इस रोज़ वो लंबी, ऊँची चिमनियाँ नीची गर्द-आलूद सड़क के साथ कभी सीधी चलती और कभी टेढ़ी जाती दिखाई देतीं, इतनी लंबी लगीं कि मैं बेज़ार होकर रेल की पटरी को छुए बग़ैर वापस हो लिया।

बादल

वो बादलों की तलाश में दूर तक गया। गली-गली होता हुआ कच्ची कुइया पहुँचा। वहाँ से कच्चे रस्ते पर पड़ लिया और खेत-खेत चलता चला गया। मुख़ालिफ़ सिम्त[1] से एक घसियारा घास की गठरी लिये चला आ रहा था। उसे उसने रोका और पूछा कि, ''इधर बादल आए थे ?''

''बादल ?'' घसियारे ने उसे ताज्जुब से देखा जैसे उससे बहुत अनोखा सवाल किया गया हो।

''हाँ, बादल।'' और जब घसियारे की हैरत में कोई कमी न हुई तो वो उससे मायूस हुआ और आगे चलकर उसने खेत में एक हल चलाते हुए किसान से यही सवाल किया, ''इधर बादल आए थे ?''

किसान की समझ में भी ये सवाल न आया। उसने सिटपिटाकर कहा, ''बादल ?''

''हाँ-हाँ।''

असल में वो बादलों के मुतआल्लिक़ ऐसे पूछ रहा था जैसे ढूँढ़नेवाला राह चलते हुओं से गुम हो जाने वाले बच्चे के मुतआल्लिक़ पूछता है। शायद बादल भी गुमशुदा बच्चे थे कि वो उन्हें ढूँढ़ता फिर रहा था और हर राह चलते से पूछ रहा था। मगर किसी ने उसे तश्फ़ींबख़्श[2] जवाब नहीं दिया।

सबसे पहले आज सुबह उसने अम्माँजी से सवाल किया था, ''अम्माँजी, बादल कहाँ गए ?''

''कौन कहाँ गए ?'' अम्माँजी ने उससे ऐसे पूछा जैसे उसने बहुत अहमक़ाना सवाल किया था।

''बादल।''

''बादल ! अरे तेरा दिमाग़ चल गया है, जल्दी-जल्दी हाथ-मुँह धो, नाश्ता कर और स्कूल जा।''

अम्माँजी के इस अंदाज़े-बयान ने उस पर एक नाखुशगवार असर छोड़ा। उसने बेदिली से हाथ-मुँह धोया, नाश्ता किया और किताबों का बैग गले में डाल स्कूल के लिए घर से निकला। मगर घर से निकलते ही उसके ज़ेहन में फिर वही सवाल उभरा, 'बादल

---

1. विपरीत दिशा 2. तसल्लीबख़्श

कहाँ गए ?' और इसके साथ उसे रात का वो वक़्त याद आया जब उसने बादल उमड़ते-गरजते देखे थे। जब वो सोने लगा था, उस वक़्त आसमान बादलों से ख़ाली और सितारों से भरा हुआ था। हवा बंद थी और गर्मी से नींद नहीं आ रही थी। उसे मुश्किल से नींद आई। फिर जाने क्या वक़्त था कि उसकी आँख खुल गई। जो भी वक़्त हो, उसके लिए वो आधी रात थी। दूर आसमान पर बादल एक गरज के साथ उमड़ रहे थे। बीच-बीच में बिजली चमकती और उस चमक में वो बादल बहुत काले-काले नज़र आते। उसे लगा कि बहुत ज़ोर की बारिश आएगी। मगर उसमें नींद कितनी ख़राब होगी—इसी अंदेशे में उसने आँखें बंद कर लीं। ऐसे हो गया, जैसे उसे ख़बर ही नहीं है कि बादल गरज रहे हैं। सो गया। सुबह उठा तो हैरान रह गया, आसमान...आसमान बादलों से बिलकुल ख़ाली था और सेहन में बूँदें पड़ने के कोई आसार नहीं थे। उसे पहले ताज्जुब हुआ। फिर अफ़सोस हुआ। ताज्जुब इस पर कि बादल इतने उमड़-घुमड़कर आए थे और बरसे नहीं। फिर गए कहाँ ! अफ़सोस इस पर कि वह सो क्यों गया ! जैसे कि वो जागता रहता तो बादल आँखों से ओझल न हो पाते और फिर बरसकर ही जाते। वो बारिश हो जाती तो मौसम की पहली बारिश होती। मगर उसके सोते हुए बादल घिर कर आए और चले गए। बारिश की कोई बूँद नहीं पड़ी। बरसात का मौसम ख़ाली गुज़रा जा रहा था। उसने चलते-चलते एक बार फिर आसमान का जायज़ा लिया। दूर तक कोई बादल नहीं था। ख़ाली आसमान में सूरज ऐन उसके सिर पर चमक रहा था। वो स्कूल का रास्ता छोड़कर खेतों में निकल गया।

खेतों के बीच पतली-पतली बटेओं पर होता हुआ वह दूर निकल गया। धूप बहुत तेज़ थी, उसका बदन फुँकने लगा, हलक़ ख़ुश्क हो गया। कई खेत पार करने के बाद कहीं छाँव वाला एक पेड़ दिखाई दिया, कि उसकी छाँव में कुआँ चल रहा था। गोया रेगिस्तान में चलते-चलते नख़लिस्तान आ गया। उसने दरख़्त की छाँव में पहुँचकर किताबों का बैग एक तरफ़ रखा, कुएँ के पास पहुँचकर रहट से निकलते हुए पानी से पैर धोए। हाथ-मुँह धोया और फिर जी भरकर पानी पिया।

मुँह-हाथ धोकर, पानी पीकर आँखों में ठंडक और रोशनी आई। अब उसने इर्द-गिर्द का जायज़ा लिया। कुएँ के पास ही टूटे से मूढ़े पर एक बड़े मियाँ बैठे हुक़्क़ा पी रहे थे। उसने कई मर्तबा बड़े मियाँ की तरफ़ देखा, कुछ कहना चाहा मगर फिर हिम्मत छोड़ बैठा। आख़िर उसने हिम्मत बाँधी और बोला, "बड़े मियाँ, इधर बादल आए थे ?"

बड़े मियाँ ने हुक़्क़ा पीते-पीते उसे ग़ौर से देखा, फिर बोले, "बादल छिपकर तो नहीं आएँगे। जब घिरकर आएँगे तो आसमान-ज़मीन को पता चल जाएगा।"

"मगर रात को बादल आए थे और किसी को पता न चला।'

"रात बादल आए थे ?" बड़े मियाँ ने कुछ सोचा; फिर ऊँची आवाज़ में अल्लाहदीन से मुख़ातिब हुए, "अल्लाहदीन, रात बादल आए थे ?"

"अल्लाहदीन बैलों को हाँकते-हाँकते रुका, बोला, "मैं तो जी रात खाट पे पीठ

लगाते ही सो गया था, मुझे पता नहीं।''

फिर बड़े मियाँ बोले, ''बेटा, बादलों के ख़ाली आने से कुछ नहीं होता। मैं ऐसे इलाक़े में रह चुका हूँ जहाँ दस साल से बारिश नहीं हुई थी।''

''दस साल से ?'' उसका मुँह खुला का खुला रह गया था।

''हाँ, दस साल से, मगर बादल आते थे, मैं जिन दिनों वहाँ था, उन दिनों भी एक दफ़ा बादल बहुत घिर के आए थे, मगर पानी की एक बूँद नहीं पड़ी।''

''अजीब बात है ?''

''अजीब बात कोई नहीं, बारिश उसके हुकुम से होती है। उसका हुकुम होता है तो बादल बरसते हैं, उसका हुकुम नहीं होता तो बादल नहीं बरसते।''

बड़े मियाँ के इस बयान के साथ-साथ उसके तसव्वुर में फैली मुख़्तलिफ़ घटाएँ उमड़ आईं। वो घटाएँ जो घटाटोप अँधेरे के साथ उठीं जैसे बरसकर जल-थल कर देंगी। मगर एक बूँद बरसाए बग़ैर गुज़र गईं। वो घटाएँ जो चंद बेमानी-सी बदलियों की सूरत में आएँ और ऐसी बरसें कि ताल-तलैया उमड़ आएँ।

बड़े मियाँ ने तपते आसमान की तरफ़ देखा। फिर बड़बड़ाए, ''मौसम गुज़रा जा रहा है, पता नहीं उसका हुकुम कब होगा।''

जवाब में वो भी बड़बड़ाया, ''मींह बरसता ही नहीं। पता नहीं बादल आके कहाँ चले गए !''

''बेटा क्या बरसे, बरसेगा तो ख़बरें आने लगेंगी कि सैलाब आ गया। आसमान बख़ील[1] हो गया। ज़मीन में ज़र्फ़[2] नहीं रहा। बारिश होती ही नहीं, होती है तो सैलाब उमड़ पड़ता है।''

बड़े मियाँ की बातें उसकी समझ में कुछ आईं, कुछ न आईं। वो बैठा सुनता रहा। फिर अचानक उसे ख़याल आया कि बहुत देर हो गई है, किताबों का बैग उठा, गले में डाल, उठ खड़ा हुआ।

मिट्टी, धूल और धूप में वो देर तक चलता रहा। जिन रास्तों से आया था, उन्हीं रास्तों से लौट रहा था। धूप अब भी तेज़ थी। मगर जब वो कच्ची कुइया के पास पहुँचा तो उसे लगा कि हवा में एक ठंडी लकीर-सी तैर गई है और क़दमों के नीचे मिट्टी कुछ सीली-सीली सी है।

बस्ती में दाख़िल होते हुए उसने देखा कि रस्ता यहाँ से वहाँ तक गीला है, दरख़्त, कि उसके जाते वक़्त रोज़ की तरह धूल में अँटे खड़े थे, अब नहाए-धोए नज़र आ रहे हैं और नाला, कि पिछली बरसात के बाद से खुश्क़ चला आ रहा था, रवाँ हो गया है। ख़ुशी की एक लहर उसके अंदर दौड़ गई। अब उसे घर पहुँचने की जल्दी थी। वो देखना चाहता था कि उसके सेहन में जो जामुन का पेड़ खड़ा है, वो कितना तरोताज़ा हुआ है।

घर पहुँचकर उसने फ़िज़ा को बारिश के हिसाब से बदला हुआ पाया। जामुन से

---

1. कंजूस 2. क्षमता

बहुत से पत्ते नीचे गिरे पड़े थे और गीली मिट्टी में लथपथ थे। बाक़ी दरख़्त नहाया-धोया खड़ा था और अम्माँजी एक आसूदगी[1] के लहजे में कह रही थीं, "अच्छी बारिश हो गई, अल्लाह तेरा शुकर है। मेरा तो गरमी से दम उलटने लगा था।"

जामुन की टहनियों से बूँदें अभी तक टप-टप गिर रही थीं। वो पेड़ के नीचे खड़ा हो गया और बूँदों को अपने सिर पर और अपने गालों पर लिया। उसकी नज़र आसमान पर गई। आसमान धुला-धुला नज़र आ रहा था। अब वहाँ कोई बदली नहीं थी। उसे ख़याल आया कि वो बादलों की तलाश में धूप और धूल में कितनी दूर तक गया और बादल उसके पीछे आए और बरसकर चले भी गए। इस ख़याल ने उसे उदास कर दिया। बारिश में भीगी सारी फ़िज़ा उसे बेमानी नज़र आने लगी।

---

1. संतुष्टि

असीर[1]

"अच्छा, तुम यहाँ की सुनाओ।"

"यहाँ की ?...यहाँ की क्या सुनाऊँ ?"

असल में अनवर के लिए यह सवाल ग़ैरमुतवक़्क़अ[2] था। शऊरी तौर पर[3] न सही, ग़ैरशऊरी तौर पर, उसने ये तय कर रखा था कि जो कुछ होना था, वहीं होना था। सो वो कुरेद-कुरेदकर वहाँ के मुतआल्लिक़ पूछे जा रहा था, यहाँ के मुतआल्लिक़ सवाल हुआ तो जैसे वो बेख़बरी में पकड़ा गया।

"यहाँ क्या हुआ ?" जावेद ने फिर अपने सवाल का इसरार किया।

"यहाँ क्या हुआ," वो सोच में पड़ गया, फिर बोला, "यार, यहाँ कुछ भी नहीं हुआ।"

"कुछ भी नहीं हुआ ?"

"सच बात है, कुछ भी नहीं हुआ। जो तुमने वहाँ देखा, उसके मुक़ाबले में यहाँ कुछ भी नहीं हुआ।"

"अच्छा...वहाँ हम ये समझ रहे थे कि यहाँ बहुत-कुछ हो रहा होगा।"

अनवर नदामत[4] के लहजे में बोला, "हाँ यार, यहाँ कुछ नहीं हुआ।"

"जंग तो बहरहाल यहाँ भी हुई थी !"

"हाँ, जंग तो हुई थी," अनवर ने बुझे से लहजे में कहा।

गुफ़्तगू यहाँ आकर खुद-ब-खुद दरक गई। अनवर पूछने में जो गर्मजोशी दिखा रहा था, वो अब ठंडी पड़ चुकी थी। जावेद ने यूँ ही पूछ लिया था, ज़्यादा इश्तियाक़[5] और तजस्सुस[6] का मुज़ाहिरा उसने नहीं किया।

अनवर फिर खुद ही बोला, "असल में यहाँ बाहर से कुछ नहीं हुआ। जो कुछ हुआ, अंदर से हुआ।"

"बाहर से कभी कुछ नहीं होता," जावेद ने सादगी से कहा, "जो कुछ होता है, अंदर से होता है।"

"ऐसी बात तो नहीं," अनवर ने किसी क़दर गर्मी के साथ कहा, "वहाँ तो ज़्यादातर बाहर ही से हुआ। अलबत्ता यहाँ अंदर से ज़्यादा हुआ। इसलिए जंग के बाद ज़्यादा हुआ।"

---

1. बंदी 2. संदर्भहीन, 3. सचेत ढंग से 4. खेद, लज्जा 5. रुचि 6. जिज्ञासा

"अच्छा !"

"हाँ।"

"क्या हुआ ?"

"हड़तालें, तालाबंदी, जलसे-जुलूस, मारधाड़, तुलबा[1] के हंगामे, गिरफ़्तारियाँ..."

जावेद ने सामने मेज़ पर पड़ा तसवीरों वाला रिसाला[2] उठाया और उलटने-पलटने लगा। ये रिसाला वो सुबह से मेज़ पर पड़ा देख रहा था, मगर उसको या तो उसे देखने की फ़ुरसत नहीं मिली या देखने को जी नहीं चाहा। उस वक़्त उस रिसाले ने उसे अपनी तरफ़ खींचा। उसकी तसवीरें उसे बहुत अच्छी लग रही थीं।

"युनिवर्सिटी में तो अच्छी-ख़ासी जंग शुरू हो गई। मोर्चे बन गए और स्टेनगनें आईं। पूरी रात गोली चली।"

"अच्छा है," जावेद मुसकराया।

"क्या ?"

"ये कार्टून," जावेद ने रिसाला अनवर की तरफ़ बढ़ा दिया।

अनवर ने कार्टून देखा। कुछ देखा, कुछ न देखा। बेदिली से कहा, "हाँ, अच्छा है।" और चुप हो गया।

"यार, बाहर न चलें !" जावेद ने तजवीज़ पेश की।

"हाँ, चलें।"

"हाँ यार, घर में बैठे तो यहाँ एक सिलसिला चलता रहेगा। आनेवालों का ताँता बँधा रहता है। वही सवाल, वही बातें। ये नई असीरी है। चलो चलें।" वो तुरंत उठ खड़ा हुआ। अंदर के दरवाज़े के क़रीब जाकर ऊँची आवाज़ से कहा, "मैं ज़रा अनवर के साथ जा रहा हूँ।" और अनवर को साथ लेकर बाहर निकल आया।

"यार, तुम्हें सिंध के फ़सादात[3] की ख़बरें मिली थीं ?" अनवर को यकायक ख़याल आया कि ये सानिहा[4] बहुत संगीन और अलमनाक़[5] था। जावेद को इससे बाख़बर करना चाहिए।

"रेडियो की ख़बरों से क्या पता चलता, बहुत अलमनाक़ वाक़ियात हुए। बहुत लोग मारे गए, बहुत से घर से बेघर हो गए। तुमने लियाक़त मार्केट तो देखा था, कितना बड़ा बाज़ार था, पूरा बाज़ार जलकर राख हो गया और कोई आदमी नहीं बचा।"

"यार, ये पेट पर और रानों पर ख़ाने से कैसे बने हुए हैं ?" जावेद ठिठककर खड़ा हो गया।

अनवर बोलते-बोलते बीच में रुक गया और उस तरफ़ देखने लगा जिस तरफ़ जावेद देख रहा था। ये सिनेमाहॉल के बाहर आवेज़ाँ[6] पोस्टर था जिस पर नीमबरहना[7] तसवीर बनी थी। उसकी भरी-भरी रानों पर और नाफ़[8] तक खुले हुए पेट पर चारख़ाना बना हुआ था। ये तसवीर जिसे अनवर आते-जाते अदबदा कर देखता था, उसे बहुत बुरी लगी, "छोड़ो यार," और दोनों आगे चल पड़े।

---

1. छात्रों 2. पत्रिका 3. दंगों 4. दुर्घटना 5. पीड़ाजनक 6. चिपका 7. अधनंगी 8. नाभि

"आइस्क्रीम खाओगे ?" अनवर दुकान के सामने पहुँचकर यकायक रुक गया।

"खा लेंगे।"

"आइस्क्रीम खाते-खाते जावेद की नज़रों ने उस लड़की का तआक़्क़ुब[1] किया जो फ्लैपर पहने, बड़े-बड़े गोल शीशों की ऐनक लगाए नमूदार हुई थी और, उस वक़्त तक तआक़्क़ुब जारी रखा जब तक वो अंदर दाख़िल नहीं हो गई।

"यार अनवर, इधर मेरे पीछे बेलबॉटम तो ग़ायब ही हो गया।"

"और चुस्त पतलून भी।"

"चुस्त पतलून भी और चुस्त क़मीज़ भी—यार, अनवर, तुमने बताया नहीं कि यहाँ क्या हुआ !"

"जो हुआ वो तुम देख रहे हो।" अनवर ने आइस्क्रीम खाते हुए तंज़[2] के लहजे में कहा, "बेलबॉटम रुख़्सत हो गया, फ्लैपर आ गया।"

"ये छोटा वाक़िया तो नहीं है !" जावेद बोला।

"नहीं बहुत बड़ा वाक़िया है," अनवर का लहजा और भी तंज़िया हो गया—रुककर बोला, "क्या ख़याल है तुम्हारा इस बड़े वाक़िए के बारे में ?"

"मैं यार फ्लैपर से अपने आपको मानूस[3] नहीं कर पाया हूँ।" आइस्क्रीम ख़त्म करने के बाद उसने प्याला टोकरी में फेंका, "बस चलें !"

"हाँ चलें।"

दोनों आगे बढ़ लिये।

अनवर अब उस संजीदा मूड में नहीं रहा था। फिर भी छोटी-छोटी चीज़ों के बारे में जावेद के तजस्सुस[4] को देखकर उसने पूछ लिया—

"यार जब तुम यहाँ आए हो तो तुम्हारा क्या रद्दे-अमल[5] था।"

"रद्दे-अमल ? मेरा ? क्या मतलब ?"

"मेरा मतलब है कि उस लंबी असीरी के बाद जब तुम यहाँ आए तो तुमने क्या महसूस किया ?"

"यार कमाल है।" जावेद चलते-चलते फिर ठिठक गया।

"क्या हुआ ?"

"यार, इस नौजवान को देखो, इसने गुलाबी सलवार पहन रखी है और मेरा ख़याल है कि रेशमी है।"

"फिर क्या हुआ ?"

"कुछ नहीं हुआ ? अच्छा ?" जावेद चुप हो गया। फिर बोला, "क्या रेशम और रंग नौजवानों में बहुत मक़बूल हैं ? मैंने और भी नौजवानों को लाल-पीले रेशमी कुरते-सलवारें पहने देखा है।"

"हाँ, इसका अच्छा-ख़ासा रिवाज है, अच्छा सुनो, कढ़ाई गोश्त खाओगे ?"

"कढ़ाई गोश्त ?"

---

1. पीछा 2. व्यंग्य 3. परिचित, अभ्यस्त 4. जिज्ञासा 5. प्रतिक्रिया

"हाँ यार, खाने का वक़्त है, अभी घर कहाँ जाओगे। कढ़ाई गोश्त खाते हैं। फिर ज़रा लंबी टहल करेंगे।"

वहाँ मजमा बहुत था। सड़क पर दो-रवैया मोटरें ही मोटरें खड़ी थीं। मोटरों से परे पूरे सब्ज़ाजार[1] में, बल्कि जा-बजा[2] फुटपाथ पर भी, मेज़ें-कुर्सियाँ बिछीं थीं और मेज़ें भरी थीं। इनसे परे बकरे की एक निहायत वसीओ-अरीज़[3] तसवीर के नीचे बकरों की रानें क़तार-अन्दर-क़तार टँगी थीं। भट्टियाँ गर्म थीं, शोले लपक रहे थे।

"यार, यहाँ तो बहुत लोग हैं।"

"कोई बात नहीं, अभी जगह मिलती है।" ये कहते-कहते अनवर ने दूर एक मेज़ को ख़ाली होते देखा। लपककर गया और उस पर क़ब्ज़ा कर लिया। ये मेज़ फुटपाथ पर बिछी थी। बराबर ही में एक कार खड़ी थी जिसके सामने वाले ढकने को इस वक़्त बतौर खाने की मेज़ इस्तेमाल किया जा रहा था। गोश्त से भरी एक कढ़ाई, उस पर झुके हुए कुछ लड़के, कुछ लड़कियाँ।

"यार, ये वाक़िया भी मेरे बाद का है।" जावेद ने इर्द-गिर्द खाते हुओं पर एक नज़र डाली।

"कौन सा वाक़िया ?"

"यही कढ़ाई गोश्त का वाक़िया।"

"हाँ ये इस शहर में नई डिश है।"

उसने फिर इर्द-गिर्द एक नज़र डाली। कारों की क़तारों पर, मेज़ों-कुर्सियों पर, खाने वालों पर–"यार ये इलाक़े पहले बहुत ख़ामोश हुआ करते थे।" रुका, फिर बोला, "और अजीब बात है कि सब मजमा तके कबाब और कढ़ाई गोश्त का है। पहले तके कबाब की भी इतनी दुकानें तो नहीं थीं।"

अनवर की तवज्जो इस वक़्त बँटी हुई थी। उसकी नज़रें भट्टियों पर जमी हुई थीं, "इतनी देर हो गई, अभी तक लाया ही नहीं।"

जावेद ने इर्द-गिर्द का जायज़ा तफ़सील से लिया। बच्चे, औरतें, मर्द, नाज़ुकबदन ख़्वातीन[4], तोंदू मर्द–सब खाने में मुस्तग़र्क़ थे। एक क़रीब की मेज़ पर एक मोटा-ताज़ा आदमी पसीने में सराबोर इधर-उधर देखे बग़ैर खाए जा रहा था। एक दूसरी क़रीब की मेज़ पर एक सूट-बूट में मबलूस[5] शख़्स और नफ़ासत से बँधी साड़ी में एक छरहरे बदन वाली ख़ातून। कढ़ाई अब खाली हो चुकी थी। ख़ातून की प्लेट में हड्डियों का ढेर लगा था। इस वक़्त वो चपनी की हड्डी बड़े इस्तिग़राक़[6] से हचोड़ रही थी। इस मेज़ से परे और मेज़ें थीं, कि मेज़ पर गोश्त से भरी कड़ाई रखी हुई और लोगों के मुँह में जाते हुए बड़े-बड़े लुक़मे और चलते हुए मुँह-जबड़े, कि उसके तसव्वुर में बड़े होते चले गए और हैरत दहशत में बदलती चली गई।

"यार अनवर," उसने तश्वीश[7] के लहजे में कहा, "लोग अब बहुत खाने लगे हैं।"

---

1. हरे मैदान 2. यहाँ-वहाँ 3. लंबी-चौड़ी 4. औरतें 5. सुसज्जित 6. तल्लीनता 7. खेद, चिंता

अनवर ने कुछ सुना, कुछ न सुना, कि कड़ाही अब आ पहुँची थी, ''लो यार, खाओ।''

जावेद ने मुँह में लुक़्मा रखा और सोचा, 'मेरा जबड़ा कितना बड़ा है।'

''यार, तुम खा नहीं रहे !''

''खा रहा हूँ।''

''कहाँ खाँ रहे हो, यहाँ तकल्लुफ़ से काम नहीं चलेगा। ये कड़ाही गोश्त है। इसे खाने के लिए आदमी को थोड़ा वहशी होना पड़ता है।''

उसने अनवर की ख़ातिर कई लुक़्मे तेज़ी से लिये, मगर फिर उसकी रफ़्तार सुस्त पड़ गई। उसका ख़याल कहीं का कहीं जा निकला, ''यार, ख़ालिद का क्या हाल है ? मैं अभी तक किसी से मिला ही नहीं हूँ।''

''ख़ालिद का हाल ?'' अनवर नया लुक़्मा लेते-लेते रुक गया, ''मैंने तुम्हें ख़ालिद के मुतआल्लिक़ नहीं बताया था क्या ?''

''नहीं।''

अनवर रुका, फिर निवाला निगलते हुए आहिस्ता से बोला, ''यार, ख़ालिद गुज़र गया।''

''अच्छा ! वो भी गुज़र गया ?'' वो सोच में पड़ गया, ''यार, तुमने कितनों के मरने की ख़बर सुनाई है। इन दो बरसों में इतने लोग मर गए।''

''इन दो बरसों में लोग बहुत जल्दी-जल्दी मरे हैं।''

''और सब बिस्तर पर मरे हैं,'' जावेद के लहजे में हल्की-हल्की हैरत थी।

''क्या ? क्या मतलब ?'' अनवर कुछ चकरा-सा गया।

''बात ये है कि वहाँ मरने का तरीक़ा दूसरा था। मरने के रिवायती तरीक़ों से हम मानूस नहीं रहे थे।'' रुका, फिर बोला, ''इसीलिए हमें रशीद का मरना अजीब-सा लगा।''

''रशीद ? रशीद मर गया ? अच्छा ! मगर वो तो राजशाही में था।''

''हाँ, राजशाही में था, मगर आख़िरी दिनों में वो वहाँ से भागकर ढाके आ गया था। कुछ दिनों मेरे साथ रहा, फिर मर गया, मगर बिस्तर पर लेट कर।''

''अच्छा तो रशीद मर गया।'' अनवर अफ़सोस के लहजे में बड़बड़ाया।

''हाँ, मगर हमने उसे कफ़न भी दिया था और दफ़्न भी किया था।''

अनवर उसका मुँह तकने लगा कि ये क्या कह रहा है।

''रशीद की मौत उस देश में शायद आख़िरी रिवायती मौत थी।'' जावेद ने अपने पहले बयान की वज़ाहत की और चुप हो गया।

दोनों थोड़ी देर तक चुप बैठे खाते रहे। कुछ खाया, कुछ न खाया, पानी पिया, फ़ारिग़ हो बैठे। जावेद ने फिर इर्द-गिर्द नज़र डाली। बहुत से चेहरे बदल गए थे। मुख़्तलिफ़ मेज़ों पर नई कड़ाहियाँ थीं और नए खाने वाले और नए जबड़े, कि इस तरह हरकत कर रहे थे, और फैलते जा रहे थे। उसने उस तरफ़ से नज़र फेरी और फिर अनवर से मुख़ातिब हुआ।

"तुम पूछ रहे थे कि मैं जबसे यहाँ पहुँचा हूँ तो मैंने क्या महसूस किया। यही पूछ रहे थे न ?"

"हाँ।"

"यार, पहले तो मुझे यूँ लगा कि यहाँ सबकुछ बदल गया है और मुझे एक धचका-सा लगा। फिर रफ़्ता-रफ़्ता मुझे लगा कि यहाँ तो कुछ भी नहीं बदला है, और फिर मुझे एक धचका और लगा।"

"इन दोनों तास्सुरात[1] में क्या रब्त है ?" अनवर सोच में पड़ गया।

"कोई रब्त नहीं। अच्छा, ख़ैर छोड़ो इस बात को," जावेद ने फ़ौरन मज़मून बदला, "तुम कुछ सुनाओ ?"

"सुनाने की कोई बात हो तो सुनाऊँ।" अब अनवर इतना बुझ गया था कि सुनाने पर मायल[2] नहीं था।"

"अच्छा तुम कल किसका जिक्र कर रहे थे ?"

"किसका ? मुझे तो याद नहीं।"

"जिसे गोली लगी थी।"

"अच्छा, तुम मिरज़ा की बात कर रहे हो।"

"मिरज़ा गोली से मरा था ? गोली उसे कैसे लगी ?"

"ऐसा हुआ कि जलसे से निकल रहा था, जलसा अभी ख़त्म हुआ था। सड़क पर भीड़ बहुत थी।"

"हाँ जलसे के साथ यही तो ख़राबी है कि उसके बाद सड़क पर भीड़ बहुत हो जाती है।"

"अच्छा ?"

"फिर बस ये हुआ कि उसने सड़क को अबूर किया। चार क़दम चला था कि किसी ने गोली मार दी, वो मर गया।"

"गोली मार दी ?...अच्छा।...मगर क्यों मार दी ?"

"बस, मार दी।"

"अच्छा !...अजीब बात है...फिर क्या हुआ ?"

"फिर क्या होता ?"

"कुछ भी नहीं हुआ ?" उसने दहशतज़दा लहजे में कहा।

"नहीं, होना क्या था ?"

"आदमी को गोली लग जाए और फिर कुछ भी न हो ! अजीब बात है। कितनी अजीब बात है, क्यों अनवर !"

"तुम ठीक कहते हो, इससे पहले मुझे ये अहसास ही नहीं हुआ था।"

"तुम्हें ये अहसास ही नहीं हुआ था ?" उसने हैरत और दहशत से अनवर को देखा।

---

1. अनुभूतियों 2. तैयार

"हाँ यार," उसने एक शर्मिंदगी के साथ कहा और फिर ताज्जुब से जावेद को देखने लगा।

"जावेद !"

"हाँ, क्या बात है ?"

"यार," उसने डरते-डरते एक बार फिर कुरेदा, "तुमने तो वहाँ इससे बहुत ज़्यादा देखा होगा—क्यों ?"

जावेद ने ताम्मुल[1] किया, "हाँ," उसने अफ़सुर्दा लहजे में कहा, "तुम ठीक ही कहते हो, मगर हमको ये तो पता था कि क्यों हो रहा है, और ये अहसास तो था कि क्या हो रहा है...।"

---

1. सोच-विचार।

हिंदुस्तान से एक ख़त

अज़ीज़ुज़्ज़ान सआदत-ओ-इक़बाल निशान बरखुरदार कामरान तूलअमरः बाद दुआ और तमन्ना-ए-दीदार के वाज़अ[1] हो कि ये ज़माना ख़ैरियत तुम्हारी न मालूम होने की वजह से बहुत बेचैनी में गुज़रा। मैंने मुख़्तलिफ़ ज़राय[2] से ख़ैरियत भेजने और ख़ैरियत मँगाने की कोशिश की मगर बेसूद[3]। एक चिट्ठी लिखकर इब्राहीम के बेटे यूसुफ़ को भेजी और ताकीद की कि उसे फ़ौरन कराची के पते पर भेजो और उधर से जो चिट्ठी आए, मुझे बवापसी डाक रवाना करो। तुम्हें पता होगा कि वो कुवैत में है और अच्छी कमाई कर रहा है। बस उसी में वो अपनी औक़ात को भूल गया और पलटकर लिखा ही नहीं कि चिट्ठी भेजी या नहीं और भेजी तो उधर से जवाब आया या नहीं आया। शेख़ सिद्दीक़ हसन ख़ान का बेटा लंदन जा रहा था तो उसे भी मैंने एक ख़त लिखकर दिया था कि उसे कराची के लिए लिफ़ाफ़े में बंद करके लंदन के लेटरबक्स में डाल देना। उस हरामख़ोर ने भी पता न दिया कि ख़त उसने भेजा या न भेजा।

सबसे ज़्यादा तश्वीश[4] इमरान मियाँ की तरफ़ से रही कि वो वहाँ पहुँचे या नहीं पहुँचे। पहुँचे तो किसी तौर तो उन्हें अपनी ख़ैरियत का ख़त भिजवाना था। अहवाल ये है कि इमरान मियाँ इधर से गुज़रे थे, ये जंग के दो-सवा दो माह बाद की बात है। ये समझ लो कि वो गुलाबी जाड़ा था। मैं अपना पलंग कमरे से दालान में ले आया था। रात गए दस्तक हुई, मैं परेशान हुआ कि अल्लाह ख़ैर, इस ग़ैरवक़्त में कौन आया और क्यों आया। जाकर दरवाज़ा खोला, दस्तक देनेवाले को सर से पैर तक देखा। हैरान-ओ-परेशान कि ये कौन आ गया है। ख़ून ने ख़ून को पहचाना वरना वहाँ अब पहचानने के लिए कुछ नहीं रह गया था। तब मैंने उसे गले लगाया और कहा कि बेटे हमने तुम्हें इन हालों तो पाकिस्तान नहीं भेजा था, तुम क्या हाल बनाकर आए हो ! मगर फिर मैं अपने किए पर आप नादिम[5] हुआ। ये क्या कम था कि हमारी अमानत हमें वापस मिल गई। बंदे को चाहिए कि हर हाल में शुक्रे-खुदा करे। हर्फ़े-शिकायत ज़बान पर न लाए कि मुबादा क़लमा कुफ़्र बन जाए और कहने वाला मुस्तहक़े-अज़ाब ठहरे। इनसान ज़ईफ़ुलबुनियान[6] ने इस दुनिया में आने के बाद वो कुछ किया है कि उसके साथ

---

1. स्पस्ट 2. माध्यमों 3. बेफ़ायदा 4. अफ़सोस 5. पछताया 6. कमज़ोर नींव वाला

जो भी हो, उस पर शिकायत की गुंजाइश नहीं। आदमी बस चुप रहे और हय्यारो-क़ह्हार[1] के क़हर से डरता रहे।

तुम्हारी चची ने इमरान मियाँ को देखा तो हक़-दक़ रह गईं। गले लगाया और बहुत रोईं। मैं तो चुप रहा था, मगर वो पूछ बैठीं कि बहू कहाँ है। बच्चों को कहाँ छोड़ा ? इस पर उस अज़ीज़ की हालत ग़ैर हो गई। मैं और तुम्हारी चची दोनों घबराए। फिर एहतियात बरती कि ऐसा कोई हवाला दरमियान में न आए।

इमरान मियाँ तीन दिन रहे, मगर क्या रहे ! न बोलना, न हँसना, बस गुमसुम। तीसरे दिन इमरान मियाँ को ख़याल आया कि मियाँ जानी की क़ब्र पर चला जाए। मैंने सर पर हाथ फेरा और कहा कि बेटे तुम पच्चीस साल बाद दादा की क़ब्र पर फ़ातिहा पढ़ोगे। मगर दिन में उस तरफ़ जाना क़रीने-मस्लहत[2] नहीं। तुम इसी मिट्टी में पैदा हुए हो, पहचाने जाओगे। इस पर वो अज़ीज़ ज़हरख़ंद[3] हुआ और बोला कि, चचा जान, मैं घर आने से पहले बस्ती में घूम-फिर लिया हूँ। इस मिट्टी ने मुझे नहीं पहचाना। मैंने कहा कि बेटे-अब इसी में आफ़ीयत[4] है कि ये मिट्टी तुम्हें न पहचाने। ख़ैर, तो मैं शाम पड़े इमरान मियाँ को क़ब्रिस्तान ले गया। नई क़ब्रों से मैंने मुतआर्रिफ़ कराया, पुरानी क़ब्रों को उन्होंने खुद पहचान लिया। अँधेरा था, इसलिए बाज़ क़ब्रों की शिनाख़्त में क़दरे दिक़्क़त पेश आई। मियाँ जानी की क़ब्र पर पहुँचकर इमरान मियाँ का दिल भर आया। मेरी भी आँख भीग गई। वो क़ब्र अब बहुत कुहना[5] हो गई। सिरहाने खड़ा हुआ हरसिंगार का पेड़ गिर चुका है। तुम्हें याद होगा कि मियाँ जानी को हरसिंगार का बहुत शौक़ था। उन्होंने बाग़ में बहुत शौक़ से कई पेड़ लगाए थे और उनसे इतने फूल उतरते थे कि साल-भर तक घर की बच्चियों के दुपट्टे उनमें रँगे जाते थे और हर दावत पर बिरियानी में डाले जाते थे, फिर भी बचे रहते थे। मगर हरसिंगार तवज्जो चाहता है। मैं अकेला किस-किस चीज़ पर तवज्जो दूँ। हरसिंगार का ये आख़िरी पेड़ था जो मियाँ जानी के सिरहाने खड़ा रह गया था। जंग से पहले वाली बरसात में वह भी गिर गया। अब हमारा बाग़ और हमारा क़ब्रिस्तान दोनों हरसिंगार से ख़ाली हैं। रहे नाम अल्लाह का, बाग़ बचा रह गया तो यही बहुत है। क़ब्रिस्तान से मुतसिल[6] होने की बिना पर क़ब्रिस्तान में शुमार हुआ और हाथ से जाते-जाते बच गया। मगर इन बरसों में इतने पेड़ गिरे हैं और उनके साथ इतनी यादें दफ़्न हुई हैं कि अब इस बाग़ को भी क़ब्रिस्तान समझना चाहिए। जो पेड़ बाक़ी रह गए हैं वो गुज़रे दिनों के खुत्बे[7] नज़र आते हैं। बहरहाल जो बाग़ का हाल है, वो इमरान मियाँ देख गए हैं। अगर पहुँच गए होंगे तो बताया होगा। यहाँ से तो वो उसी सुबह को चले गए थे। रात भी मियाँ जानी की क़ब्र के सिरहाने बैठकर गुज़ार दी। मैं भी बैठा रहा। जब झुटपुटा हुआ और चिड़ियाँ बोलीं तो वो अज़ीज़ झुरझुरी लेकर उठा और मुझसे रुख़्सत चाही। मैंने हैरत से पूछा कि क्यों जा रहे हो ! आ गए हो तो रहो। फीकेपन से बोला कि यहाँ तो मुझे कोई पहचानता ही नहीं। मैंने कहा कि अज़ीज़ अब न पहचाने जाने

---

1. क़हर ढानेवाला 2. समझदारी का काम 3. नाराज़ 4. ख़ैर 5. जीण-शीर्ण 6. समीप 7. अभिलेख

ही में आफ़ीयत है, मगर वो मेरी बात से क़ायल नहीं हुआ। सफ़र उस पर सवार था। मैंने पूछा, मगर बेटे जाओगे कहाँ ? बोला कि जहाँ क़दम ले जाएँगे। मैंने उसकी बातों से अंदाज़ा लगाया कि, कठमंडू जाकर वहाँ से कराची जाने की सूरत निकालने की नीयत है। दिल तो बहुत दुखा मगर कुछ उसका इसरार और कुछ मेरा ये डर कि कहीं ये ख़बर न निकल जाए, सो मैंने सब्र किया। अपने बाज़ू से दुआए-नूर खोलकर उसके बाज़ू पर बाँधी और अल्लाह की हिफ़्ज़ो-अमान[1] में उसे रुख़्सत किया। चलते-चलते ताकीद की थी कि सरहद से निकलते ही जिस तरह भी हो ख़ैरियत की इत्तला देना। मगर वो दिन है और आज का दिन, ख़ैरियत की ख़बर नहीं है।

उधर की ख़बर इधर कम पहुँचती है और पहुँचती भी है तो इस तरह कि उस पर ऐतबार करने को जी नहीं चाहता। एक रोज़ शेख़ सिद्दीक़ हसन ने आकर ख़बर सुनाई कि पाकिस्तान में सब सोशलिस्ट हो गए हैं और प्याज पाँच रुपए सेर बिक रही है। ये ख़बर सुनकर दिल बैठ गया। मगर फिर मैंने सोचा कि शेख़ साहब पुराने कांग्रेसी हैं, पाकिस्तान के बारे में जो ख़बर सुनाएँगे, ऐसी ही सुनाएँगे। उनके बयान पर ऐतबार न करना चाहिए। चंद ही दिनों बाद एक ऐसी ख़बर सुन ली जिससे बुरी अफ़वाहों की तरदीद[2] हो गई। ख़बर सुनी कि मिरज़ाइयों को ग़ैर-मुस्लिम क़रार दे दिया गया है। शेख़ साहब को मैंने ये ख़बर सुनाई तो वो अपना सा मुँह लेकर रह गए। अल्लाह ताला पाकिस्तान पर अपनी रहमत करे और इस क़ौम को उसकी नेकी की जज़ा[3] दे, हम तो कुफ़्रिस्तान में हैं। ग़ैर-इस्लामी रसूमो-अतवार[4] रखते हैं और बोल नहीं सकते। हमारी हवेली के क़रीब ही ग़ैर-मुक़ल्लिदों[5] ने अपनी मस्जिद बनाई है। वहाँ वो बुलंद आवाज़ में आमीन कहते हैं और हम चुप रहते हैं।

हाँ, शेख़ सिद्दीक़ हसन तुम्हारे मुतल्लिक़ भी एक मर्तबा ख़बर लाए थे, ख़बर सुनाई कि तुमने कोठी बनवाई है। बैठक में सोफ़े बिछे हुए हैं। टेलीविज़न रखा है। ये ख़बर सुनकर ख़ुशी हुई—ख़ुदा का शुक्र अदा किया कि यहाँ की तलाफ़ी[6] वहाँ हो गई है। यहाँ हवेली का हाल अच्छा नहीं है, पिछली बरसात में झुकी हुई कड़ियाँ और झुक गईं। दीवानख़ाने का हाल तो ये है कि छत की तरफ़ देखो तो आसमान नज़र आता है। हमारी बेक़ारी और ज़ेरबारी का हाल तुम्हें अच्छी तरह मालूम है। तुम कुछ रक़म भेज सको तो मियाँ जानी की क़ब्र की मरम्मत करवा दी जाए और दीवानख़ाने की छत पर मिट्टी डलवा दी जाए। इससे ज़्यादा फ़िलहाल करना भी नहीं चाहिए। हवेली के मुक़दमे का ताहाल[7] फ़ैसला नहीं हुआ। क़िब्ला भाई साहब मरहूम 48 में चलते वक़्त मुक़दमे के काग़ज़ात मेरे सुपुर्द कर गए थे। अलहम्दुलिल्लाह कि उस वक़्त से अब तक मैंने सब पेशियाँ कामयाबी से भुगताईं हैं और हमेशा लायक़ वकीलों से रजूअ[8] किया है। ख़ुदा की ज़ात से उम्मीद है कि मुक़दमे का फ़ैसला जल्दी होगा और हमारे हक़ में होगा। मगर पैके-अजल[9] का पता नहीं कि किस रोज़ सर पे आ खड़ा हो। कभी-कभी बहुत फ़िक्रमंद

1. संरक्षण 2. खंडन होना 3. ईनाम 4. तौर-तरीके 5. अविश्वासियों 6. क्षतिपूर्ति 7. अभी तक 8. संपर्क 9. आख़िरी वक़्त

होता हूँ कि मेरे बाद में मुक़दमा कौन लड़ेगा।

जिस तरफ़ नज़र डालता हूँ तारीकी ही तारीकी नज़र आती है। हमारे साहबज़ादे अख़्तर के लच्छन ये हैं कि अपना नाम प्रेमी रख लिया है और रेडियो पर जाकर ड्रामों में पार्ट अदा करता है। छोटे भैया मरहूम की साहबज़ादी ख़ालिदा ने एक हिंदू वकील से शादी कर ली है। अब वो बेहिजाबी[1] से साड़ी बाँधती है और माथे पर बिंदी लगाती है। पाकिस्तान में जो ख़ानदान का नक़्शा है, वो तुम पर मुझसे ज़्यादा रौशन होना चाहिए। सुना था कि आपा जानी की लड़की नरगिस ने अपनी मर्ज़ी से शादी की है और जिससे की है वो वहाबी है। ख़ुद आपा जानी का अहवाल मैंने यह सुना है कि वो खुले मुँह बेटे की मोटर में बैठती हैं और बज़ाज़ों से मुँह-दर-मुँह बात करके कपड़ा ख़रीदती हैं।

ये सब कुछ देखने के लिए एक मैं ही ज़िंदा रह गया हूँ। क़िब्ला भाई साहब मरहूम और छोटे भैया, दोनों अच्छे दिनों में सिधार गए हैं। जब मैं क़ब्रिस्तान जाता हूँ और मियाँ जानी और छोटे भाई की क़ब्रों पर फ़ातिहा पढ़ता हूँ तो क़िब्ला भाई साहब बहुत याद आते हैं। क्या वक़्त आया है कि अब हममें से कोई जाकर उनकी क़ब्र पर फ़ातिहा भी नहीं पढ़ सकता। जो ख़ानदान एक जगह जिया, एक जगह मरा अब उसकी क़ब्रें तीन क़ब्रिस्तानों में बँटी हुई हैं। मैंने क़िब्ला भाई साहब से मोदबाना अर्ज़ किया था कि अगर आप हमें छोड़ ही रहे हैं तो फिर मुनासिब ये है कि आप कामरान मियाँ के पास कराची जाइए। मगर छोटे बेटे की मुहब्बत उन्हें ढाका ले गई। उनकी बेवक़्त मौत हम सबके लिए बहुत बड़ा सदमा थी। मगर अब मैं सोचता हूँ कि उनके जल्दी उठ जाने में भी अल्लाह ताला की मस्लहत[2] थी। वो नेक रूह थे, कुदरत को ये मंजूर नहीं था कि वो इबरतो-अज़ीयत[3] के दिन देखने के लिए ज़िंदा रहें। ये दिन तो मुझ गुनाहगार को देखने थे।

अब जबकि बड़ों का साया सिर से उठ चुका है, और हमारा ख़ानदान हिंदुस्तान और पाकिस्तान और बंगलादेश में बँटकर बिखर गया है और मैं लबे-गोर[4] बैठा हूँ, सोचता हूँ कि मेरे पास जो अमानत है, उसे तुम तक मुंतक़िल[5] कर दूँ कि अब तुम ही इस ख़ानदान के बड़े हो। मगर अब ये अमानत हाफ़िज़े[6] के वास्ते ही से मुंतक़िल की जा सकती है। ख़ानदान की यादगारें मय शिजरा-ए-निस्ब[7] के क़िब्ला भाई साहब अपने हमराह ढाका ले गए थे। जहाँ इफ़रादे-खानदान[8] ज़ाया हुए वहाँ वो यादें भी ज़ाया हो गईं। इमरान मियाँ यहाँ बिलकुल ख़ाली हाथ आए थे। सबसे बड़ा सानिहा[9] ये हुआ कि हमारा शिजरा-ए-निस्ब ग़ुम हो गया। हमारे अज्दाद[10] ने, कि सादात इज़ाम[11] में से थे, तारीख़ में बहुत मसायबो-आलाम[12] देखे हैं, मगर शिजरे के ग़ुम होने का अलम हमें सहना था। अब हम एक आफ़तज़दा ख़ानदान हैं जो अपना ठिकाना और शिजरा ग़ुम कर चुका है, और इंतिशार[13] का शिकार है। कोई हिंदुस्तान में खेत हुआ, कोई बंगलादेश

---

1. बेशर्मी 2. समझदारी 3. दुःख-दर्द 4. क़ब्र के मुहाने पर 5. स्थानांतरित 6. सुरक्षा 7. वंशावली 8. ख़ानदान के लोग 9. दुर्घटना 10. पूर्वज 11. महान सैयदों 12. दुख-ग़म 13. अस्त-व्यस्तता

में ग़ुम हुआ और कोई पाकिस्तान में दर-ब-दर फिरता है। अक़ीदे में ख़लल पड़ चुका है। ग़ैरइस्लामी तौर-अतवार[1] अपना लिये हैं, दूसरे मज़हबों और फ़िरक़ों में शादियाँ कर रहे हैं। यही हाल रहा तो थोड़े अरसे में हमारे ख़ानदान की अस्ल नस्ल बिलकुल ही नाबूद हो जाएगी और कोई ये बताने वाला भी न रहेगा कि हम कौन हैं और क्या हैं।

सो ऐ फर्ज़ंद[2] ! सुन कि हम नजीब उल तरफ़ैन सैयद हैं। हज़रत इमाम मूसा काज़िम से हमारा सिलसिला-ए-निस्ब मिलता है। मगर अलहम्दुलिल्लाह कि हम राफ़ज़ी[3] नहीं हैं। सही-उल-अक़ीदा[4] हनफ़ी[5] मुसलमान हैं। असहाबे-कबार[6] को मानते हैं और अहले-बैत[7] से मुहब्बत रखते हैं। मियाँ जानी का तरीक़[8] चला आता था कि आशूरा[9] के दिन रोज़ा रखते और दिन-भर मुसल्ले पर बैठे रहते। हमारे घर में एक तस्बीह थी कि आशूरे के दिन अस्र के हंगाम[10] सुर्ख़ हो जाया करती थी। मियाँ जानी बताते थे कि ये खास उस मुक़ाम की मिट्टी के दाने हैं जहाँ हमारे जद्दा अमजद सैयद ना हज़रत इमाम हुसैन अलहस्सलातोवलस्सलाम घोड़े से फ़र्शे-ज़मीन पर उतरे थे। इस तस्बीह के सुर्ख होने के साथ वालिदा मरहूम का इस्तग़राक़[11] बढ़ जाता। मगर सीनाकोबी और गिरया[12] से इज्तनाब[13] करते थे कि ये बिदअत[14] है। हाँ, खिचड़ी की देगें पकती थीं जो ग़ुरबा ओ मसाकीन[15] में तक़सीम होती थीं। तक़सीम के बाद बस एक देग रह गई थी। पिछले बरस हम इस एक देग से भी गए। क़बूली[16] का देगचा पकवाया और ग़ुरबा में बाँट दिया। अगले बरस का हाल अल्लाह को मालूम है। महँगाई बढ़ती चली जा रही है और हमारा हाल ख़स्ता होता चला जा रहा है। बेटे, हमें ये तो मालूम है कि पाकिस्तान में प्याज़ अब किस भाव बिक रही है, मगर एक बात सुन लो, क़ीमतें चढ़कर गिरा नहीं करतीं और अख़्लाक़[17] गिरकर सँभला नहीं करते। बस पनाह माँगो उस वक़्त से जब चीज़ों की क़ीमतें चढ़ने लगें और लोगों के अख़्लाक़ गिरने लगें। जब ऐसा वक़्त आ जाए तो बंदों को चाहिए कि तोबा-ओ-इस्तग़फ़ार[18] करें और तिलावते-कलामे-पाक करें कि आदो-समूद[19] की बस्तियों के ज़िक्र में फ़हम[20] रखनेवालों के लिए बहुत-सी निशानियाँ हैं।

ख़ैर, मैं ज़िक्र अपने ख़ानदान का कर रहा था। उस ख़ानदान का जिसे मैंने इकट्ठा भी देखा मगर बिखरते हुए ज़्यादा देखा। बयान किया, हम तीनों भाइयों से अपने हुज़ूर बिठाकर मियाँ जानी ने, कि खुदा उनकी क़ब्र को हरसिंगार की सुगंध से बसाए रखे—वो फ़रमाते थे कि मुझसे बयान किया मेरे वालिद बुज़ुर्गवार सैयद हातिम अली ने उस वक़्त जब कि उनका वक़्ते-सफ़र क़रीब आया। फ़रमाया उस जनाब ने कि मुझसे बयान किया

---

1. तौर-तरीके 2. बेटा 3. धर्म छोड़ देने वाले 4. सही यक़ीन वाले 5. इमाम हनफ़ी को मानने वाले 6. उत्तम व्यक्तियों के साथ रहनेवाले (यहाँ अर्थ मुहम्मद साहब के साथ रहनेवाले लोगों से) 7. जिन्होंने पैगंबर के हाथों इस्लाम क़बूल किया 8. परंपरा 9. मुहर्रम की दसवीं तारीख़ 10. समय अनुकूल 11. तल्लीनता 12. छाती पीटते हुए बैन करना 13. परहेज 14. धर्म में नई व्यवस्था करना 15. गरीब और निर्बल 16. चने की एक क़िस्म के साथ पकाया गया चावल 17. चरित्र 18. प्रायश्चित 19. आद : हूद पैगंबर की कौम; समूद : पैगंबर नूह की चौथी पीढ़ी 20. समझ

मेरे बाप सैयद रुस्तम अली ने उस तज़्किरे के हवाले से कि जिसमें हमारे ख़ानदानी हालात तमामो-कमाल दर्ज थे और जो ज़ाया हो गया उस हंगाम जबकि उन्होंने सन् सत्तावन में बाईस ख़्वाजा की चौखट को छोड़ा और बरस-बरस ख़ाक बसर दर-बदर फिरे और हवाले से उन बुजुर्गों के बयान करता हूँ मैं तुमसे कि हम असल में इस्फ़हान[1] की मिट्टी हैं। जब आवारा वतन शहंशाह हुमायूँ ने अपनी सल्तनत के हुसूल[2] के लिए इस दयार[3] में अपना लश्कर आरास्ता किया तो मूरिसे-आला[4] मीर मंसूर महद्दिस, कि खुर्माफ़रोश[5] थे और इल्म-उल-हदीस[6] का बहरे-बेक़राँ[7] थे, इस्फ़हान निस्फ़ जहाँ[8] से उस फ़लक जनाब[9] के हमरकाब हुए और ज़ुल्मतक़दः-ए-हिंद[10] में पहुँचकर मीनार-ए-नूर-ईमान[11] बने। अकबराबाद में उनका मज़ार आज भी मर्जअ-ख़लाएक़[12] है। क़ब्र कच्ची है। कुँआरियाँ मिट्टी उठाकर माँग में डालती हैं जो बरस के अंदर-अंदर माँग का सिंदूर बन जाती है। ख़ाली गोद ब्याहियाँ मिट्टी आँचल में बाँधकर ले जाती हैं और बरस बाद हरी गोद के साथ वापस आती हैं और चादर चढ़ाती हैं। शाहजहाँ के वक़्त में उस बुजुर्ग की औलाद ने अकबराबाद से रख़्ते-सफ़र[13] बाँधा और जहानाबाद पहुँची। फिर वहाँ से सन् सत्तावन की रस्ताख़ेज[14] में निकली। हमारे जद[15] मीर रुस्तम अली ने अपनी दौलत में से दमड़ी साथ न ली। बस शिजरा-निस्ब को पटके के साथ कमर पर मज़बूत बाँधा, काग़ज़ात-ओ-दस्तावेज़ात का पुलिंदा बग़ल में दबाया और निकल खड़े हुए। इसी पुलिंदे में ख़ानदान का तज़्किरा[16] भी था। राह में बटमारों से मुक़ाबला हुआ। इस अफ़रा-तफ़री में पुलिंदा बिखर गया। कुछ काग़ज़ात गिर गए, कुछ रह गए। गिर जाने वाले क़ाग़ज़ों में तज़्किरा भी था। मगर शुकर-सद-शुकर कि शिजरे का हर्फ़ भी मैला न हुआ।

बहुत ख़ाक छानने के बाद इसी बस्ती से, कि जहाँ अब अकेला तुम्हारा चचा ख़ाक-नशीं है, गुज़र हुआ। यहाँ की ज़मीन को मेहरबान पाकर डेरा किया। जानना चाहिए कि ज़मीन जब मेहरबान होती है तो महबूबा की आग़ोश की तरह नरम और माँ की गोद के समान कुशादा हो जाती है। जब नामेहरबान होती है तो जाबिर[17] हाकिम की तरह सख़्त और हासिद के दिल की मानिंद तंग हो जाती है। हक़ ये है कि इस ज़मीन ने एक मुद्दत तक हम पर दया की। इसने हमारे बढ़ते-फैलते ख़ानदान को बरस-बरस तक इस तरह अपनी आग़ोश में समेटे रखा जैसे तसर्रुफ़पसंद[18] माँ बच्चों को सीने से लगाए रखती है और किसी को आँखों से ओझल नहीं होने देती। तक़सीम से पहले इस ख़ानदान के सिर्फ़ तीन फ़र्द[19] बाहर निकले थे। भाई अशरफ़ अली, भैया फ़ारूक़ और प्यारे मियाँ। भाई अशरफ़ अली हमारे चचा जानी के बेटे थे और उम्र में क़िब्ला भाई साहब से एक साल बड़े थे। इस ऐतबार से तुम्हारे ताया हुए। माशाअल्लाह डिप्टी

---

1. ईरान में एक स्थान 2. प्राप्ति 3. स्थान 4. बड़े बुजुर्ग (वंश प्रवर्तक) 5. छुआरे बेचने वाले 6. हदीस का ज्ञान 7. बेक़रार समुद्र 8. आधी दुनिया 9. बहुत ऊँचे रुतबे वाला 10. अंधकारमय हिंदुस्तान 11. ईमान की रोशनी की मीनार (स्तंभ) 12. लोगों का रक्षा-स्थान (शरणस्थली) 13. सफ़र का सामान 14. प्रलय 15. पूर्वज 16. ब्यौरा 17. शक्तिशाली 18. व्यवहारकुशल 19. व्यक्ति

कलेक्टर थे और बाहर के अज़लाअ[1] में तैनात रहते थे, मगर डोली यहीं पहुँची थी। भैया फ़ारूक़ इनके छोटे भाई थे और मेरे हमउम्र थे। महकमा-ए-जंगलात में थे। उम्र सी. पी. में गुज़री। हमारी हवेली में लकड़ी का जितना सामान तुमने देखा, वो इन्हीं का बनवाया और भिजवाया हुआ था। दोनों भाई फ़ख़्रे-ख़ानदान थे। उम्र बाहर गुज़ारी मगर आख़िर में आराम अपनी मिट्टी में आकर किया।

प्यारे मियाँ फूफी अम्माँ के लाडले बेटे थे। लाड़-प्यार में ऐसे बिगड़े कि सातों ऐब करने लगे। हमारे ख़ानदान में वो पहले फ़र्द थे जिन्होंने बाईस्कोप देखा। एक दफ़ा मैं भी उनके कहे में आकर बहक गया। माधुरी को देखकर दिल बहुत बेक़ाबू हुआ। मगर मैंने अपने आपको सँभाला और फिर उस तरफ़ का रुख़ नहीं किया। प्यारे मियाँ आगे नाटक के मतवाले थे, बाईस्कोप शहर में आया तो उसके रसिया बन गए। 'बंबई की बिल्ली' देखकर सुलोचना पर मर मिटे। एक रोज़ फूफी अम्माँ की सोने की बालियाँ चुराकर घर से निकल गए और सीधे बंबई पहुँचे। मियाँ जानी ने कहला भेजा कि साहिबज़ादे, अब इधर का रुख़ न करना। बंबई में एक नटनी ने उन्हें झाँसा दिया कि तुम्हें सुलोचना से मिलवाऊँगी। सुलोचना से तो न मिलाया, खुद गले पड़ गई। सारी जवानी बंबई में गुज़ारी। फूफी अम्माँ के मरने की ख़बर पहुँची तो आए। बुढ़ापा आ चुका था। लंबी सफ़ेद दाढ़ी, हाथ में तस्बीह। माँ को बहुत रोए। हम सबने कहा कि अब तुम यहीं रहो। बोले कि मियाँ जानी की इजाज़त के बग़ैर यहाँ कैसे टिक सकता हूँ। मियाँ जानी दुनिया से पहले ही सिधार चुके थे, इजाज़त कौन देता ! फिर बंबई चले। सन् 47 लग चुका था और गाड़ियों में हादसे हो रहे थे, सबने बहुत समझाया, न माने। गाड़ी में सवार हो गए। मगर बंबई तो पहुँचे नहीं। जाने रास्ते में उन पर क्या गुज़री।

प्यारे मियाँ हमारे ख़ानदान की तरफ़ से सन् 47 के फ़सादात की पहली भेंट थे। मैंने एदादो-शुमार[2] जमा किए हैं—तब से अब तक हमारे ख़ानदान के इकतीस अफ़राद[3] अल्लाह को प्यारे हुए हैं, इक्कीस मक़्तूल[4] हुए, नौ तबई मौत मरे, सात को हनूद[5] ने हिंदुस्तान में शहीद किया, चौदह पाकिस्तान जाकर बिरादराने-इस्लाम के हाथों अल्लाह-अज़ीज़ हुए। इन चौदह में से एक को कराची में अय्यूब ख़ान के आदमियों ने इलेक्शन के मौक़े पर मोहतरमा फ़ातिमा जिन्ना की हिमायत करने की पादाश[6] में गोली मार दी। बाक़ी दस अफ़राद मशरिक़ी[7] पाकिस्तान में हलाक हुए। इन अफ़राद में मैंने इमरान मियाँ को शुमार नहीं किया है। बंदे को अल्लाह की रहमत से मायूस नहीं होना चाहिए। मेरा दिल कहता है कि वो हमारे जिगर का टुकड़ा अगर अभी तक कराची नहीं पहुँचा है तो कठमंडू में है। कठमंडू से याद आया कि भैया फ़ारूक़ का लड़का शराफ़त भी यहाँ से गुज़रा था। वो ढाका से बच निकला था और कठमंडू जा रहा था कि रास्ते में यहाँ रुक गया। वो बना-बनाया प्यारे मियाँ है। इस सानिहे ने उस पर ज़रा जो असर किया हो ! जितने दिन यहाँ रहा है, बेधड़क बाईस्कोप देखता रहा। चलने के लिए तैयार हुआ तो कठमंडू की

---

1. ज़िला का बहुवचन 2. आँकड़े 3. जन (फ़र्द व्यक्ति का बहुवचन) 4. क़त्ल होनेवाले 5. हिंदू का बहुवचन 6. बदले में 7. पूर्वी

बजाय बंबई के लिए बिस्तर बाँधा। मैंने बंबई जाने का सबब पूछा तो कहा कि वहाँ राजेश खन्ना से मिलूँगा। मैंने कहा कि अबे बेईमान, राजेश खन्ना कौन सा ई बिलमोरिया डी बिलमोरिया है, जो तू उससे मिलने के लिए बेताब है। मगर उसने मेरी एक कान सुनी और दूसरे कान उड़ाई और बंबई रवाना हो गया। बाद में उसका लंका से ख़ैरियत का ख़त आया। पता नहीं किन-किन रास्तों से भटककर वो वहाँ पहुँचा।

शराफ़त को ज़िंदा देखकर ख़ुदा का शुक्रिया अदा किया, मगर उसके लच्छन देखकर दिल ख़ुश नहीं हुआ। वैसे मैंने जो कुछ सुना है उससे ये ज़ाहिर होता है कि पाकिस्तान में जाकर हमारे ख़ानदान की लड़कियाँ ज़्यादा आज़ाद हुई हैं। मैं तो जिस लड़की के मुतअल्लिक़ सुनता हूँ, यही सुनता हूँ कि उसने अपनी मर्ज़ी से शादी कर ली है, हमारे ख़ानदान में तक़सीम से पहले बस एक वाक़िया ऐसा हुआ था जो ख़ानदान को बदनाम कर सकता था, मगर उसे भी ख़ुशउस्लूबी[1] से दबा दिया गया। छोटी फूफी की छत पर एक रोज़ कनकव्वा आके गिरा—और तुम जानो कि जिस घर में कोई लड़की जवान हो रही हो उस घर की अँगनाई में रोड़े का गिरना और छत पर कनकव्वे का ख़म खाना कुछ अच्छी अलामत[2] नहीं है। उन दिनों छोटी फूफी की बड़ी लड़की ख़दीजा क़द निकाल रही थी। छोटी फूफी ने इस वाक़िए का ज़िक्र मियाँ जानी से आकर किया। कनकव्वे के साथ जो रुक़्क़ा[3] छत पर गिरा था वो भी सामने रख दिया। मियाँ जानी आगबबूला हो गए। बहुत गरजे-बरसे कि रज़ा अली के बेटे की ये मजाल कि हमारी छत पर कनकव्वा गिराता है। मगर जब छोटी फूफी ने ऊँच-नीच समझाई तो नीचे पड़े। अब इसके सिवा चारा ही क्या था कि उस औबाश[4] के साथ दो बोल पढ़ाए जाएँ और लड़की को रुख़्सत कर दिया जाए। रज़ा अली साहब तो ख़्वाब में भी नहीं सोच सकते थे कि इस घर की बेटी उनकी बहू बनेगी। तुरत निकाह पर रज़ामंद हो गए। मगर ऐन वक़्त पर सवाल उठाया कि सीगा[5] पढ़ा जाएगा। मियाँ जानी ख़ून का-सा घूँट पी-पीकर रह गए, मगर क्या करते, हाँ कर दी। मगर इसका नतीजा क्या हुआ ? यही कि ख़दीजा की औलाद आधी तीतर, आधी बटेर है। एक ग्यारहवीं शरीफ़[6] की नियाज़[7] दिलाता है तो दूसरा मुहर्रम में अज़ादारी[8] करता है। मगर ख़ैर अब तो हमारा पूरा ख़ानदान ही आधा तीतर-आधा बटेर है और हम सब अज़ादार[9] हैं कि शिजरा हमारा खोया गया और अस्ल नस्ल का अता-पता ग़ारत हुआ। ख़ानदानों में ये ख़ानदान आगे कैसे पहचाना जाएगा ! अब ये ख़ानदान काहे को है, दरख़्त से झड़े हुए पत्ते हैं कि हवा में उड़ते फिरते हैं और ख़ाक में रुलते-मिलते हैं।

अज़ीज़! अब मैं उड़ते पत्तों का मातमदार हूँ। उन दिनों को, जब ये ख़ानदान बर्गो-समर[10] से लदा-फँदा दरख़्त था, याद करता हूँ और आवारा पत्तों का शुमार करता हूँ। मैंने मरने वालों ही के ऐदादो-शुमार जमा नहीं किए हैं, जिनका ज़िंदों में शुमार है उनको भी शुमार किया है। सबके नाम, पते और कवायफ़[11] क़लमबंद किए हैं। तहक़ीक़

1. व्यवहार-पटुता 2. लक्षण 3. चिट्ठी 4. लोफर 5. निकाह 6. पैग़ंबर मुहम्मद का जन्मदिन 7. चढ़ावा फ़ातिहा 8. मातम करना 9. शोकग्रस्त 10. पत्तों-फलों 11. हालात (क़ैफियत का बहुवचन)

की है कि इस वक़्त कौन अहले-ख़ानदान[1] किस मुल्क में आवारा है और किस नगर में ख़ाक-बसर[2] है। ये इबरत-भरा[3] चिट्ठा मैं तुम्हें भेज दूँगा। अपना क्या एतबार कि चिरागे-सहरी[4] हैं। चिराग़ बुझा चाहता है और आँख बंद हुआ चाहती है। तुम इस सीना सख़्त[5] ख़ानदान के नए चश्मो-चिराग़ हो। अँधेरे में भटकते हुओं को अगर तुम उजाले में लाने की सई[6] करो तो ये तुम्हारी सआदतमंदी[7] होगी। वैसे तो मुशाहिदे[8] में यही आया है कि तिनके बिखर गए, सो बिखर गए। तितर-बितर ख़ानदान कभी सिमटते नहीं देखे गए। मगर कोशिश करना इंसान का फ़र्ज़ है। इस दरमाँदा[9] ख़ानदान के सरदहरे[10] बनो। आवारों की ख़ैर-ख़बर रखो। अब, कि रस्ते खुलने लगे हैं, इधर का भी एक फेरा लगा जाओ। अपनी सूरत दिखा जाओ, हमारी सूरत देख जाओ। तुम्हारी चची का तक़ाज़ा है कि दुल्हन को साथ लेकर आओ। हाँ, मियाँ अकेले मत चले आना। इस बहाने तुम्हारे बच्चों को भी देख लेंगे कि किसकी क्या शक्लो-सूरत है ? कौन गोरा है, कौन काला है ? एक बात और, पाकिस्तान जाकर इस ख़ानदान में जो इज़ाफ़ा हुआ है उसकी तफ़सील मैंने नामों की हद तक क़लमबंद की है। शक्लो-सूरत के कवायफ़ दर्ज नहीं किए जा सकते।

ये ख़ाना तुम ़खुद पुर कर लेना। इस ढ़ाई-पौने तीन साल के अरसे में जो ख़ानदान में कमी-बेशी हुई, उसकी इंदराज[11] भी ज़रूरी है। तुम ऐसा करो कि इस अरसे में इधर जो गुज़र गए और जो ताज़ा वारिद[12] हुए, उनकी तफ़सील मालूम करके मुझे लिखो। मैं अलग-अलग कहाँ ख़त लिखूँ ! डाक खुली तो है मगर इतनी महँगी कि अब हक़ीर-सा पोस्टकार्ड लिखते हुए भी ये लगता है कि तार-बरक़ी[13] भेज रहे हैं। ये क्या सुन रहा हूँ कि ख़दीजा की छोटी बेटी ने शौहर से ़खुला ले लिया है और ख़ानदानी मनसूबाबंदी[14] के दफ़्तर में भरती हो गई है। ख़ुद तो काम से गई, दूसरों के वज़ीफ़ा-ए-ज़ौजियत में खंडत डालती फिरती है। हाँ मियाँ ! शिजरा तो खोया गया, अब ये ख़ानदान जो भी करे, थोड़ा है। मगर सुनता हूँ कि दूसरे ख़ानदानों वाले तो इससे बढ़कर कर रहे हैं। कोई बता रहा था कि इब्राहीम ने आटे में चूरी और चरी पीस-पीसकर एक और मिल बना ली है ! और मियाँ फ़ैज़ुद्दीन ने, कि यहाँ फटेहालों फिरते थे, काले पैसे से कोठियाँ खड़ी कर ली हैं ! मैं पूछता हूँ कि क्या पाकिस्तान में सब ही ख़ानदानों के शिजरे खो गए ! अजब-सुमअल-अजब[15] कि हमने दयारे-हिंद में सदियाँ बसर कीं। ऐश का ज़माना भी गुज़ारा, इदबार[16] के दिन भी देखे, उसकी शान के क़ुरबान, हुकूमतें भी कीं, महकूम[17] भी रहे, पर शिजरा हर हाल में हिर्ज़े-जान[18] रहा। पर उधर लोगों ने पाव सदी में अपने शिजरे ़गुम कर दिए। ख़ैर, ख़ुश रहें।

क्या-क्या लिखूँ ? लिखने को बहुत है मगर तुम इस कम लिखे को बहुत जानो।

---

1. खानदान का आदमी 2. निवासी 3. दुख भरा 4. सुबह का चिराग़ 5. दग्ध हृदय 6. प्रयत्न 7. उदारहृदयता 8. देखने में (सामान्यतः निरीक्षण के अर्थ में) 9. असहाय 10. उद्धारक 11. दर्ज किया जाना 12. अवतरित 13. बिजली तार 14. परिवार नियोजन 15. विचित्र आश्चर्य 16. दरिद्रता 17. गुलाम 18. बहुत प्रिय वस्तु

अपनी ख़ैरियत भेजो, आने की इत्तला दो। रुक़्क़ा तमाम करता हूँ कि अब नमाज़ का वक़्त हो रहा है और उसके बाद मुक़दमे के काग़ज़ात तरतीब देने हैं। कल फिर पेशी है। ये चार सौ सत्ताईसवीं पेशी है। इंशाअल्लाह-अल-अज़ीज़ ये भी खुशउस्लूबी से भुगताई जाएगी। शायद मैं इन्हीं पेशियों के लिए ज़िंदा हूँ वरना अब तुम्हारे बूढ़े चचा में कुछ बाक़ी नहीं रह गया है। हत्ता कि[1] जीने की ख़्वाहिश भी बाक़ी नहीं। दुनिया में आकर बहुत कुछ देखा, जो न देखना था, वो भी देखा। कहीं जल्दी आँख बंद हों कि वो देखें जो देखने की मुद्दत-उल-उम्र[2] से आरज़ू है।

तुम्हारा दूर-अफ़तादा[3] चचा
गुमनाम क़ुरबान अली
मोर्ख़ा 28 रमज़ान-उल-मुबारक 1394 हि.
18 अक्तूबर, 1974 ई.

1. यहाँ तक कि 2. सदियों लंबी उम्र 3. दूरस्थ

नींद

ज़फ़र उसे देखकर हैरान रह गया, ''अरे सलमान तुम ? तुम आ गए ? मगर कैसे ?''

''ये मत पूछो कि कैसे, बस मैं आ गया।''

ज़फ़र की समझ में नहीं आ रहा था कि आगे क्या कहे, ''वहाँ से ज़िंदा बचकर निकल आना...ये तो मुअजज़ा[1] है।''

''हाँ, मुअजज़ा ही समझ लो, बस ज़िंदगी थी कि निकल आया।''

ताज्जुब उसके निकल आने पर ज़फ़र ही को नहीं था, ख़ुद उसे भी था, ''मैं ख़ुद हैरान हूँ कि वहाँ से मैं कैसे निकल आया।''

ज़फ़र हैरान उसे तकता रहा। वहाँ से बचकर निकल आने वालों में वो पहला शख़्स था जिससे ज़फ़र की मुलाक़ात हुई थी। उसके तसव्वुर में ये बात नहीं आ रही थी कि वहाँ से कोई बचकर कैसे आ सकता है। उसने सलमान को एक मर्तबा नज़र भरकर सिर से पैर तक देखा, ''सलमान, तुम वहाँ से निकले कैसे ?''

''मैं कैसे निकला।'' वह बड़बड़ाया और उसका जी चाहा कि वह एक साँस में अपनी पूरी रूदाद[2] सुना डाले। मगर फिर इर्द-गिर्द की फ़िज़ा को देखकर रुका, ''यार दो लफ़्ज़ों में तो इसे बयान नहीं किया जा सकता। ये तो पूरी दास्तान है। तुम सुनोगे तो तुम्हारे होश उड़ जाएँगे।''

''ठीक कहते हो, हमारे तो सुन-सुनकर होश उड़े जा रहे हैं और तुमने तो सब कुछ आँखों से देखा है।''

उसने ठंडी साँस भरी, ''हाँ, सब कुछ आँखों से देखा है।''

अज़ीयत[3] भरे अनगिनत मंज़र उसकी आँखों के आगे घूम गए, ''इतना कुछ देखा है कि...बस बहुत कुछ देखा है ?''

''फिर सुनाओ।''

उसका एक बार फिर जी चाहा कि बस शुरू हो जाए, लेकिन उसने फिर अपने आपको रोका, ''सुनाने के लिए मेरे पास बहुत कुछ है मगर यहाँ खड़े-खड़े क्या सुनाऊँ !''

ज़फ़र ने सोचा, फिर पूछा, ''शाम को तुम क्या कर रहे हो ?''

---

1. पहेली 2. दुख-भरी कहानी 3. पीड़ा

''क्या शाम, क्या सुबह, मेरे लिए अब करने को है क्या !''

''फिर तुम शाम को मेरी तरफ़ आ जाओ।''

''आ जाऊँगा।''

''असलम को फ़ोन कर दूँगा, वो भी आ जाएगा।''

''असलम झक्की ? अरे वो यहीं है ?''

''उसे रिज़्क[1] न मौत, उसे कहाँ जाना है।''

''और ज़ैदी कहाँ है ?''

''अच्छा, उस बकवासिए को भी बुला लूँगा, फिर पक्की रही ?''

''पक्की।''

ज़फ़र ने घर पहुँचकर तेज़ी से डायल घुमाया, ''हेलो, असलम, यार मैं हूँ ज़फ़र, यार सलमान आ गया है।''

''सलमान ?...यार क्या कह रहे हो ?''

''हाँ-हाँ यार...वो आ गया है।''

''वो वहाँ से बचकर निकल आया ? मगर कैसे ?''

''शाम को आओ, और उससे ख़ुद पूछ लो।''

''आऊँगा।''

फिर उसने ज़ैदी के दफ़्तर फ़ोन किया, ''हेलो, ज़ैदी, भई ज़ैदी साहब को बुलाएँ...हेलो ज़ैदी...मैं ज़फ़र, यार तुम्हें एक ख़बर सुनाऊँ ?''

''सुनाओ।''

''सलमान आ गया है।''

''सलमान...नहीं बे।''

''हाँ, यार वो निकल आया है।''

''बहुत मोटी खाल का निकला, फिर कहाँ है वो ?''

''शाम को मेरी तरफ़ आ जाओ, वो आएगा।''

''आ जाऊँगा।''

शाम को चारों यार इकट्ठे हुए। तीनों ने सलमान को और सलमान ने उन तोनों को एक हैरत से देखा। असलम ने उसके बच आने पर पहले इज़हारे-ताज्जुब किया. फिर वहाँ के हालात पर इज़हारे-अफ़सोस किया। फिर उसे गुस्सा आता चला गया, ''लोगों को उन्होंने कैसी-कैसी अज़ीयतें देकर मारा है। बूढ़ों को, बच्चों को, औरतों को... वहशी...दरिंदे...मेरा बस चले तो मैं इन्हें...,'' उसने दाँत किचकिचाए।

''उन्हें यही करना चाहिए था,'' ज़ैदी ने ऐलान किया।

''यही करना चाहिए था,'' असलम गुस्से से बोला।

''हाँ हम पच्चीस साल तक उनके साथ जो कुछ करते रहे थे, उसके बाद उन्हें यही

---

1. खाना

करना चाहिए था।''

''क्या करते रहे थे, क्या किया था हमने उनके साथ,'' असलम ग़ुस्से से चिल्लाया।

फिर असलम ने अख़बारी रिपोर्टों के हवाले से उनके मज़ालिम[1] की तफ़सीलात सुनाईं और ज़ैदी ने बेतहाशा ऐदादो-शुमार[2] बयान करके अपनी तरफ़ वालों के इस्तहसाल[3] को साबित किया। सलमान ने एक लंबी जम्हाई ली। ज़फ़र ने उसकी तरफ़ देखा।

''सलमान, तुम्हारा क्या ख़याल है, तुम बताओ।''

उसने ज़फ़र के मुँह की बात लपक ली, ''हाँ, सलमान से पूछो। ये तो वहाँ इतने अरसे रहा है। इसने सारे हालात देखे हैं, सलमान तुम्हारा क्या ख़याल है ?''

''मेरा क्या ख़याल है,'' वो सोच में पड़ गया।

उसे ख़ामोश देखकर ज़फ़र आख़िर बेचैन हुआ। उसे टहोका, ''यार कुछ बोलो।''

''क्या बोलूँ ?''

ज़ैदी तंज़िया[4] हँसी हँसा, ''कमिटमेंट से डरता है।''

''कमिटमेंट !'' वो ज़ैदी का मुँह तकने लगा।

असलम ने ज़ोर देकर कहा, ''आख़िर पता तो चले कि तुम इस बारे में क्या सोचते हो।''

उसने एक तज़बज़ुब[5] के साथ कहा, ''यार कुछ समझ में नहीं आता।''

ज़फ़र ने बरहमी[6] से उसे देखा, ''पिछले बरस जब तुम आए थे, तो तुमने वहाँ के हालात का तजज़िया[7] कर-करके मेरा दिमाग़ चाट लिया था।''

वो ज़फ़र को तकने लगा, फिर मरी हुई आवाज़ में बोला, ''उस वक़्त मेरा गुमान यही था कि मैंने हालात को समझ लिया है।''

''अच्छा छोड़ो इस क़िस्से को,'' ज़फ़र ने कहा, ''तुम ये बताओ कि वहाँ हुआ क्या।''

''हाँ, ये मैं बता सकता हूँ।'' उसने मुस्तैदी से कहा।

''मैंने वहाँ बहुत कुछ देखा है। मैं उसे सुनाऊँ तो तुम्हारे रोंगटे खड़े हो जाएँगे।'' वो ये कहकर ऐसे चुप हुआ जैसे कोई लंबी दास्तान सुनाने की तैयारी कर रहा है। तीनों यार हमातन गोश हो बैठे। इंतज़ार करते रहे कि अब शुरू हो, और अब शुरू हो। मगर वो बिलकुल चुप था। जब वो कुछ न बोला तो ज़फ़र ने टहोका, ''यार तुम तो चुप हो गए !''

''हाँ यार,'' उसने सिटपिटाए लहजे में कहा, ''कुछ याद नहीं आ रहा।''

असलम और ज़ैदी दोनों ने उसे गुस्सैली नज़रों से देखा और फिर उससे बेतआल्लुक़ होकर एक दूसरे से बहस करने लगे।

बहस गरम होती चली गई। तंज़ो तारीज़, ग़ुस्सा, नाशाइस्ता कलमा[8], कभी इधर से

---

1. अत्याचारों 2. आँकड़े 3. शोषण 4. व्यंग्यात्मक 5. असमंजस 6. परेशानी 7. विश्लेषण 8. असभ्य वचन

कभी उधर से। बीच-बीच में ज़फ़र की तरफ़ से कोई भरपूर गाली—कभी इस तरफ़ वालों के लिए, कभी उस तरफ़ वालों के लिए, वो सुनता रहा, दोस्तों का मुँह तकता रहा। फिर उसके पपोटे भारी होने लगे। एक-दो दफ़ा ऊँघ गया। फिर फ़ौरन ही वो मुस्तैद हो बैठा और एक-एक बात ग़ौर से सुनने लगा। मगर थोड़ी ही देर में उसके पपोटे फिर भारी हुए और उसकी आँखें मुँदती चली गईं।

"हरामज़ादे, सामराजी कुत्ते," ज़ैदी ने ज़ोर से मेज़ पर मुक्का मारा।

"सब साले ग़द्दार थे, हिंदुस्तान के एजेंट," असलम ने ग़ुस्से से कहा। सलमान ने दोनों को नींद-भरी नज़रों से देखा और फिर सो गया।

आख़िर वो उस वक़्त उठा जब चाय सामने आ गई और ज़फ़र ने उसे टहोका, "सलमान, चाय पियो।"

उसने हड़बड़ाकर आँखें खोलीं। मआज़रततलब[1] नज़रों से दोस्तों को देखा और मुस्तैद हो बैठा। आँखों पर नरमी से उँगलियाँ फेरीं। फिर चाय का घूँट लिया। चाय के साथ-साथ उसकी नींद ग़ायब होती चली गई। चाय ने उसे ताज़ादम कर दिया था, जैसे उसके दिलो-दिमाग़ के दरीचे खुलते चले जा रहे हों, कहने लगा—

"अपने सोने पर उन दिनों का एक वाक़िया याद आ गया। उस रात ऐसा हुआ कि मैं बिलकुल नहीं सो सका।"

ये कहते-कहते दहशत-भरे मंज़र तेज़ी से उसके तसव्वुर में उभरे और एक ग़ैरइंसानी-सी चीख़ उसके दिमाग़ में गूँज गई।

"ये किस रात का ज़िक्र है। ज़वाल[2] हो चुका था ?" असलम ने सवाल किया।

उसने सोचा, फिर कहा, "ठीक याद नहीं कि वो कौन-सी रात थी। वैसे वो सब रातें एक-सी थीं। हुआ ये कि...," यह कहते-कहते वो चुप हो गया। असलम, ज़ैदी, ज़फ़र—तीनों उसकी तरफ़ मुतवज्जो थे। उन्हें अपनी तरफ़ मुतवज्जो देखकर वो सिटपिटा। बोला, "आई बात ज़ेहन से उतर गई। बहरहाल उसके बाद मैं रात-भर न सो सका।" रुका, फिर बोला, "और फिर उसके बाद तो ये हुआ कि सोना नसीब ही नहीं हुआ। शायद फिर सोया ही नहीं ... या शायद कभी सो लिया हूँ ...!"

असलम, ज़ैदी, ज़फ़र—तीनों ने बेदिली से उसकी बात सुनी। फिर वो आपस में गुँथ गए और वही बहस करने लगे कि उधर वालों ने इनका इस्तेमाल किया या इधर वालों ने ग़द्दारी की और वो बैठा-बैठा ये याद करने की कोशिश करने लगा कि उन रातों में वह किसी रात सोया था या नहीं सोया था। उसे कुछ याद न आया। और यहाँ आने के बाद ? यहाँ आने के बाद का भी सोने का हिसाब वह ठीक नहीं लगा सका।

इस हिसाब से थककर वह असलम, ज़ैदी और ज़फ़र की बहस पर मुतवज्जो हो गया। सुनता रहा, सुनता रहा। सुनते-सुनते उसने एक जम्हाई ली और ग़ुनूदआमेज़[3] आँखों से ज़फ़र को देखते हुए कहा, "यार, मुझे नींद आ रही है।"

---

1. क्षमाप्रार्थी 2. पतन 3. तंद्रिल

ज़फ़र ने बेमज़ा होकर उसे देखा, फिर मुरव्वत में कहा, "तो फिर सो जाओ।"

"हाँ यार मैं सोना चाहता हूँ।" उसने बंद होती आँखों के साथ नींद-भरी आवाज़ में कहा। आगे खिसककर सिर सोफ़े की निशस्त[1] पर टिकाया और पैर मेज़ पर फैला लिये। इस तरह कि उसकी एक ख़स्ताहाल जूती असलम के मुक़ाबिल थी और दूसरी जूती की नोक ज़ैदी के रू-ब-रू और वो खर्राटे लेने लगा।

---

1. पीठ

कछुए

विद्यासागर चुप हो गया था। उसने भिक्षुओं को ऊँची आवाज़ों से बोलते सुना, लड़ते देखा और चुप हो गया। सुनता रहा और चुप रहा। फिर उनके बीच से उठा और नगर से बाहर, नगरवासियों से दूर एक साल के पेड़ के नीचे समाधि लगाकर बैठ गया और कमल के एक फूल पर नज़रें जमाईं जो फूला, मुसकाया और मुरझा गया। एक फूल के बाद दूसरा फूल, दूसरे के बाद तीसरा फूल—जिस फूल पर वो दृष्टि जमाता वो फूलता, मुसकाता और मुरझा जाता। ये देख उसने शोक किया और आँखें मूँद लीं। निशि-दिन आँखें मूँदे बैठा रहा।

दिनों बाद बीते दिनों के संघी सुंदर समुद्र और गोपाल उसके पास आए, बोले कि, "हे विद्यासागर हम दुख में हैं।"

विद्यासागर प्रशांत मूर्ति बना बैठा रहा। ज़बान से कुछ नहीं बोला। गोपाल ढही आवाज़ में बोला, "कैसा अँधेर है कि जिन्हें नहीं बोलना चाहिए, वो बहुत बोल रहे हैं, जिसे बोलना चाहिए वो चुप हो गया है।"

और सुंदर समुद्र बोला, "सुभद्रा ने कहा और इन्होंने किया। सुभद्रा ने कहा था कि तथागत अब हमारे बीच नहीं है, वो सदा टोकता रहता था कि ये करो और ये मत करो। अब जो हमारे जी में आएगी वो हम करेंगे। हे विद्यासागर, अब सब भिक्षु वही करते हैं जो उनके जी में आती है और उनका जी तृष्णा के जंगल में है। घास का बिस्तर उन्होंने छोड़ दिया। अब वो खाट पर सोते हैं, और जाजम पर बैठते हैं। हे गुनी, हे ज्ञानी, तू क्यों नहीं बोलता !"

विद्यासागर ने आख़िर को आँखें खोलीं। सुंदर समुद्र और गोपाल को ग़ौर से देखा। पूछा, "बंधुओ, तुमने तोते की जातक सुनी है ?"

"नहीं।"

"तो फिर सुनो," विद्यासागर सुनाने लगा, "बीते समय की बात है, कि बनारस में ब्रह्मदत्त का राज था और हमारे बुद्ध देवजी ने तोते के रूप में जन्म लिया था। तोते का एक छोटा भाई था। दोनों छोटे-से थे कि एक चिड़ीमार ने उन्हें पकड़ा और बनारस के एक ब्राह्मण के हाथ बेच दिया। ब्राह्मण ने दोनों तोतों को ऐसे पाला जैसे औलाद को पालते हैं। एक बार ब्राह्मण को परदेस जाना पड़ा। जाते हुए तोतों से कह गया कि मिट्ठू तनिक अपनी माता का ध्यान रखना।

"ब्राह्मण के जाने के बाद वो नारी खुल खेली। छोटे तोते ने उसे टोकने के लिए पर तौले, बड़े ने कहा कि बंधु, तू बीच में मत बोल। पर छोटा न माना और नारी को टोक बैठा। उस चातर नारी ने भोली बनकर कहा, कि अच्छा अब मैं कोई पाप नहीं करूँगी, तूने टोक दिया, अच्छा किया। बाहर आ तुझे प्यार करूँ। वो भोला बाहर आ गया। नारी ने झट उसकी गरदन मरोड़ दी।

"जब दिनों बाद ब्राह्मण वापस आया तो उसने बड़े से पूछा कि मियाँ मिट्ठू, तुम्हारी माता ने मेरे पीछे क्या किया। तोता बोला कि महाराज जहाँ खोट हो, बुद्धिमान वहाँ चुप रहते हैं कि ऐसी अवस्था में बोलने में जान का खटका है।

"तोते ने यह कहकर जी में सोचा कि जहाँ बोल नहीं सकते वहाँ जीना अजीरन है, वहाँ चलो जहाँ बोल सको। पर फड़फड़ाए, ब्राह्मण से कहा कि महाराज दंडवत, हम चले। ब्राह्मण ने पूछा कि मियाँ मिट्ठू, कहाँ चले। बोला कि वहाँ जहाँ बोल सकें। यह कहकर बोधिसत्वजी बनारस की भरी बस्ती को छोड़कर जंगल की ओर उड़ गए।"

ये जातक सुनाकर विद्यासागर साल के पेड़ के नीचे से उठ आगे चल पड़ा। चलता रहा। काले कोसों जाकर एक निर्जन वन में वास किया। सुंदर समुद्र और गोपाल भी हर्ज-मर्ज खींचते पीछे-पीछे वहाँ पहुँचे।

विद्यासागर तीन रात वीरासन मारे, आँखें मूँदे, बे-खाए-पिए बैठा रहा। चौथे दिन सुंदर समुद्र और गोपाल अपने-अपने भिक्षापात्र लेकर उस वन से निकले और शाम पड़े भरे भिक्षापात्रों के साथ वापस आए। विद्यासागर के पास बैठकर बोले कि, "हे विद्यासागर, क्या तथागत ने नहीं कहा था कि पेट भरने के लिए खाओ और प्यास बुझाने के लिए पियो।"

ये सुनकर विद्यासागर ने आँखें खोलीं, जो सामने रखा था उसे खाया, ऐसे जैसे उसमें कोई स्वाद न हो और नदी का निर्मल जल पिया, ऐसे जैसे वो गर्म पानी हो। फिर कहा कि मिट्टी को मिट्टी में अर्पण किया।

सुंदर समुद्र ने ये मौक़ा अच्छा जाना और कहने लगा कि, "हे, विद्यासागर, भिक्षु सत्यपथ से फिर गए हैं। तथागत के बनाए नियमों का पालन नहीं करते, पेड़ की छाँव छोड़ी, छतों तले ऊँची खाटों पर आराम करते हैं। एक संघ के अंदर कितने संघ बन गए और कितनी मँडलियाँ पैदा हो गईं। हर मँडली दूसरी मँडली की जान की बैरी है। तू पलट चल और उन्हें शिक्षा दे कि तू हमारे बीच गुनी और ज्ञानी है।"

विद्यासागर बोला, "हे सुंदर समुद्र, तूने मैना की जातक सुनी है ?"

"नहीं।"

"तो सुनो, अगले जन्म की बात है कि बनारस में राजा ब्रह्मदत्त विराजता था और हमारे बुद्ध देवजी मैना के जन्म में जंगल में वास करते थे। एक पेड़ की घनी टहनी में एक सुंदर घोंसला बनाया और उसमें रहने-सहने लगे। एक बार बहुत वर्षा हुई। एक बंदर भीगता हुआ कहीं से आया और इसी पेड़ पर मैना के घोंसले के बराबर बैठ गया। पर यहाँ भी वो बूँदों से भीग रहा था। मैना बोली कि हे वानर, वैसे तू आदमी की बहुत

नक़्क़ाली करता है। मगर घर बनाने में उसकी नक़्क़ाली क्यों नहीं करता ? आज तेरा घर होता तो वर्षा से तेरी ये दुर्दशा क्यों होती ? बंदर बोला कि, मैना री मैना, मैं नक़ल करता हूँ पर अक़्ल नहीं। मगर फिर बंदर ने ये कहने के बाद सोचा कि मैना अपने घर में बैठी बातें बना रही है, उसका घर न हो और मेरी तरह भीगे, फिर देखूँ कैसे बातें बनाती है। ये सोचकर उसने मैना के घोंसले को खसोट डाला। बोधिसत्वजी उस मूसलाधार मींह में घर से बेघर हो गए। उन्होंने एक गाथा पढ़ी जिसका तत्त्व ये है कि हर ऐरे-ग़ैरे को नसीहत करना मुफ़्त में मुसीबत मोल लेना है। ये गाथा पढ़ते वो उस जंगल से भीगते हुए दूसरे जंगल की ओर उड़ गए।''

विद्यासागर ने ये जातक सुनाकर ठंडी साँस भरी और कहा कि ''बुद्धदेवजी ने बंदरों के साथ क्या किया और बंदरों ने बुद्धदेवजी के साथ क्या किया !'' फिर ये जातक सुनाई।

''बनारस के राजसिंहासन पर ब्रह्मदत्त विराजता था और बुद्धदेवजी ने बंदर का जन्म लेके जंगल बसाया हुआ था। बड़े होकर वो एक मोटे-ताज़े बंदर हुए और राजा के आमों के बाग़ में बसने वाले बंदरों के राजा बने। एक बार आमों की रुत में राजा बाग़ में आया और बंदरों को देखकर बहुत किलसा कि वो आमों का नाश कर रहे हैं। अपने पार्थियों से कहा कि बाग़ के गिर्द घेरा डालो और ऐसे तीर चलाओ कि कोई बंदर बच के न जाए।

''बंदरों ने ये बात सुन ली। बोधिसत्वजी के पास गए और पूछा कि, हे वानरराजा, बता अब हम क्या करें ! बोधिसत्वजी ने कहा कि चिंता मत करो। अभी उपाय करता हूँ। ये कहकर वो एक ऐसे पेड़ पर चढ़े जिसकी टहनियाँ गंगा के पाट पर दूर तक फैली हुई थीं। पाट पे फैली हुई आख़िरी टहनी से दूसरे किनारे छलाँग लगा के फ़ासला नापा और इस नाप का एक बाँस तोड़ दरिया पार की एक झाड़ी से बाँध पाट के ऊपर से आम की टहनी तक लाने का जतन किया। पर नाप में थोड़ी-सी चूक हो गई। बाँस और टहनी के बीच उनके बराबर फ़ासला रह गया। बोधिसत्वजी ने क्या किया कि बाँस के कोने के साथ अपनी एक टाँग बाँधी और अगले हाथों से आम की टहनी पकड़ी। बंदरों से कहा कि, लो मैं पुल बन गया हूँ, तुम मेरे ऊपर से होके बाँस पे से गंगा पार कूद जाओ।

''बाग़ में घिरे हुए अस्सी हज़ार बंदर बोधिसत्वजी की पीठ से सहज-सहज[1] गुज़रे ये सोचकर कि उन्हें दुख न पहुँचे, पर बंदरों में देवदत्त भी था। उसने भी उस समय बंदर का जन्म लिया था। उसने सोचा कि क्यों न इसी जन्म में बुद्ध का काम तमाम कर दिया जाए। वो इस ज़ोर से बोधिसत्वजी की पीठ पर कूदा कि वो अधमुए हो गए।

''राजा ये सब कुछ देख रहा था। उसने जल्दी से बोधिसत्वजी को ऊपर से नीचे उतारा, गंगा में स्नान कराके ज़र्द बाना उढ़ाया, सुगंध लगाई, दवा-दारू पिलाई। फिर

1. धीरे-धीरे

उनके चरणों में बैठा और कहा कि हे वानरराजा, तू अपनी प्रजा के लिए पुल बना, पर तेरी प्रजा ने तेरे साथ क्या किया। बोधिसत्वजी बोले कि, हे राजा, इसमें तेरे लिए एक शिक्षा है। राजा को चाहिए कि प्रजा को दुखी न होने दे, चाहे इस कारण उसे जान हारनी पड़े। ये कहकर बोधिसत्वजी ने आख़िरी हिचकी ली और बंदर के जन्म से दूसरे जन्म में चले गए।"

इस जातक ने विद्यासागर, सुंदर समुद्र और गोपाल–तीनों को दुखी कर दिया। उन्होंने शोक किया कि तथागत ने जग को निस्तारने के कारण कितने जन्म लिये और कैसे-कैसे दुःख भोगे पर हर जन्म में देवदत्त ऐसे दुष्ट होते रहे और तथागत के लिए कठिनाइयाँ पैदा करते रहे। सुंदर समुद्र ने पूछा, "हे विद्यासागर, क्या देवदत्त बुद्धदेवजी का भाई नहीं था ?"

"भाई ही था," ये कहकर विद्यासागर पहले हँसा, फिर रोया।

"हे ज्ञानी, तू हँसा क्यों और रोया क्यों ?" गोपाल ने पूछा।

"जब बकरी हँस और रो सकती है तो मैं मनुष्य जाति से हूँ, क्यों हँस और रो नहीं सकता ?"

सुंदर समुद्र को क़ुरेद हुई, "बकरी क्यों हँसी और क्यों रोई ?"

विद्यासागर ने जवाब में एक जातक सुनाई, "हे संतो, बीते समय की बात है कि बनारस में ब्रह्मदत्त का राज था। एक ब्राह्मण ने, कि देवों की विद्याओं में रचा-बसा था, मुर्दों को भोजन देने के ध्यान से एक बकरी ख़रीदी। बकरी को स्नान कराया, गले में गजरा डाला। बकरी अपनी भेंट की ये तैयारियाँ देखके पहले हँसी, फिर रोई। ब्राह्मण ने पूछा कि हे बकरी, तू हँसी क्यों और रोई क्यों। बकरी बोली, हे ब्राह्मण, अगले जन्म में मैं भी ब्राह्मण थी और मैं भी देवों की विद्या में पुरी हुई थी, और मैंने भी एक बार मुर्दों को भोजन देने के लिए एक बकरी ली थी और उसका गला काटा था। पर एक बार बकरी का गला काटने के बदले में मेरा गला पाँच सौ बार काटा गया। आज पाँच सौ एकवीं बार मेरे गले पर छुरी फिरेगी। मैं ये ध्यान करके हँसी कि आज आख़िरी बार मेरा गला कट रहा है, इसके बाद इस दुःख से मेरा निस्तार हो जाएगा और मैं ये ध्यान करके रोई कि मेरा गला काटने के बदले में अब तुझे पाँच सौ बार गला कटाना पड़ेगा।

"ब्राह्मण बोला कि हे बकरी, तू डर मत, मैं तेरा गला नहीं काटूँगा।

"बकरी ज़ोर से हँसी और बोली कि मुझ बकरी का गला तो कटना ही है, तेरे हाथों नहीं कटेगा तो किसी और के हाथों कटेगा।

"ब्राह्मण ने बकरी की सुनी-अनसुनी की। उसे आज़ाद किया और चीलों से कहा कि देखो इसकी रक्षा करो। चीलों ने उसकी बहुत रक्षा की पर होनी होकर रही। इस बकरी ने चरते-चरते एक पेड़ की टहनी पर मुँह मारा। वो पेड़ उस पर गिरा और वो वहीं ढेर हो गई।

"हे संतो, अब सुनो कि इसी पेड़ के बराबर एक सुंदर पेड़ खड़ा था। ये बोधिसत्व थे जिन्होंने तरुवर के रूप में जन्म लिया था। उन्होंने तुरंत तरुवर का जन्म छोड़ा और

हवा के बीच आसन जमा के बैठे। जनता ने ये देख अचंभा किया और इकट्ठी होने लगी। बोधिसत्वजी ने इस घड़ी एक मंगल गाथा पाठ की जिसका अर्थ ये है कि परशू हंसा का अंत देखो। जो दूसरे का गला काटेगा, एक दिन उसका भी गला काटा जाएगा।''

सुंदर समुद्र और गोपाल ने ये जातक ध्यान से सुनी और श्रद्धा से सिर झुका लिया। मगर फिर सुंदर समुद्र बोला कि, ''हे ज्ञानी, मेरा सवाल ज्यूँ का त्यूँ है, क्या देवदत्त बुद्धदेवजी का भाई नहीं था !''

विद्यासागर बोला, ''हे सुंदर समुद्र, ये प्रश्न मत कर, नहीं तो मैं फिर पहले हँसूँगा और फिर रोऊँगा।''

''हे ज्ञानी, तू क्यों हँसेगा और क्यों रोएगा ?''

''मैं ये बता के हँसूँगा कि देवदत्त हमारे बुद्धदेवजी का भाई था और ये ध्यान करके रोऊँगा कि वो भिक्षु भी था।''

सुंदर समुद्र सुनकर रोया और बोला कि, ''हे प्रभु, भिक्षुओं को क्या हो गया है ?''

विद्यासागर ने सुंदर समुद्र को घूरकर देखा, ''सुंदर समुद्र, ये मत पूछो।''

''क्यों न पूछूँ।''

''मत पूछ कि कभी यूँ भी होता है कि बुराई की खोज करते-करते अंत में हमें अपना ही आपा दिखाई देता है।''

''ये कैसे ?''

''ये ऐसे कि बनारस के राजा ब्रह्मदत्त की रानी किसी दूसरे मर्द से मिल गई। राजा ने उससे पूछ-गछ की तो उसने कहा कि मैं किसी पराए से मिली हूँ तो मैं मरने के बाद चुड़ैल बन जाऊँ और मेरा मुँह घोड़े का हो जाए और ऐसा हुआ कि रानी मर के सचमुच चुड़ैल बन गई और उसका मुँह घोड़े का-सा हो गया। वो एक वन में जाकर एक खोह में रहने लगी। आते-जाते को पकड़ती और खा लेती। एक दिन एक ब्राह्मण तक्षशिला से विद्या प्राप्त करके आ रहा था। चुड़ैल उसे कमर पे लाद कर अपनी खोह में ले जाकर उससे खेलने लगी। ब्राह्मण विद्वान था। पर जवान भी तो था। विद्या अपनी जगह, जवानी अपनी जगह। वो भी गरमा गया। चूमा-चाटी की और भोग लिया। इस भोग से चुड़ैल को गर्भ रहा। नौ महीने बाद उसने पुत्र जना। पुत्र वास्तव में हमारे बुद्धदेवजी महाराज थे जिन्होंने अबकी बार चुड़ैल के पुत्र के रूप में जन्म लिया था।

''बुद्धदेवजी ने बड़े होकर बाप को चुड़ैल के चंगुल से निकालने और मनुष्य जाति के बीच जाने की ठानी। चुड़ैल ने कहा, मेरे लाल तूने मनुष्य जाति के बीच जाने की ठान ही ली है तो अपनी मैया की बात सुन ले कि चुड़ैलों के बीच गुज़ारा करना आसान है, आदमी के साथ गुज़ारा करना कठिन काम है। मैं तुझे एक टोटका बताती हूँ जो उस दुनिया में तेरे काम आएगा। इस टोटके के बल पर तू आदमी के पाँव के निशान बारह खूँट तक देख सकता है।

''अपनी मैया से ये टोटका लेकर पूत पिता के संग बनारस पहुँचा और अपना गुण

बताके राजा के दरबार में चाकरी कर ली। दरबारियों ने ये देख के खुसर-पुसर की और राजा से कहा कि महाराज, परखना तो चाहिए कि इस आदमी के पास ये गुण है भी या नहीं। राजा ने उसकी परीक्षा के लिए क्या किया कि ख़ज़ाने का माल चोरी किया और दूर जाकर एक तलैया में डुबो दिया। दूसरे दिन शोर मचा कि ख़ज़ाने में चोरी हो गई। बोधिसत्वजी से कहा कि चोरी का पता लगाओ। बोधिसत्वजी ने झट-पट पाँवों के निशान देखे और तलैया से माल बरामद कर दिया।

''राजा ने कहा कि तूने चोर का पता न बताया। बोधिसत्वजी ने कहा कि महाराज, माल मिल गया, चोर का पता पूछकर क्या करोगे। राजा न माना। कहा कि चोर का पता बता। बोधिसत्वजी ने कहा कि हे राजा, मैं एक कहानी सुनाता हूँ, तू बुद्धिमान है, जान लेगा कि इसका अर्थ क्या है। एक नृत्यकार गंगा में स्नान करते हुए डूबने लगा। उसकी भारद्वाज ने ये देखा तो चिल्लाई कि स्वामी, तुम तो डूब रहे हो। मुझे बाँसुरी बजाकर कोई धुन सिखा दो कि मेरे पास गुण आ जाए और तुम्हारे बाद मैं पेट पाल सकूँ। नृत्यकार डुबकियाँ खाते हुए बोला कि अरी भागों भरी, मैं बाँसुरी क्या बजाऊँ और क्या धुन सिखाऊँ। पानी जो जीव-जंतु को तरावत देता है, और मरी मिट्टी में जान डालता है, मुझे मार रहा है। फिर उसने एक गाथा पढ़ी कि जिसका मतलब ये है कि जो मेरा पालनहार था वही मेरा जानलेवा बन गया।

''बोधिसत्वजी ने ये सुना के कहा कि महाराज, राजा भी प्रजा के लिए पानी समान है, अगर पालनहार ही जानलेवा बन जाए तो प्रजा कहाँ जाए।

''राजा ने कहानी सुनी, पर उसे चैन न आया। बोला कि मित्र, कहानी अच्छी थी। पर मैं तुझसे चोर की पूछता हूँ, वो बता।

''बोधिसत्वजी ने कहा कि महाराज जो मैं कहता हूँ, वो कान लगा के सुनो और फिर उन्होंने ये कहानी सुनाई। बनारस में एक कुम्हार रहता था। रोज़ नगर से निकल के जंगल जाता और अपने बर्तन-भाँड़ों के लिए मिट्टी खोद के लाता। एक ही स्थान से मिट्टी खोदते-खोदते एक गड्ढा बन गया था। एक दिन उस गड्ढे में उतर कर मिट्टी खोद रहा था कि आँधी चल पड़ी और ऊपर से एक तोता उस पर गिर पड़ा। बेचारे का सिर फट गया। वो चिल्लाया और ये गाथा पढ़ी कि जिस धरती से कोंपल फूटती है और जीव को चुग्गा मिलता है, उसी धरती ने मुझे कुचल डाला। जो मेरा पालनहार था, वही मेरा जानलेवा बन गया और फिर बोधिसत्वजी ने कहा कि महाराज राजा प्रजा के लिए धरती समान है। वह प्रजा को पालता है। पर राजा प्रजा को मूसने लगे तो प्रजा कहाँ जाए।

''राजा ने कहानी सुनी और कहा कि कहानी मेरी बात का जवाब नहीं, तू चोर पकड़ और मेरे सामने ला। बोधिसत्वजी ने कहा, महाराज, इसी बनारस के नगर में एक जना था। एक बार वो बहुत भात खा गया। उससे ऐसी दुर्दशा हुई कि जान के लाले पड़ गए। वो चिल्लाता था और कहता था कि जिस भात से अनगिनत ब्राह्मणों को सकत मिलती है, उसी भात ने मेरी सकत छीन ली और हे महाराज, राजा भी प्रजा के लिए भात

समान है। वो उसकी भूख दूर करता है और सकत देता है। पर अगर राजा ही प्रजा का भात छीन ले तो प्रजा कहाँ जाए।

''राजा ने ये कहानी भी एक कान सुनी और दूसरे कान उड़ाई। कहा कि मित्र, मुझे कहानियों पर मत टरका। चोर का पता बता। बोधिसत्वजी बोले, महाराज, हिमालय पहाड़ पर एक पेड़ था। उसमें बहुत सी टहनियाँ थीं। उन टहनियों में बहुत सी चिड़ियाँ बसेरा करती थीं। एक बार दो मोटी टहनियों ने एक दूसरे से रगड़ खाई और उनसे चिंगारियाँ निकलने लगीं। ये देख एक चिड़िया चिल्लाई कि पंछियो, यहाँ से उड़ चलो कि जिस तरुवर ने हमें शरण दी थी, वही अब हमें जलाने पर तुला है। जो हमारा पालनहार था, वो हमारा जानलेवा बन गया। और हे महाराज, जिस प्रकार पेड़ चिड़ियों को शरण देता है, उसी प्रकार राजा प्रजा को शरण देता है, पर अगर शरण देने वाला ही चोर बन जाए तो चिड़ियाँ कहाँ जाएँ।

''वो मूरख राजा इस पर भी कुछ न समझा। वही मुरग़े की एक टाँग कि चोर का नाम बता। बोधिसत्वजी ने हार के कहा कि अच्छा, सब प्रजा को इकट्ठा करो, फिर मैं चोर का नाम बताऊँगा। राजा ने डोंडी पिटवा के सारी प्रजा को इकट्ठा कर लिया। तब बोधिसंत्वजी ने ऊँची आवाज़ से कहा कि हे बनारस नगर के वासियो, कान लगा के सुनो, और ध्यान दो, जिस धरती में तुमने अपना धन दाबा था, उसी धरती ने तुम्हारा धन मूस लिया।

''लोग ये सुनके चौंके। उन्होंने ताड़ लिया कि बोधिसत्वजी ने क्या कहा। वो राजा पर पिल पड़े। फिर उसे हटा के बोधिसत्वजी को राजसिंहासन पर बिठाया और उनकी जय बोली।''

ये सुनते-सुनते सुंदर समुद्र और गोपाल, दोनों ने उत्साह से तथागत की जय बोली। विद्यासागर ने दोनों को देखा, ये जानने के लिए कि उनमें पूछने की चीटक अभी तक है या जाती रही। फिर कहा कि, ''भिक्षुओ, बताने वाला हमें-तुम्हें सब कुछ बता के परलोक को सिधारा है, सो अब किसी से मत पूछो और अब अपना दिया आप बनो कि अमिताभ ने सिधारते समय आनंद से यही कहा था।''

सुंदर समुद्र और गोपाल, दोनों तथागत के सिधारने का ध्यान करके दुखी हुए और बोले, ''जिस दिये ने जग में जोत जगाई थी और हमें डगर दिखाई थी, वो दिया बुझ गया। अब सृष्टि में अंधकार है और हम अपने दियों के धुँधले उजालों में भटकते हैं। अँधेरी चल रही है और अंधकार बढ़ता जा रहा है और हमारे टिमटिमाते दियों की लौ मंदी होती चली जा रही है।''

विद्यासागर ने उन्हें टोका और कहा कि, ''संतो, तुम अमिताभ के लिए कैसी बात ध्यान में लाते हो ? वो तो अमर ज्योति हैं, वो कैसे बुझ सकते हैं !''

ये सुनकर सुंदर समुद्र और गोपाल, दोनों अपनी चूक पर पछताए, एक श्रद्धा के साथ अमिताभ को ध्यान में लाए और धरती से अंबर तक उन्होंने एक उजाला फैला देखा। उनकी देह काँपने लगी और आँखों में आँसू उमड़ आए। विद्यासागर के संग

मिलकर उन्होंने प्रार्थना की कि हम भिक्षु तथागत अमिताभ की प्रार्थना करते हैं जो देव-स्थान में वास करते हैं, हर समय उन पर सुगंधित फूल बरसते हैं। हे आत्मारूपी, हे हमारे शाक्य मुनि, हे विद्या के सागर, हे अमिताभ, हम तुमको सम्मान के साथ बुलाते हैं, तुम हमारे स्थान में आके वास करो और हमारे अंदर जोत जगाओ।''

फिर वो चुप हो गए, पर आँसुओं की गंगा देर तक बहती रही। फिर उन्होंने उन दिनों को याद किया जब अमिताभ उनके बीच मौजूद थे और नगर-नगर, डगर-डगर, क्या बस्ती, क्या जंगल—सब जगह उजाला फैला था। विद्यासागर बोला, ''उन दिनों हम अमिताभ के संग रात-रात भर चलते थे। अँधेरी रातों में घने वनों से गुज़रते थे, पर कभी मुझे ये नहीं लगा कि अँधेरे में चल रहा हूँ। डगर ऐसे दिखाई देती थी, जैसे पूर्णमासी का चाँद निकला हुआ हो। पेड़-पौधे, फूल-पत्ते—जानो कि पूरी धरती और सारा अंबर उजियारा है और अमिताभ की जय-ध्वनि करता है।''

गोपाल सुनते-सुनते उन दिनों को ध्यान में लाया। कहने लगा, ''संतो, उन दिनों हम कितना चलते थे ! निश-दिन चलते ही रहते थे, कभी जंगलों में, कभी चटियल मैदानों में, और कभी भिक्षा पात्र लिये नगर-नगर, गली-गली।''

सुंदर समुद्र कल से तुरत आज में आ गया, दुख से बोला, ''अब भिक्षुओं ने चलना छोड़ दिया। उनके पाँव थक गए हैं, शरीर फैल गए हैं, और तोंदें फूल गई हैं।''

इस पर विद्यासागर ने कहा, ''बंधुओ, तथागत ने क्या कहा था कि जो जीव बहुत खा-खाके मोटा हो गया है, और बहुत सोता है, वो जन्म-चक्कर में फँसा रहेगा। सूअर के समान बार-बार पैदा होगा, बार-बार मरेगा।''

सुंदर समुद्र ने कहा, ''हे ज्ञानी, वो बहुत खाते हैं और खाट पर सोते हैं, और गद्दों पर सोते हैं और नारी से हँसकर बोलते हैं।''

''नारी से हँसकर बोलते हैं ?'' विद्यासागर ने डरी आवाज़ में कहा।

''हाँ, प्रभु, नारियों से हँसकर बोलते हैं और मैंने तो ये भी देखा है कि खुद संघ के भिक्षुओं की नारियाँ मुस्कराके बात करती हैं और झनांझन पहनती हैं।''

विद्यासागर ने आँखें मूँद लीं और दुख की आवाज़ में बड़बड़ाया, ''हे तथागत, तेरे भिक्षु तुझसे फिर गए हैं, मैं इस भवसागर में अकेला हूँ।''

सुंदर समुद्र और गोपाल ने भी आँखें मूँद लीं और गिड़गिड़ाए, ''हे तथागत, हम अकेले हैं और दुखी हैं और हमारे इर्द-गिर्द भवसागर उमड़ा हुआ है।''

वो आँखें मूँदे बैठे रहे। फिर सुंदर समुद्र ने आँखें खोलीं और कहा कि, ''गोपाल, तूने ये ध्यान किया कि हम आज पूरी बस्ती में फिरे हैं, हमें भिक्षा में सबकुछ मिला, पर खीर नहीं मिली।''

गोपाल ने हाँ में हाँ मिलाई, ''तूने सच कहा, खीर हमें किसी घर से नहीं मिली। और खीर तो अब कभी-कभी ही देखने में आती है।''

सुंदर समुद्र ने सवाल उठाया, ''मैं पूछता हूँ, खीर अब घरों में क्यों नहीं पकती ! क्या लोग तथागत को भूल गए हैं या गैयों ने दूध देना कम कर दिया है ?''

गोपाल बीते दिनों को याद करके कहने लगा, ''उन दिनों सब नर-नारी तथागत के नाम की माला जपते थे और गैयों के थन दूध से भरे रहते थे और घरों में खीर इतनी पकती थी कि बाहर वाले जी भर के खाते थे, फिर भी बची रहती थी।''

''और हम कितना स्वाद लेकर खीर खाते थे,'' सुंदर समुद्र के मुँह में पानी भर आया।

विद्यासागर ने घूरकर उसे देखा, ''स्वाद ? मूर्ख, क्या तू स्वाद लेकर भोजन करता है ?''

''नहीं प्रभु,'' सुंदर समुद्र ने झेंपकर कहा, ''मैंने भोजन कभी स्वाद लेकर नहीं खाया। सदा यही ध्यान करके खाया कि मिट्टी में मिट्टी मिल रही है और पेट भर रहा हूँ। पर जब खीर आती थी तो मेरे ध्यान में वो खीर आ जाती थी जो सुजाता ने तथागत को खिलाई थी और मेरे तालू और जीभ को कुछ होने लगता था।''

विद्यासागर ने दोनों को समझाते हुए कहा कि, ''बंधुओ, भूले मज़ों को याद मत करो। कहीं ऐसा न हो कि तुम फिर इंद्रियों के फैले जाल में फँस जाओ।''

दोनों ने कान पकड़े और कहा, ''प्रभु, हम हर स्वाद को त्याग चुके हैं। बस, तथागत के ध्यान में स्वाद लेते हैं।''

फिर एक बार शाक्य मुनि उनके ध्यान में फिर गए जो उठते-बैठते भिक्षुओं को उपदेश देते कि संसार असार है और संसार के स्वाद खोखले हैं। गोपाल बोला, ''सुंदर समुद्र, क्या तुम्हें वो घड़ी याद है, जब तथागत ने तुझे नारी-स्वाद के जाल से निकाला था ?''

''नारी-स्वाद के जाल से ?'' सुंदर समुद्र ने याद करने की कोशिश की।

''अरे मूरख, तू भूल गया। मुझे वो समय आज तक याद है। तथागत आँखें मूँदे प्रशांत मूर्ति बने बैठे थे और हम प्रेम और श्रद्धा से उन्हें तक रहे थे, हमने देखा उनके होंठ तनिक मुस्कराए। आनंद ने पूछा हे तथागत, मुसकाने का कारण क्या हुआ, बोले—कि इस समय एक भिक्षु का नारी से मुक़ाबला है।''

''मुक़ाबले में कौन जीतेगा ?'' आनंद ने पूछा।

''मुक़ाबला कड़ा है,'' तथागत बोले, ''नारी चातर है। गले लगती है और मचलकर निकल जाती है। उमंग दिखाती है और छुपा लेती है। छलकती छातियों की झलक दिखाती है, फिर ओट कर लेती है। लहँगा उतारने लगती है, फिर चढ़ा लेती है।''

सुंदर समुद्र ध्यान से सुनता रहा। उसे उस बीती घड़ी की ऐसे याद आई जैसे समुद्र उमड़ आता है। बोला,

''गोपाल, तूने कब की बात याद दिलाई। हाँ, मुक़ाबला बहुत सख़्त था। क्या नारी थी, मानो कँवल का फूल। मैं पहले उस बस्ती में जाता तो गली-गली फिरता और क्या निर्धन, क्या धनवान, हर चौखट पर जाकर भिक्षा लेता। पर उसकी सुंदरता ने मुझे ऐसा मोहित किया कि सब रस्ते भूला, बस उसी चौखट का हो रहा। रोज़ भिक्षा-पात्र लिये उस द्वारे जाता और आवाज़ लगाता कि सुंदरी, भिक्षु को भिक्षा मिले। उस छबीली ने मुझ पर

बहुत दया की और बहुत भिक्षा दी। मैंने बहुत स्वाद लूटा और एक दिन तो इतनी दयालु बनी कि मैंने जाना कि गंगा नहा लूँगा। अंदर ले जाकर साँकल लगा ली और गोद में फूल के समान आ पड़ी। हे गोपाल, मत पूछ कि कैसी कोमल, सरल गात थी ! क्या रसीला सीना था, और कैसे भरे-भरे कूल्हे थे और पेट बिलकुल मलाई। अंग से अंग मिलने लगा था कि तथागत की मूर्ति प्रकाशित हुई।'' सुंदर समुद्र ठंडा साँस लेकर चुप हो गया।

''फिर क्या हुआ ?'' गोपाल ने पूछा।

सुंदर समुद्र ने भारी-सी आवाज़ में कहा, ''फिर क्या होना था ! मैंने वासना को मारा और मीठी नदी से बे-पिये निकल आया।''

सुंदर समुद्र ने चुप होकर आँखें बंद कर लीं जैसे दूर के ध्यान में खो गया हो। फिर आँखें खोलीं, धीरे से बोला, ''अब वो कहाँ होगी !''

''कौन ?'' गोपाल ने अचंभे से उसे देखा।

''वही सुंदरी।''

''कौन जाने कहाँ हो।''

सुंदर समुद्र उठ खड़ा हुआ। गोपाल ने एक अचंभे के साथ देखा कि उसके क़दम बस्ती की तरफ़ उठ रहे हैं। गोपाल पुकारा, ''बंधु, पलट आ।'' लेकिन सुंदर समुद्र खोया-खोया चलता चला गया। गोपाल ने ज़ोर से आवाज़ दी, ''बंधु, पलट आ।''

विद्यासागर ख़ुश्क आवाज़ में बोला, ''सुंदर समुद्र अब पलटकर नहीं आएगा, कि वो अब वासना के जंगल में है।''

गोपाल चिल्लाया, ''हे विद्यासागर, कुछ ऐसा जतन कर कि वह वासना के जंगल से निकले और पलट आए।''

विद्यासागर ने उसी ख़ुश्क आवाज़ में कहा, ''हे गोपाल, तू उसे भूल जा, अपने आपको बचा सकता है तो बचा ले।''

''प्रभु मेरी चिंता मत करो, मैं बचा हुआ हूँ।''

विद्यासागर ने इस पर कुछ नहीं कहा, चुप रहा। फिर ज़हर-भरी हँसी हँसा और बोला, ''जो यहाँ सबसे बड़ा बोल बोल रहा था, वो सबसे पहले गया। वासना उसे ऐसे बहा ले गई जैसे बाढ़ सोते गाँवों को बहा ले जाती है।''

गोपाल विद्यासागर का मुँह तकने लगा। फिर बोला, ''हे गुनी ज्ञानी, बोलने में क्या बुराई है !''

विद्यासागर कहने लगा, ''बंधु, शायद तूने ज़्यादा बोलने वाले की जातक नहीं सुनी। अच्छा तो सुन। हमारे बुद्धजी महाराज एक बार एक दरबारी के घर जन्मे थे। बड़े होके राजा के मंत्री बने। मगर वो राजा बहुत बोलता था। बोधिसत्वजी ने मन में विचार किया कि किसी प्रकार राजा पर जताया जाए कि राजा की बड़ाई ज़्यादा बोलने में नहीं, ज़्यादा सुनने में है।

''अब सुनो कि हिमालय पहाड़ की तली में एक तलैया थी। वहाँ एक कछुआ रहता

था। दो मुर्ग़ाबियाँ भी उड़तीं वहाँ आईं। तीनों में गाढ़ी छनने लगी। पर एक समय ऐसा आया कि तलैया का पानी सूखने लगा। मुर्ग़ाबियों ने कछुए से कहा कि मित्र, हिमालय पहाड़ में हमारा घर है, वहाँ बहुत पानी है, तू हमारे संग चल, वहाँ चैन से गुज़रेगी।

"कछुआ बोला कि मित्रों, मैं धरती पर रेंगने वाला जानवर, भला इतनी ऊँचाई पर कैसे पहुँचूँगा।

"मुर्ग़ाबियों ने कहा कि अगर तू ये वचन दे कि तू ज़बान नहीं खोलेगा तो हम तुझे वहाँ ले चलेंगे।

"कछुए ने चुप रहने का वचन दिया। मुर्ग़ाबियों ने एक डंडी लाकर कछुए के सामने रखी और कहा कि बीच में से अपने दाँतों से पकड़ और देख बोलना मत। फिर एक मुर्ग़ाबी ने अपनी चोंच से डंडी का एक सिरा और दूसरी ने अपनी चोंच से दूसरा सिरा पकड़ा और उड़ लिये। उड़ते-उड़ते जब वो एक नगर से गुज़रे तो बालकों ने ये तमाशा देखा और शोर मचाया। कछुए को बहुत गुस्सा आया, वो कहने लगा कि अगर मेरे मित्रों ने मुझे सहारा दिया है तो तुम क्यों जल मरे। मगर उसने ये कहने के लिए जीभ खोली ही थी कि टप से ज़मीन पर गिर पड़ा।

"अब सुनो कि ये कछुआ जहाँ गिरा था, वो जगह राजा के महल में थी। महल में शोर मचा कि एक कछुआ हवा में उड़ते-उड़ते ज़मीन पर गिर पड़ा है। राजा बोधिसत्वजी की संगत में उस जगह आया। कछुए की दुर्दशा देख के बोधिसत्वजी से पूछा, "हे बुद्धिमान, तू बता कि कछुए की ये गत कैसे बनी।

"बोधिसत्वजी ने तुरंत कहा, 'ये बहुत बोलने का फल है।' और, कछुए और मुर्ग़ाबियों की पूरी कहानी सुनाई और फिर कहा कि हे राजा, जो बहुत बोलते हैं, उनकी यही दुर्गति बनती है।

"राजा ने बोधिसत्वजी की बात पर जी ही जी में विचार किया। बात उसके जी को लगी। उस दिन के बाद से ये हुआ कि वो कम बोलता था और ज़्यादा सुनता था।"

ये जातक सुनाकर विद्यासागर ने कहा, "बंधु, हम भिक्षु लोग कछुए हैं और रस्ते में हैं। जो मौक़ा-बेमौक़ा बोलेगा वो गिर पड़ेगा और रह जाएगा। तूने देखा कि सुंदर समुद्र किस बुरी तरह गिरा और रह गया।"

गोपाल के जी में ये बात उतर गई, बोला, "कितने भिक्षु अभी रस्ते में थे कि गिर पड़े और रह गए।" फिर कहा, "अब मैं चुप रहूँगा।"

और, गोपाल सचमुच चुप हो गया। ज्ञान-ध्यान करता, भिक्षा लेने बस्ती में जाता और किसी से बात किए बिना वापस आ जाता। पर एक दिन उस बस्ती के बीच उसके नगरवासी और बचपन के मित्र प्रभाकर ने उसे आन पकड़ा, कहा कि, "हे मित्र, मैं तेरे लिए राज का संदेश लाया हूँ। सुन कि तेरा पिता परलोक सिधारा। अब राजगद्दी ख़ाली पड़ी है। तेरी मैया तुझे बुलाती है और तेरी सुंदर स्त्री सोलह सिंगार किए तेरी बाट देखती है।"

गोपाल ने कहा, "हे मित्र, ये संसार दुःख का स्थान है। राज-पाट मोह का जाल है।

माता, पिता, स्त्री माया के खेल हैं। हम भिक्षु तथागत के बालक हैं।''

यह कहकर गोपाल मुड़ लिया, प्रभाकर ने पीछे से पुकारा, ''मित्र, मैंने तेरी बात सुनी। फिर भी मैं तुझसे कहता हूँ कि मैं तीस दिन इस बस्ती में रहूँगा और इसी स्थान पर बैठकर तेरी बाट देखूँगा।''

गोपाल वापस होने को तो हो लिया पर बहुत व्याकुल था। प्रभाकर की आवाज़ रह-रहकर उसके कानों में गूँज रही थी। वो विद्यासागर के पास ऐसे आकर बैठा जैसे पेड़ से पत्ता गिरता है। बोला, ''हे ज्ञानी, मैं चुप हूँ, फिर भी गिर रहा हूँ। डंडी मेरे दाँतों से निकल पड़ रही है, बता कि मैं क्या करूँ ?''

विद्यासागर ने कहा, ''फूल को देख।''

गोपाल पास की एक फूलों की झाड़ी के सामने आसन मारकर बैठा, और एक फूल को, कि अभी खिला था, तकने लगा। तकता रहा। फूल मुसकाता रहा। पर फिर धीरे-धीरे रंग-बेरंग हुआ, और फूल मुरझा गया। गोपाल को जैसे कल आ गई हो। अपने आपसे कहा कि हे गोपाल, संसार असार है और आँखें बंद कर लीं। मगर जब भोर भए उसने आँखें खोलीं तो उसी टहनी पे एक दूसरा फूल खिला हुआ था और उसे देख-देख मुसका रहा था। खिले फूल को देख वह व्याकुल हो गया। उसकी दृष्टि बिखर गई। आँखें इधर-उधर भटकने लगीं और उसे याद आया कि आज तीसरा दिन है। वो तड़प कर उठ खड़ा हुआ और उसके पाँव आप ही आप बस्ती की तरफ़ उठने लगे।

विद्यासागर उसे जाते देखा किया और चुप रहा। जब वह आँखों से ओझल हो गया तो वो ज़हर-भरी हँसी हँसा। फिर उसे तथागत की कही हुई बात याद आई कि यात्रा में अगर सूझ-बूझ वाला संघी साथी न मिले तो भलाई इसी में है कि यात्री अकेला चले, जंगल में चलते हाथी के समान।

तथागत की ये बात याद करके उसे बहुत ढारस हुई। उसने इस पर विचार किया कि उसे इसमें बहुत गंभीरता दिखाई दी। 'मैंने तथागत से पहले सुना और अब जाना कि जो आदमी मूर्ख के साथ चलता है, वो रस्ते में बहुत दुःख उठाता है। मूर्ख की संगत से ये अच्छा है कि आदमी अकेला रहे और अकेला चले।' उसने याद किया कि सुंदर समुद्र और गोपाल की संगत ने उसके ज्ञान में कितनी खंडत डाली है, वो बोलते ही रहते थे और उसका ध्यान बार-बार बँट जाता था। उसे लगा कि कितने मनों का बोझ था जो उनके चले जाने से उसके सिर से उतर गया है। उसने अब अपने आपको हल्का-हल्का जाना और निश्चिंत होकर जंगल में घूमने लगा। वो कभी ऊँची-ऊँची घास के बीच चला। कभी किसी बटिया पर पड़ लिया। कभी किसी ऊँची डगर पर हो लिया। उसने डाल-डाल, पात-पात को देखा। फूलों को मुसकाते और टहनियों को लहराते देखा। नदी किनारे चलते हुए शीतल धारा का शोर सुना। उसे लग रहा था कि सारा संसार आनंद-संगीत से भर गया है और फूलों की सुगंध जल-स्थल में रच-बस गई है और उसने जाना कि उसे वस्तु-ज्ञान मिल रहा है। उसने सोचा कि आत्मज्ञान अपनी जगह, मगर आदमी को वस्तु-ज्ञान भी मिलना चाहिए।

वस्तु-ज्ञान में मगन और आनंद से भरपूर वह डगर-डगर चलता रहा, देखता रहा, सुनता रहा, छूता रहा, सूँघता रहा। इसी चलने-फिरने में उसे एक पेड़ दिखाई दिया, 'अरे, ये तो इमली का पेड़ है।' वो ठिठक गया। उसे अचंभा हुआ कि उसने कितने दिनों से इस जंगल में वास कर रखा है, मगर उसे पता ही न चला कि यहाँ इमली का पेड़ भी है। फिर उसे ये ध्यान करके अचंभा हुआ कि अपने नगर से निकलने के बाद उसने कितने पेड़ों की छाँवों में बसेरा किया है, मगर कभी इमली का पेड़ दिखाई न दिया—'मैंने ध्यान नहीं दिया था या उन वनों में इमली का पेड़ होता ही नहीं !' और ये सोचते-सोचते उसका ध्यान पीछे की तरफ़ गया। इमली का घना, ऊँचा पेड़, कमान के समान लंबी-लंबी कटारें, तैरतीं-उतरतीं तोतों की डारें। जाड़ों की रात में भोर भए तोतों की लंबी-लंबी डारें शोर करती आतीं और उस पेड़ पर उतरतीं—'मैंने उसके बाद बहुत वन देखे, पर फिर ऐसा हरा-भरा पेड़ नहीं देखा और कभी किसी पेड़ पर इतने तोते उतरते नहीं देखे,' और फिर उस पेड़ के साथ उसे थोड़ा-थोड़ा करके बहुत-कुछ याद आया। आसपास फैले हुए ऊँचे-नीचे मिट्टी में अँटे रस्ते। उन पर दौड़तीं, गर्दा उड़ातीं, पेड़ों पर दौड़तीं गिलहरियाँ, गिरगिट, उसका क्रमची लेकर गिलहरी के पीछे भागना, गिलहरी का उचक कर पेड़ पर चढ़ना, टहनी पर जाकर दो नन्ही-नन्ही टाँगों पर खड़े होकर उसे देखना और फिर पत्तों मे छिप जाना। किसी भट में से दो सुइयों जैसी ज़बान के साथ एक लाल-लाल मुँह का अचानक दिखाई देना और ओझल हो जाना और उसके सारे बदन में डर की एक लहर का सरसराना। और हाँ कौशम्भी, उसी पेड़ तले शाम के झुटपुटे में वह उससे मिली थी, ऐसे जैसे नदी सागर से मिलती है। पहले होंठ मिले, फिर वो डाली की तरह की, लचकती लंबी बाहें उसकी गर्दन के गिर्द गईं और आन की आन में वो दोनों शाम के झुटपुटे से रात के अँधेरे में चले गए। ये ध्यान करते-करते उसके अंदर एक मिठास घुलती चली गई। मानो उसने सोम-रस पिया हो। 'वस्तु-ज्ञान'—उसने मन ही मन कहा और एक आनंद में डूब गया।

इस अवस्था में वो तनिक देर रहा। फिर व्याकुल हो गया और उसने सोचा कि सब भिक्षु पेड़ों की छाँव से निकलकर छतों के नीचे चले गए और खाटों पर सोने लगे और नारियों से आँख मिलाकर बातें करने लगे और वो अकेला वन में भटकता फिर रहा है। सब पलटकर अपने-अपने स्थानों में चले गए, मैं ही क्यों अपने पेड़ से दूर रहूँ। पेड़ की याद उसके लिए बुलावा बन गई। उसके पाँव उस डगर पर पड़ लिये जो इस जंगल से निकलकर उसके नगर की तरफ़ जाती थी।

जंगल से निकलते-निकलते वो एकदम ठिठका। एक प्रशांत मूर्ति उसके ध्यान का रस्ता काट रही थी और वो उपदेश जिसे वो भूल ही गया था कि हे भिक्षुओ, अपने विचारों की देखभाल रखो और अगर तुम बुराई के रस्ते पर पड़ जाओ तो अपने आपको वहाँ से ऐसे निकालो जैसे हाथी दलदल से निकलता है। उसने आगे उठते हुए पाँवों को रोका और ऐसे पलटा जैसे हाथी दलदल से निकलता है।

वो एक पछतावे के साथ पलटकर आया और एक पीपल के पेड़ तले वीरासन

मारकर बैठ गया। वो पछताया ये सोचकर कि वो खिलते फूलों और बहती नदी को देखकर खुश हुआ था। क्या तथागत ने नहीं कहा था कि भिक्षुओं, हँसना-मुसकाना किस कारण और खुशी किस बात की कि संसार तो दहड़-दहड़ जल रहा है। उसने अपने इर्द-गिर्द देखा। उसने जाना कि ये संसार अग्निकुंड है। हर चीज़ जल रही है। फूल, पत्ते, पेड़, बहती नदी और उसकी अपनी दृष्टि। उसने आँखें बंद कर लीं।

वो दिनों वीरासन मारे, आँखे मूँदे, गुमसुम बैठा रहा। पर उसे शांति नहीं मिली। उसका ध्यान बार-बार भटकता और इमली के पेड़ की तरफ़ चला जाता। निराश होकर वो उठा और शांति की खोज में एक लंबी यात्रा की।

एक जंगल से दूसरे जंगल में, दूसरे जंगल से तीसरे जंगल में, चलते-चलते उसके तलुवे .ख़ूनम-ख़ून हो गए और पाँव सूज गए और टाँगें दुखने लगीं। आख़िर को इर्दब्लू के जंगल में जा निकला। वो सहज-सहज करके बोधिद्रुम के पास गया। उस ऊँचे, घने बरगद को देखा जो एक देवता समान पेड़ों के बीच खड़ा था। वो उस पेड़ के नीचे वीरासन मारकर बैठा। हाथ जोड़कर विनती की कि हे शाक्य मुनि, हे तथागत, हे अमिताभ, ये भिक्षु तेरा कछुआ है और ये रस्ते में है। आँखें मूँद लीं और बड़बड़ाया, ''शांति, शांति, शांति।''

बैठा रहा, बैठा रहा। दिन बीतते चले गए और वो पत्थर बना बैठा रहा। फिर ऐसा हुआ कि धीरे-धीरे शोक उसके जी से धुल गया। मन में आनंद की एक कोंपल फूटी और ध्यान में एक हरा-भरा पेड़ उभरा। वो पेड़ वही इमली का पेड़ था। वो उठ बैठा। जाना कि उसने भेद पा लिया है। यही कि हर नर-नारी का अपना जंगल और अपना पेड़ होता है। दूसरे जंगल में ढूँढ़ने वाले को कुछ नहीं मिलेगा, चाहे वहाँ बोधिद्रुम ही क्यों न हो। जो मिलेगा अपने जंगल में, अपने पेड़ की छाँव में मिलेगा।

ये भेद पाकर विद्यासागर ने जाना कि उसने ज्ञान की माया पा ली और चला अपने पेड़ की ओर। पर इर्दब्लू के जंगल से निकलते-निकलते एक भावना ने उसके पैर पकड़ लिये—हे विद्यासागर, ये तूने भेद पाया है या तुझे मार ने बहकाया है। वो एक दुविधा में पड़ गया कि डंडी उसके दाँतों में है या दाँतों से छूट गई है। इस दुविधा में उसका एक पाँव इर्दब्लू के जंगल में था और दूसरा पाँव अपने पेड़ की तरफ़ उठा हुआ था और अग्निकुंड में चारों ओर आग दहक रही थी।

पत्ते

अगले दिन वो फिर उसी गली में गया और उसी द्वारे खटखटाया। फिर वही कोमल पैरों वाली ड्योढ़ी पे आई और फिर उसने नीची नज़रों के साथ भिक्षापात्र आगे कर दिया और भिक्षा लेकर चला गया। यही उसका नियम था। कितनी ड्योढ़ियों से कितनी नारियों के हाथों से उसने भिक्षा ली थी मगर कभी नज़र उठाकर किसी को नहीं देखा। उसने जान लिया था कि पंचेंद्रियों में आँख सबसे ज़्यादा पापी है। जो दिखाई देता है, वो सब माया का जाल है। देखने वाला माया के जाल में फँसता है और दुख उठाता है। सो आँख दुख देती है। सो मत देखो और मत फँसो और मत दुख उठाओ। सो वह नहीं देखता था कि भिक्षा किस हाथ से मिल रही है। सो उसने यहाँ भी नहीं देखा कि भिक्षा देने वाली कौन है, कैसी उसकी मूरत है। बस उजले कोमल पैर उसकी झुकी नज़रों के सामने पल-भर के लिए आते और ओझल हो जाते। वो इस ड्योढ़ी पर एक दिन आया, दो दिन आया और आता चला गया कि भिक्षा उस ड्योढ़ी से बड़ी श्रद्धा के साथ मिलती थी।

वो बसंत पंचमी का दिन था। गली-गली, द्वारे-द्वारे पीली साड़ियाँ लहरा रही थीं, मानो सरसों खेतों में नहीं, गलियों में फूली है और गेंदा क्यारियों में नहीं, ड्योढ़ियों में महका है। उसने आज फिर उसी द्वारे जाकर साँकल बजाई और फिर कोमल पैरों वाली ड्योढ़ी पे आई। पर आज पैरों में मेहँदी लगी थी। उसने झुकी नज़रों से उन पैरों को देखा और अचंभा किया कि गोरे पैरों में मेहँदी कैसी रचती है और पैर क्या से क्या बन जाते हैं। वो अचंभे से मेहँदी रचे गोरे कोमल पैरों को तकने लगा। ये ध्यान ही नहीं रहा कि उसे भिक्षा भी लेनी है।

"भिक्षुजी, जल्दी करो, त्यौहार का दिन है।" और इस आवाज़ के साथ, कि ये आवाज़ आज उसने पहली बार सुनी थी, भिक्षा-पात्र के साथ-साथ उसकी नज़रें भी उठ गईं और फिर उठी ही रह गईं। क्या मोहनी मूरत थी ! मुख चंद्रमा जैसा, बाल घटा जैसे, आँखें मृग की-सी। गर्दन मोरनी की-सी। छातियाँ नाशपातियाँ, गात भरी-भरी, कमर पतली-पतली, साड़ी बसंती, माथे पे लाल बिंदी। वो सुध-बुध खोए, टकटकी बाँध उसे तकने लगा। वो सुंदरी ऐसी हड़बड़ाई कि भोजन से भरी थाल हाथ से गिर पड़ी।

संजय इस शुभ दिन ख़ाली पात्र के साथ अपने स्थान पर वापस आया। मन को एक चिंता लग गई थी—'क्या मुझे मोह ने आ घेरा है ?' बहुत विचार किया, कुछ समझ

में न आया जैसे उसकी मति मारी गई हो। आनंद के पास पहुँचा और बोला कि, "प्रभु, मैं व्याकुल हूँ।"

आनंद ने ऐसे देखा जैसे टोह रहा हो, "कारण ?"

"नारी।"

"नारी ?"

"हाँ, नारी।" और संजय ने अपनी सारी बिपता कह सुनाई।

आनंद अचंभे के साथ आँखें खोले उसकी बिपता सुनता रहा। फिर उसने आँखें मूँद लीं। आँखें मूँदे चुप बैठा रहा। फिर आँखें खोलीं और बोला, "बंधु, गलियाँ और ड्योढ़ियाँ मोह का जाल हैं। भिक्षुओं का नियम ये है कि वो गलियों में रुकते नहीं और ड्योढ़ियों में ठहरा नहीं करते। गली-गली, द्वारे-द्वारे फिरते हैं। भिक्षा आज यहाँ से, कल वहाँ से। पर मूर्ख, तूने इस नियम का पालन नहीं किया, तूने वही किया जो सुंदर समुद्र ने किया था।"

"सुंदर समुद्र ने क्या किया था ?"

"तू नहीं जानता, सुंदर समुद्र ने क्या किया था ?"

"नहीं प्रभु, मैं नहीं जानता कि सुंदर समुद्र ने क्या किया था।"

तब आनंद ने संजय को सुंदर समुद्र की कहानी सुनाई।

सुंदर समुद्र की कहानी

जन्माष्टमी का दिन था। सुहानी रात, मंगल समय, भादों की रिमझिम हो रही थी। एक हवेली पर एक बूढ़ा-बुढ़िया धारों-धार रो रहे थे। एक कंचनी उधर से गुज़री तो अचरज किया, "हे दुखियारों, तुम पर क्या बिपता पड़ी है कि आज जन्माष्टमी के दिन जब हर नर-नारी, बूढ़ा-बालक उत्सव मना रहा है, तुम आँसुओं की गंगा-जमुना बहा रहे हो।"

वो दुख से बोले, "अरी, हमारे लिए न अब जन्माष्टमी है, न होली-दीवाली है। पूत के बिछड़ने का रोग ऐसा लगा है कि हर घड़ी उसे याद करते हैं और रोते हैं।"

"पूत बिछुड़ गया ?"

"अरी, हमारे एक ही तो पूत था, वो हमसे बिछुड़ गया और हमारी दुनिया अँधेरी कर गया।"

"कैसे बिछुड़ गया ?"

"एक दिन बुद्धदेवजी का इस नगर से गुज़र हुआ। उनके उपदेश ने उसे ऐसा बदला कि कहाँ तो छैला बना फिरता था, और कहाँ ये सिर मुँड़ाया, पीला बाना पहना, और शाक्य मुनि के पीछे हो लिया।"

"उस पूत का नाम क्या था ?"

"सुंदर समुद्र।"

"अच्छा, मैं तुम्हारे पूत को वापस लाऊँगी।"

"अरी तू कैसी बात करती है, शाक्य मुनि के संघ में जाकर कौन वापस आया है ?"

कंचनी ने ताव खाया, बोली, "वो अपने समय का मुनि है तो मैं भी अपने समय की कंचनी हूँ।"

यह कहकर वो वहाँ से चली। शाक्य मुनि का अता-पता लिया कि इन दिनों कहाँ बिराजते हैं और किस नगर में उनके भिक्षु भिक्षा लेने पहुँचते हैं। उसी नगर पहुँच, एक ऊँची हवेली ले, वहाँ रह पड़ी। सुंदर समुद्र हर रोज़ भिक्षा-पात्र ले बस्ती में पहुँचता, कभी इस गली में, कभी उस गली में। एक दिन उस गली में आया और उस ऊँची हवेली की ड्योढ़ी पर पहुँचा। वो कंचनी तो बाट ही देख रही थी। थाली लेकर खुद ड्योढ़ी पर आई। ऐसी चतुराई से बात की और भिक्षा दी कि सुंदर समुद्र ने अगले दिन फिर उसी गली का फेरा लगाया और उसी ड्योढ़ी पर आया। फिर वो उसकी ड्योढ़ी से ऐसा हिला कि द्वारे-द्वारे जाना छोड़ा। रोज़ उसी ड्योढ़ी पर जा खड़ा होता और भिक्षा पात्र भरवाके लौटता। एक दिन कंचनी चतुराई से कहने लगी कि, "भिक्षुजी, तुम्हारे नियम में कोई फ़र्क़ न पड़े तो आज यहीं पधारो और भोजन करो। मैं जानूँगी कि मेरी कुटिया को चार चाँद लग गए।"

सुंदर समुद्र ने विचार किया। फिर दिल में कहा कि तथागत ने कभी किसी को ना नहीं किया। एक मूर्ख ने उनके सामने भोजन के नाम पर मांस लाकर रख दिया। उस पर भी ना नहीं कहा और मांस खा लिया। मुझे भी यही नीति अपनानी चाहिए। सुंदर समुद्र ने उस दिन उसी ड्योढ़ी में बैठकर भोजन किया। उस कंचनी ने दूसरे दिन भी यही इच्छा की और सुंदर समुद्र ने फिर उसकी इच्छा मान ली। बस, सुंदर समुद्र रोज़ ही उस ड्योढ़ी में बैठकर भोजन करने लगा।

सुंदर समुद्र को अपनी ड्योढ़ी में बुला लेने के बाद उस कंचनी ने गली के बालकों को बहलाया-फुसलाया और सिखलाया कि जब भिक्षुजी ड्योढ़ी में बैठकर भोजन करें तो तुम गली में ख़ूब दंगा करना और धूल-मिट्टी उड़ाना–'मैं दिखावे के लिए डाँटू-डपटूँगी, तुम बिलकुल मत मानना।' अगले दिन उन बालकों ने यही किया। कंचनी ने बालकों को डाँटा-डपटा, मगर उन्होंने एक कान सुनी और दूसरे कान उड़ा दी। अगले दिन कंचनी सुंदर समुद्र के सामने हाथ बाँध के खड़ी हो गई। कहा कि, "प्रभुजी, गली के बालक बगटुट हैं, गर्द-मिट्टी उड़ाके भोजन को ख़राब करते हैं। मैं विनती करती हूँ कि आप अंदर आकर पधारें और भोजन करें।"

सुंदर समुद्र ने फिर बुद्ध-नीति को याद किया, और कंचनी की बात चुपचाप मान ली। उस दिन से सुंदर समुद्र ड्योढ़ी से निकल अंदर दालान में बैठकर भोजन करने लगा। वो भोजन करता और कंचनी उसकी सेवा करती। सेवा करते-करते छब दिखलाती। क्या उस कंचनी की छब थी, और क्या रूप था ! सूरत सुर्ख़-सफ़ेद जैसे सेब, अनार, चुटिया नागिन जैसी, भवें कमान सी, गोल-गदराई छातियाँ, कमर पतली, कूल्हे भरे-भरे। सुंदर समुद्र जब उसकी ओर देखता तो जी उसका डोलने लगता।

तथागत ने अपने ज्ञान से जाना कि उनका एक भिक्षु किस गत में है। उन दिनों तथागत ने अपने पूरे संघ के संग श्रावस्ती के बाहर अनाथ पंदका के बाग़ में वास किया था। सब संघी उपदेश सुनने के लिए इकट्ठे हुए। तथागत एक घने आम तले वीरासन मारकर बैठे और आँखें मूँद लीं। कुछ देर बाद आँखें खोलीं, संघियों को तका, फिर उनकी ज्ञान-भरी नज़रें सुंदर समुद्र पर आके ठहर गईं। टकटकी बाँध के उसे देखते रहे। फिर बोले, "संघी, तेरा मन किस कारण उचाट है ?"

सुंदर समुद्र ने सिर झुका लिया और रुकते-रुकते बोला, "हे तथागत, मोह के कारण।"

तथागत टकटकी बाँधे उसे देखा किए। फिर बोले, "भिक्षु, मोह में दुख है, कामना आदमी की दुर्दशा कर देती है। कामी आदमियों से वे बंदर भले जिन्होंने ये भेद जानकर गिरह में बाँधा और सुख पाया।"

भिक्षुओं ने पूछा, "हे तथागत, वे भले बंदर कौन थे, और कहाँ थे ?"

"क्या तुमने भले बंदरों की कहानी नहीं सुनी ?"

भले बंदरों की जातक

बरस-बरस हुए मनुष्य जाति से दूर परे हिमालय की तलहटी में बंदरों की बिरादरी रहती थी। एक बार ऐसा हुआ कि कोई शिकारी उधर आ निकला। उसने एक बंदर को जतन करके पकड़ा और बनारस जाकर राजा को दे दिया। उस बंदर ने राजा की ऐसी चाकरी की कि उसने प्रसन्न होकर उसे आज़ाद कर दिया।

वो बंदर लौटकर अपने जंगल पहुँचा तो बिरादरी उसके गिर्द इकट्ठी हो गई। सब पूछने लगे कि, "बंधु, तू इतने दिनों कहाँ रहा ?"

"बंधुओ, मैं मनुष जाति के बीच रहा।"

"मनुष जाति के बीच ?...अच्छा ?...फिर बता कि तूने उस जाति को कैसा पाया ?"

"बंधुओ, ये मत पूछो।"

"हम तो पूछेंगे।"

"अच्छा ये बात है, तो सुनो कि मनुष जाति में भी नर-मादा होते हैं जैसे हमारे बीच होते हैं। पर उनमें नर की ठुड्डी पर लंबे-लंबे बाल होते हैं और मादा की छातियाँ बड़ी-बड़ी होती हैं। इतनी बड़ी कि थुल-थुल करती हैं। थुल-थुल छातियों वाली ठुड्डी पर बाल वालों को मोह में फँसाती है और दुख देती है।

बंदरों ने कानों में उँगलियाँ दे लीं, चिल्लाए, "बंधु, बस कर। हमने बहुत सुन लिया।"

फिर वो उस टीले से ये कहके उठ गए कि हमने यहाँ बैठके बुराई की बात सुनी है, अब यहाँ से उठ जाना चाहिए।

तथागत ये जातक सुनाकर चुप हुए, फिर बोले, ''भिक्षुओ, सुनाने वाला बंदर मैं था, सुननेवाले बंदर वो थे जो आज मेरे भिक्षु हैं।''

एक भिक्षु ने अचंभे से पूछा कि, ''हे तथागत, नारी मर्द को कैसे दुख देती है, जबकि मर्द बलवान है, और वो निर्बल है।''

तथागत मुसकाए, ''भोले भिक्षुओ, नारी निर्बल है तो क्या हुआ, चातर जो हुई, अपनी चतुराई से बलवानों के बल निकाल देती है। क्या तुमने चातर राजकुमारी की जातक नहीं सुनी ?''

''नहीं सुनी।''

''तो सुनो।''

चातर राजकुमारी की जातक

बीते समय की बात है कि बनारस में एक राजा था जिसने तक्षशिला जाकर विद्या हासिल की। बहुत विद्वान, बहुत बुद्धिमान। उसके एक पुत्री थी। ये सोचकर कि पुत्री ख़राब न हो जाए, वो उस पर बहुत कड़ी नज़र रखता था। पर नारी को सात तालों में भी रखो तो वो ख़राब होके रहती है। राजा ने बहुत चौकसी की मगर राजकुमारी के नैन एक रसिया से लड़ गए।

नैन तो लड़ गए पर मिलने की सूरत नहीं निकलती थी, कि महल में चौकी-पहरा बहुत था। रसिया ने अपनी दाया को अपना भेदी बनाया और महल में भेजा। दाया महल में जाकर राजकुमारी की चाकर बन गई। साथ ही ताक में रही कि मौक़ा मिले तो राजकुमारी से भेद की बात की जाए। एक दिन की बात है कि वो बैठी राजकुमारी के सिर में जूएँ देख रही थी। जूओं को कुरेदते-कुरेदते उसने नाखून से सिर को खुजाया। राजकुमारी भी उड़ती को पकड़ती थी। भाँप लिया कि दाल में काला-काला है। बोली, ''अरी मुँह से फूट कि उसने क्या कहा है।''

दाया ने हौसला पकड़ा, कहा, ''पूछता है कैसे मिलूँ ?''

बोली, ''ये कौन-सी बड़ी बात है। सधा हुआ हाथी, काली घटा, नरम कलाई।''

दाया ने राजकुमारी का कहा रसिया को जा सुनाया। रसिया भी खेला खाया था। सब इशारे समझ गया। एक हाथी को सधाया, एक नरम से लड़के को मिलाया। जब सावन के दिन आए और काली घटाएँ घिर के आईं तो रात पड़े हाथी पर बैठ, लड़के को साथ बिठा महल की दीवार तले जा पहुँचा। उधर राजकुमारी ने राजा से कहा कि, ''महाराज, कैसी सुंदर वर्षा हो रही है, मैं तो इस वर्षा में स्नान करूँगी।''

राजा ने बहुत बहलाया, वो न मानी। स्नान के लिए मींह में निकली और उस मुँडेर पर जा बैठी जिसके बराबर रसिया हाथी पर सवार बैठा था। राजा ने यहाँ भी चौकसी की। उसके पीछे-पीछे मींह में गया। जब वो कपड़े उतारने लगी तो उसने मुँह फेर लिया पर राजकुमारी की कलाई को पकड़े रहा। राजकुमारी भी बला की बनी हुई थी। उसने

उँगलियाँ खोलने के बहाने कलाई राजा के हाथ से छुड़ाई। फिर घड़ी-भर बाद लड़के की कलाई राजा के हाथ में पकड़ा दी और ख़ुद मुंडेर से कूद हाथी पर बैठ गई। फिर ये जा, वो जा।

अँधेरे में राजा को कुछ पता न चला कि क्या हो गया। और फिर यूँ भी उसने मुँह फेर रखा था। बस इसी तरह मुँह फेरे कलाई पकड़े वापस हुआ। राजकुमारी की अटारी में उसे धकेल आगे से साँकल लगा दी। जब सुबह हुई तब पता चला कि राजकुमारी तो रसिया के साथ भाग गई। राजा ने हार के कहा कि नारी की चौकसी कठिन काम है। कलाई पकड़ लो तो भी जुल दे जाती है।

तथागत जातक सुनाने के बाद चुप हुए, फिर बोले, ''भिक्षुओ, जानते हो वो राजा कौन था ? वो राजा मैं था, पिछले जन्म में राजगद्दी पर बैठा था और एक मेरी पुत्री थी।'' चुप हुए, फिर ठंडी साँस भर के बोले, ''मैंने प्रकृति के भेद जाने पर नारी के भेद, भाव नहीं जान पाया।''

सुंदर समुद्र जैसे सोते से जाग उठा। नारी के चक्कर को जाना और उस चक्कर से निकलने की ठानी। मन में कहा कि आज मैं उस नारी से कह दूँगा कि कल से मेरी बाट न देखे। ये प्रतिज्ञा करके वो उस ड्योढ़ी पर पहुँचा। कंचनी ने रोज़ की तरह उसकी आवभगत की और अंदर ले जाकर दालान में बिठाया। पर आज उसके सिखलाए हुए बालकों ने ड्योढ़ी के अंदर आकर धमाचौकड़ी शुरू कर दी। उस रंडी ने पहले तो बालकों को डाँटा, फटकारा, फिर जब वो न माने तो सुंदर समुद्र से कहा कि ''भिक्षुजी, यहाँ ये बालक रोल मचाते हैं, और तुम्हें सताते हैं, अच्छा हो कि ऊपर कोठे पर चलकर भोजन करो।''

सुंदर समुद्र ये सुनकर पहले तो रुका। फिर सोचा कि लोग बालक समान हैं, उनकी इच्छा पूरी करनी चाहिए—'यही बुद्ध-नीति है और यूँ भी आज इस घर में मेरा आख़िरी भोजन है। कल मैं कहाँ और ये घर कहाँ।' बस ये सोचकर वो उठ खड़ा हुआ। आगे-आगे कंचनी, पीछे-पीछे वो। वो सीढ़ियाँ चढ़ता चला गया। अपने पैरों पर नज़रें जमाए एक-एक सीढ़ी चढ़ रहा था। उसने कहाँ ये ध्यान दिया कि आगे कौन चल रहा है, मगर आगे जाने वाली कई बार रुक कर खड़ी हो गई जैसे वो थक गई हो और हर बार सुंदर समुद्र बेध्यानी में एक नरम-नरम साए के साथ छू गया।

सीढ़ियाँ चढ़के कंचनी ने सुंदर समुद्र को एक सजी-बनी अटरिया में ले जाकर नरम सेज पर बिठला दिया। फिर आप भी बराबर में ये कहकर पसर गई कि सीढ़ियाँ चढ़कर मैं तो थक गई। और, ऐ मेरे बंधु, नारी के पास मर्द को फुसलाने के चालीस गुर हैं। वो कंचनी उन चालीसों गुरों में पुरी हुई थी। उसने पहले तो एक लंबी अँगड़ाई ली। अँगड़ाई लेते हुए, बाँहें, कि नंगी थीं, ऊपर उठाईं। फिर शरमाकर मुसकराके गिरा दीं। फिर नाखून से नाखून खुरचने लगी, फिर दाँतों में साड़ी का पल्लू दबाकर लजाई। बिला किसी कारण के ज़ोर से हँसी। फिर एकदम से हाथों में मुँह छुपा लिया। आप ही ज़ोर-ज़ोर से

बोली। फिर ऐसे हौले-हौले बोली जैसे कानाफूसी कर रही हो। पहले दूर सिमटके बैठी, फिर वो बेश्वा भिड़के बैठ गई। छातियों से पल्लू ढलकाया। फिर ऊपर सरका लिया। रानों से साड़ी सरकाई, फिर जल्दी से नीचे कर ली और एक बार तो ऐसी अँगड़ाई ली कि पिंडा खुल गया। फिर वो जल्दी से सिमट गई। एक बार होंठ होंठों के पास ले आई। पर फिर शरमाकर, लजाकर पीछे हट गई। और, ऐ मेरे बंधुओ, सुंदर समुद्र तो बिलकुल मोहित हो गया, भूला कि वो भिक्षु है और वो तो पहले ही से गरमाई हुई थी, उसे गरमाता देखकर खुल खेली। बेहया ने न अपने बदन पर कोई धज्जी रहने दी, और न उसके तन पर लत्ता रहने दिया। सीने से सीना, रानों से रानें भिड़ने लगी थीं।

आनंद चुप हो गया। संजय तड़प कर बोला, "फिर क्या हुआ ?"

"फिर क्या हुआ !" आनंद हँसा, "तथागत वीरासन बाँधे आँखें मूँदे बैठे थे। उन्हें खूब दिखाई दे रहा था कि बाग़ से दूर श्रावस्ती की उस ऊँची हवेली की अटरिया में मार एक भिक्षु के साथ क्या छल-फ़रेब कर रहा है। मिलने की नौबत आ गई थी। बदन बस गड्ड-मड्ड होने लगे थे कि अमिताभ ने उस अटरिया में अपना दरस दिखाया। सुंदर समुद्र की बिसरी सुध वापस आई। बस काम-नदी में डूबते-डूबते बाहर निकल आया।"

आनंद कहानी सुनाके चुप हो गया। उधर संजय विचारों में डूबा हुआ था। फिर ठंडी साँस भरी और कहा कि, "वो कैसा मंगल समय था कि तथागत हमारे बीच बिराजते थे। कोई अज्ञानी नार के छल में आ जाता तो वो उसे जूती दिखाते और सत्य पथ पे ले आते।" चुप हुआ, फिर बोला, "मुझे नार के छल से कौन बचाएगा।"

आनंद बोला, "हे संजय, मैं तुझसे वही कहता हूँ जो अमिताभ ने मुझसे कहा था कि आनंद तू अब आप अपना दीप बन।"

संजय ने ये सुनकर विचार किया कि 'मैं आप अपना दीप बनूँगा।' सो दूसरे दिन जब वो भिक्षा-पात्र लेकर बस्ती की ओर चला तो प्रतिज्ञा की कि वो उस गली में नहीं जाएगा। पर जब वो बस्ती में दाख़िल हुआ तो उसने क्या देखा कि हर रस्ता उसी गली की ओर जा रहा है। जिस रस्ते पर चलता, लगता कि वो रस्ता उसी गली में, उसी ड्योढ़ी पर लिये चला जा रहा है। वो ठिठक कर खड़ा हो गया। फैली हुई श्रावस्ती आज कितनी सिमट गई थी। उस नगर की एक-एक गली उसकी खूँदी हुई थी। हर गली की हर ड्योढ़ी से वो भिक्षा ले चुका था। मगर आज जिस गली, जिस ड्योढ़ी का उसने ध्यान किया, लगा कि वहाँ वो हाथ में थाल लिये उसकी बाट देखती है। वो एक बार पूरे नगर को ध्यान में लाया। फिर उसने अचंभा किया कि कितनी गलियाँ हैं, कि जाल के समान फैली हुई हैं और गली-गली कितनी ड्योढ़ियाँ, नारियाँ ! उसने सोचा कि ये सब माया का जाल है। फिर वो उन भले बंदरों को ध्यान में लाया जिन्होंने नारी की बात सुनके कानों में उँगलियाँ दे ली थीं और उस स्थान को छोड़ दिया था जहाँ उन्होंने ये बात सुनी थी। 'मुझे भी ये नगर छोड़ देना चाहिए'—और वो नगर से मुँह मोड़कर जंगल की ओर हो लिया।

गलियाँ, ड्योढ़ियाँ, नारियाँ—सब पीछे रह गई थीं। संजय अब घने जंगल में चल रहा था। चलते-चलते उसने फूले हुए एक अशोक के पेड़ को देखा और रुक गया। उस पेड़ के नीचे उसने निर्जन वास किया। बसंत रुत थी। सरसों फूली हुई थी। गेंदा महक रहा था। अशोक की डालियाँ अपने ही बोझ से झुकी हुई थीं। संजय ये समाँ देखके बहुत प्रसन्न हुआ। अशोक को देर तक देखा किया। फिर वो अचंभे से मन-ही-मन कहने लगा कि हे राम, किस कन्या ने इस अशोक को ठोकर मारी है कि वो इतना फूला है। बस इस विचार के साथ उसका ध्यान मेहँदी वाले उजले, कोमल पैरों की ओर चला गया—'क्या इस अशोक को उन मेंहदी वाले उजले, कोमल पैरों ने ठोकर मारी है ?' वो सुंदरी बसंती साड़ी में लिपटी उसके ध्यान में उभरी। थोड़ी देर तक वो उस ध्यान में ऐसे डूबा रहा कि किसी बात की सुध-बुध ही न रही। मगर फिर अचानक वो चौंका—'ये तो मैं फिर मोह के फँदे में फँस रहा हूँ।' वो तुरंत वहाँ से उठ खड़ा हुआ—'इस पेड़ तले बुराई की बात मेरे ध्यान में आई है, मुझे यहाँ से उठ जाना चाहिए।'

संजय ने फिर एक लंबी यात्रा की और जंगल-जंगल मारा फिरा। दिन गुज़रे, महीने बीते, रुतें चढ़ीं और उतरीं। हर रुत अपनी चहक-महक के साथ आई और बीत गई। हर रुत संजय को दुखी करके गई। कभी फूलती सरसों, कभी बौराते आम, कभी डोलता, भिनभिनाता भँवरा, कभी मँडलाती भँभीरी, कभी दुखिया कोयल की पुकार, कभी उदास दादुर की झंकार। कभी चंपा की महकार, कभी बेले की बास, तो यूँ कहो कि हर रुत आती और यादों की शांत नदी में हलकोरे पैदा कर जाती। हर बहाने बीता पल लौटकर आ जाता और वो सुंदर मूरत सामने आ खड़ी होती। संजय सोच में पड़ गया कि यहाँ भी सब रस्ते उसी द्वार की ओर जाते हैं। बहुत विचार के बाद उसने ये तत्त्व निकाला कि रुतें पंचेंद्रियों से मिली हुई हैं और पंचेंद्रिय दुख के पाँच दरवाज़े हैं। आदमी मोह में किस-किस राह से फँसता है—कभी कोई कोमल पंखुड़ी छू के, कभी कोई रसीली बानी सुनके, फिर कभी कोई महक उसे ले उड़ती है, कभी रंग उसे ले डूबता है। सो बात यूँ है कि हर रुत दुख देती है। ये जानकर वो उदास हुआ और दुखी होके कहा कि नगर में गलियाँ हैं और जंगल में रुतें हैं—'मैं मोह के जाल से कैसे निकलूँ !'

संजय इन्हीं विचारों में था कि पतझड़ आ गई। दिन उदास हो गए। डोल-डोल सूखे पत्ते बिखरने लगे। हवा के हर झोंके के साथ अनगिनत पत्ते टहनियों से गिरते और जहाँ-तहाँ तितर-बितर हो जाते। 'अब ये रुत मुझसे क्या कहने आई है'—संजय फिर सोच में पड़ गया। धीरे-धीरे फिर उसके अंदर कुन-मुन हुई। उसे फिर कुछ याद आने लगा था। पर अबके एक याद और ही तरह की आई। यही रुत थी और ऐसा ही जंगल था। तथागत ने बीच पतझड़ यहाँ आकर वास किया था। इर्द-गिर्द पीले-पीले सूखे पत्ते बिखरे पड़े थे। हाथ बढ़ाकर पत्तों से मुट्ठी भरी, फिर आनंद को देखा, "आनंद, क्या सब पत्ते मेरी मुट्ठी में आ गए हैं ?"

आनंद झिझका, फिर बोला, "तथागत, ये रुत पतझड़ की है, पत्ते जंगल में इतने झड़े हैं कि उनकी गिनती नहीं हो सकती।"

तथागत ने कहा, "आनंद, तूने सच कहा। पतझड़ के अनगिनत पत्तों में से बस एक मुट्ठी उठा सका हूँ। यही गत सच्चाइयों की है। जितनी सच्चाइयाँ मेरी मुट्ठी में आईं, मैंने उनका प्रचार किया। पर सच्चाइयाँ अनगिनत हैं, पतझड़ के पत्तों के समान।"

इस याद ने उस पर निराला जादू किया कि वो जहाँ का तहाँ खड़ा रह गया। फिर न एक क़दम आगे बढ़ा, न एक क़दम पीछे हटा। वहीं एक घने पीपल की छाँव में आसन मारकर बैठ गया और गिरते ज़र्द, सूखे पत्तों को तकने लगा—पतझड़ के पत्ते, अनगिनत सच्चाइयाँ। एक हैरानी के साथ वो गिरते पत्तों को देख रहा था, देखता रहा। धीरे-धीरे करके उसकी आँखें मुँदती चली गईं—'जो बाहर है, वही मेरे अंदर है।' आसन मारे, आँखें मूँदे बैठा रहा। बैठा रहा जाने कितने दिन, कितने जुग। जब उसने आँखें खोलीं तो जाना कि अनगिनत रुतें बीत गई हैं और अब वो पतझड़ में है। उसकी गोद में ज़र्द सूखे पत्ते भरे थे। वो ज़र्द सूखे पत्तों में नहाया हुआ था और धूप में तप रहा था। उसने नज़रें उठाके ऊपर देखा। जिस पीपल को घना देखकर वो उसकी छाँव में बैठा था, उस पीपल का एक-एक पत्ता झड़ चुका था। फिर उसने इर्द-गिर्द नज़र डाली और दूर तक धरती को ज़र्द पत्तों से ढका पाया। दूर तक पेड़ लुंड-मुंड खड़े नज़र आ रहे थे। उसने अपने शीत मन में आँका—'मेरी कामनाएँ भी ज़र्द, सूखे पत्तों के समान झड़ चुकी हैं।' फिर उसने कहा कि बसंत रुत, बरखा रुत, जाड़े की रुत, सब रुतें आनी-जानी हैं—'फूल झड़ जाते हैं, बास उड़ जाती है। टहनियाँ सूख जाती हैं। पर पतझड़ अमर है।' वो मुसकाया जैसे उसकी मुट्ठी भर गई हो। वो उठ खड़ा हुआ। अब वो शांत था। मन में कहा कि मेरी यात्रा सिद्ध हुई—'अब मुझे वापस जाना चाहिए।'

संजय जंगल में ख़ाली पात्र, व्याकुल मन के साथ गया था। जंगल से भरी मुट्ठी और शांत हृदय के संग लौटा। जंगल से निकल आया था। अब वो भरी बस्ती में था। श्रावस्ती में इस समय कैसी चहक-महक थी। लगता था कि नगर नहीं, फला-फूला बाग़ है। रंग और सुगंध की नदी उमड़ी हुई थी। चहकते पंछी, महकती क्यारियाँ, सुंदर नारियाँ, रंग-रंग की उनकी साड़ियाँ, गलियों में आतियाँ-जातियाँ। उसने एक वैराग्य के साथ ये सब कुछ देखा। एक बार जी में आई कि बस्ती के बीच खड़ा होकर चेतावनी दे कि हे अज्ञानियो, हे श्रावस्ती के वासियो, रंग-रस में मत डूबो। फूल कुम्हला जाते हैं। बू-बास उड़ जाती है। रंग-रूप उतर जाता है। जोबन ढल जाता है। सुंदरता की सब रुतें आनी-जानी हैं। पतझड़ अमर रुत है। पर मन में तो वैराग्य रच गया था। बोलने को अब जी कब चाहता था। गुमसुम, आँखें झुकाए श्रावस्ती की गलियों से गुज़रा। आँखें उठाकर ये भी न देखा कि किस गली में हो, और किस द्वारे भिक्षा माँगते हो। क्यों देखे, मतलब तो भिक्षा से है। बैरागी को इससे क्या कि किस द्वारे से मिला है और किन हाथों से मिला है। झुकी नज़रों ने बस देने वाली के पैरों को देखा और हैरान रह गईं। बिलकुल वैसे ही गोरे, मेहँदी लगे पैर। 'क्या ये वो है,'—चौंककर नज़रें उठाईं। क्या देखा कि वही खड़ी है। बिलकुल उसी बर में—बसंती साड़ी, माथे पर लाल बिंदी, हाथ में भोजन से भरी थाल। उठी नज़रें उठी की उठी रह गईं। क़दम जहाँ थे, वहीं जम गए।

न कोई क़दम पीछे, न कोई क़दम आगे। एक पल में जुग बीत गए। लगा कि जन्म-जन्म से वो इसी ड्योढ़ी पर इसी गत में खड़ी है और जन्म-जन्म से वो इसी तरह ठिठका हुआ उसे तक रहा है।

मन उसका फिर व्याकुल था और आत्मा फिर दुखी थी। रुत फिर बदलने लगी थी। लुंड-मुंड पेड़ों में कोंपलें फूट रही थीं। उसने एक वसवसे के साथ अपने अंदर झाँका—'क्या मेरे भीतर कोई कोंपल फूट पड़ी है,' और उसने अचंभे के साथ सोचा कि अपने दीप के उजाले में चलते-चलते मैं कहाँ आ गया हूँ, और यह कैसे पत्ते हैं कि मेरी मुट्ठी में आ गए हैं !

वापस

''सो हे संघियों, तब बुद्धदेवजी ने आँखें खोलीं और कहा कि, 'हे भिक्षुओ, ये पहली बार नहीं हुआ। ऐसा आगे भी हो चुका है।' भिक्षु ये सुनकर सोच में पड़ गए। पूछा कि, हे तथागत, ऐसा पहले कब हुआ था ?''

''तब बुद्धदेवजी ने एक जातक सुनाई जो इस प्रकार है कि बनारस के सुंदर नगर के बाहर एक मरघट था, जहाँ बहुत से कुत्ते रहते थे। उनमें एक कुत्ता उन सबका गुरु था। सब कुत्ते उस गुरु का बहुत आदर करते थे।

''एक दिन की बात है कि बनारस का राजा अपने रथ में बैठकर सैर को निकला। दिन-भर सैर करने के बाद शाम को लौटा। चाकरों ने रथ का सामान बाहर पड़ा छोड़ दिया। रात के समय वर्षा हुई तो सारा सामान भीग गया। उस सामान में रथ के गद्दे भी थे जिन पर चमड़ा मढ़ा हुआ था। ये चमड़ा भीग गया। राजमहल के कुत्तों ने चमड़े को गीला पाकर दाँतों से काटा और खा गए।

''दूसरे दिन राजा तक बात पहुँची कि कुत्ते रथ के गद्दों का चमड़ा खा गए। राजा ने ताव खाया और मुनादी कर दी कि कुत्ते जहाँ कहीं दिखाई दें, उन्हें मार डालो। बस, फिर क्या था, बनारस नगरी के कुत्ते मारे जाने लगे। ये सब वही कुत्ते थे जो श्मशान घाट में ठिकाना करते थे। जब मरने-कटने लगे तो अपने गुरु के पास जाके अपनी बिपता सुनाई और दुहाई दी कि हे गुरु, कैसा अन्याय है कि राजमहल के पापी कुत्ते नगर में दनदनाते फिरते हैं, हम श्मशान घाट के वासी बिना कारण मारे जाते हैं।

''गुरु ने ये बात सुन राजमहल की राह ली। राजा के चाकरों ने उसे बहुत दुत्कारा, मगर उसने एक न सुनी और सीधा राजा के सामने पहुँचा और कहा कि, 'हे मनुष जाति के राजा, कुत्तों ने तेरा क्या बिगाड़ा है कि तू उनकी जानों का वैरी हो गया है !'

'' 'उन्होंने मेरी रथ के गद्दे काट डाले। उसका सारा चमड़ा चबा गए। सो मैंने डोंड़ी पिटवा दी कि नगर में जो कुत्ता दिखाई दे, उसे मार डालो।'

'' 'हे राजा, क्या ये हुकुम राजमहल के कुत्तों पर भी लागू होता है ?'

'' 'नहीं, वो मेरी शरण में हैं।'

'' 'क्या अन्याय है कि अपराधी राजा की शरण में हैं, निर्दोष मारे जाते हैं।'

'' 'ऐ कुत्ते, तूने ये कैसे जाना कि ये राजमहल के कुत्तों का किया-धरा है।'

'' 'महाराज, हाथ-कंगन को आरसी क्या, अपने कुत्तों को दूध में घी और घास

मिलाकर पिलाओ, फिर तमाशा देखो।'

''राजा ने तुरंत दूध में घी और घास मिलवाकर अपने कुत्तों को पिलाया। जो कुत्ता वो दूध पीता, उबकाई लेता और चमड़े के टुकड़े उगल देता। तब राजा ने श्मशान घाट के कुत्तों को माफ़ी दी। राजा ने कुत्ते की शिक्षा को गिरह में बाँधा और उसे अपना मंत्री बनाया। और हे भिक्षुओ, इस शिक्षा का असर एक लाख बरस तक रहा। लाख बरस बाद राजाओं के लच्छन फिर वैसे हो गए, जैसे पहले थे।

''बुद्धदेवजी जातक सुनाकर चुप हुए, फिर बोले कि हे भिक्षुओ, वो कुत्ता मैं था।

'' 'तुम ?' सब भिक्षुओं ने चकराकर पूछा।

'' 'हाँ, मैं, वो राजा आनंद था, कुत्तों का गुरु मैं था। श्मशान घाट के दूसरे कुत्ते तुम थे।'

'' 'हम ?'

'' 'हाँ तुम, तुमने अपने कर्मों के कारण आगे चलकर आदमी का जन्म लिया और फिर तुम मेरे संघी बने।'

'' 'और राजमहल के कुत्ते ?'

'' 'वो, वो अभी तक कुत्ते हैं।' ''

अग्रसेन से ये जातक सुनकर सब भिक्षु अचंभे में पड़ गए और विचार करने लगे। देर बाद गोविन्द ने लंबी, ठंडी साँस ली और कहा कि, ''वो क्या मंगल समय था कि हम श्मशान घाट के कुत्ते थे और तथागत हमारे संग थे। हमारे ही कारण तो उन्होंने यह जन्म लिया था। उन्होंने कैसी ज्योति जगाई थी, कि कुत्ते भी आदमी बन गए थे, और अब कि हम आदमी के जन्म में हैं, आदमी नहीं रहे। बाहर से आदमी दिखाई पड़ते हैं, पर अंदर से...।''

अग्रसेन ने बात काटी और कहा कि, ''मित्र, ये पहली बार नहीं हुआ। आगे भी ऐसा हो चुका है।''

''अग्रसेन, तूने ये कैसे जाना कि आगे भी ऐसा हो चुका है ?''

''मित्रों, मैंने तथागत से ऐसा ही सुना है।'' और अग्रसेन ने एक जातक सुनाई, कि इस तरह है :

ये उस बीते समय की बात है जब बनारस के राजसिंहासन पर राजा जिंसंदा बिराजमान था और राजमहल में हमारे बुद्धदेवजी, कि अभी बोधिसत्व थे, राजकुमार के रूप में बिराजते थे। रूप-अनूप, सूरत चंद्रमा ऐसी, इस कारण उन्हें सब महल के अंदर-बाहर आदिस मुख कहते थे। पिता ने उन्हें तीनों वेदें याद कराईं और सारी विद्या पढ़ा डाली। पर अभी सातवाँ बरस लगा था कि जिंसंदा ने प्राण छोड़े और बैकुंठ को सिधारा। राज-सिंहासन पर अब आदिस मुख को बैठना था पर बहुत से दरबारियों की नीयत में खोट आ गया। उन्होंने कहा कि राजकुमारजी बाली उम्र के हैं, राज के काम कैसे करेंगे। दरबारियों में भले लोग भी थे, वो कहते थे कि राजकुमार ने सातों विद्याएँ पढ़ी हैं, प्रजा के चहेते हैं, राज करने के लिए और क्या चाहिए। खोटी नीयत वालों ने

कहा कि अच्छा ये बात है तो अभी परीक्षा किए लेते हैं, दूध का दूध, पानी का पानी हुआ जाता है। वो एक बंदर को शाल-दुशाले उढ़ाकर और दो टाँगों से चलाकर आदिस मुख के सामने लाए और कहा कि हे राजकुमार, ये बहुत विद्वान आदमी है, राज-कार्य में तुम्हारी बहुत सहायता करेंगे। इन्हें अपने मंत्रिमंडल में ले लो।

बुद्धदेवजी ने उसे सिर से पैर तक देखा और कहा कि मित्रो, ये मानुष नहीं, मनु है। मुझे आदमियों की सहायता चाहिए। जहाँ बंदर मंत्री बन जाएँ, वहाँ इसके सिवा क्या होगा कि प्रजा दुखी होगी, राज चौपट हो जाएगा।

खोटी नीयत वाले अपना-सा मुँह लेकर चले गए। पर दूसरे-तीसरे दिन वो फिर उसे आदमियों के भेस में पगड़ी-धोती बँधवाकर लाए और कहा कि हे राजकुमार ये तुम्हारे पिता के राज में न्यायिक था। चारों खूँट इसके न्याय का चर्चा था। तुम भी इसे न्यायिक बनाओ और प्रजा की ओर से निश्चिंत हो जाओ।

बुद्धदेवजी ने टकटकी बाँधकर उसे देखा। ताड़ गए कि ये आदमी नहीं, बोले कि मित्रो, कभी बंदर भी न्यायिक हुए हैं।

बस इसके साथ खोटों की पोल खुल गई और बोधिसत्वजी सिंहासन पर बैठकर राज करने लगे। उन्होंने सुध-बुध के साथ राज किया और प्रजा को भलाई की शिक्षा दी। उस शिक्षा का लाख बरस तक असर रहा। लाख बरस तक लोगों ने आदमी और बंदर के अंतर को याद रखा और अमन-चैन से रहे।

अग्रसेन जातक सुनाकर चुप हो गया। दूसरे भिक्षु भी कि ध्यान से जातक सुन रहे थे, चुप बैठे रहे। फिर गोविंद ने सिर उठाया और बोला कि, ''हे अग्रसेन, क्या लाख बरस पूरे हो चुके हैं।''

अग्रसेन ने जवाब दिया कि, ''अज्ञानी, तू देखता नहीं कि दुनिया की क्या दशा हो गई है और लोग कैसे मूर्ख हो गए हैं। फिर भी तू पूछता है कि क्या लाख बरस पूरे हो गए हैं !''

गोविंद बोला, ''प्रभु, हम पलट न चलें ?''

''कहाँ ?''

''बनारस के श्मशान घाट में।''

अग्रसेन ने उसे घूर कर देखा, कहा, ''मूर्ख, हमने लाख बरस तक जन्म-जन्म के कष्ट खींचे हैं, तब कहीं लुट-पिटकर आदमी बने हैं, तू फिर हमें बिसरे जन्म में ले जाना चाहता है !''

''हम आदमी तो बन गए, पर...,'' वो कुछ कहने लगा था, मगर फिर रुक गया, और ऐसा रुका कि देर तक एक बात भी न की। पर उसके अंदर एक खलबली मची हुई थी। रह-रहकर वो सोचता कि लाख बरस बीत गए, इन लाख बरसों में मैंने कितने जन्म लिये और कितने कष्ट खींचे। अंत में आदमी का जन्म लिया—'पर इस जन्म में...' ये सोचते-सोचते वो दुखी हो गया।

व्याकुल मन और दुखी आत्मा के साथ वो देर तक आँखें मूँदे गुमसुम बैठा रहा। उस समय के जन्म के ध्यान ने उसे बहुत दुखी और व्याकुल कर दिया था। धीरे-धीरे उसका ध्यान पिछले जन्मों की ओर गया। धीरे-धीरे उसे लगा कि लाख बरस सामने आ खड़े हुए हैं—अपने अनगिनत जन्मों के संग। ध्यान में वो उल्टे पाँवों चलने लगा। इस जन्म से पिछले जन्म में, पिछले जन्म से और पिछले जन्म में, फिर और पिछले जन्म में। ध्यान ही ध्यान में उस पर सारे पिछले जन्म बीत गए और उसने देखा कि वो बनारस के मरघट की चौखट पर खड़ा है। वो चौंक पड़ा।

गोविंद ने आँखें खोलीं। इर्द-गिर्द देखा। सब भिक्षु ध्यान में गुम बैठे थे। अग्रसेन वीरासन मारे आँखें मूँदे ध्यान सागर में डूबा था। इस आन उसे दुनिया बहुत उजाड़ दिखाई दी। बनारस का महाश्मशान अपने वासियों समेत उसकी आँखों में फिर रहा था—'मैं मरघट का वासी मरघट से दूर इस संसार में अजनबी हूँ।' उसके अंदर एक लहर उठी और वो अपना केसरी बाना ओढ़, भिक्षा-पात्र सँभाल उठ खड़ा हुआ।

अग्रसेन ने आँखें खोलकर उसे देखा, "बंधु, किधर जाने के ध्यान में हैं ?"

"बनारस के मरघट की ओर।"

"बनारस के मरघट की ओर ?"

"हाँ, बनारस के मरघट की ओर।" और वो पीछे देखे बिना जल्दी-जल्दी चला और संघियों की आँखों से ओझल हो गया।

रात

''यार, इस पर मुझे एक लतीफ़ा याद आ गया।''

''क्या ?''

''लतीफ़ा या हिकायत[1] कुछ भी समझो। एक आमिल[2] को उसका हमज़ाद सोने नहीं देता था। जब उसे नींद आ जाती तो हमज़ाद आन धमकता कि मुझे काम बताओ। आमिल उसे दूर-दूर के काम बताता। कभी यूरोप की तरफ़ भेजता, कभी पश्चिम की राह दिखाता। कभी सात समुंदर पार की मुहिम पर रवाना करता। हमज़ाद चश्मे-ज़ून[3] में वो काम अंजाम देता और फिर ऐन उस वक़्त जब उसकी आँख लगती है आन मौजूद होता कि कोई और काम बताओ। आमिल उससे बहुत दिक़ था। आख़िर एक दिन उसने झुँझलाकर पास खड़े घुँघरियाले बालों वाले पालतू कुत्ते की तरफ़ इशारा किया और कहा कि इसके बाल सीधे कर। हमज़ाद उस काम में लग गया। मगर इस काम ने उसे उलझा दिया। हमज़ाद बार-बार उसके बाल सीधे करता और बार-बार वो फिर मुड़ जाते। बस फिर हमज़ाद रात-भर कुत्ते के बाल सीधे करता रहता और आमिल इत्मीनान से सोया रहता।''

याजूज ये हिकायत सुनकर बहुत महज़ूज़[4] हुआ। दोनों मिलकर ख़ूब हँसे। फिर याजूज को कुछ ख़याल आया। कहने लगा, ''हम तो आज बैठे हुए ऐसे हँस-खेल रहे हैं जैसे हमें इसके सिवा कोई काम नहीं है। लगता है आज की रात हम हँस-बोलकर ही गुज़ार देंगे।''

''याजूज,'' माजूज बोला, ''हमें कभी-कभी बोलना भी चाहिए, कि हमें कम-अज़-कम ये याद तो रहे कि ज़बान किस काम के लिए बनी है।''

याजूज को माजूज की ये बात अच्छी नहीं लगी, कहने लगा, ''माजूज, बोलना कौन-सी कमाल की बात है, सब ही लोग जिन्हें ख़ुदा ने ज़बान दी है, बोलते हैं, मगर हम बोलने से बड़ा काम अंजाम दे रहे हैं।''

''बड़ा काम तो हम अंजाम दे नहीं पाए।'' माजूज जलकर बोला, ''मगर इस चक्कर में हम छोटे काम से भी गए।''

''मेरे यार थोड़ा सब्र करो। जो ज़बानें इस दीवार को चाटने की सकत रखती हैं वो बोल भी सकती हैं।''

---

1. बोध कथा 2. सिद्ध 3. पलक झपकते 4. खुश

"पता नहीं वो दिन कब आएगा जब हम बोलने जोगे होंगे। फिलहाल तो यही लगता है कि हम पैदा ही इसलिए हुए हैं कि इस दीवार को चाटते रहें। ता आन[1] कि मौत आए और हमें चाट ले।" माजूज रुका, फिर बोला, "कभी-कभी मुझे लगता है कि हमें मौत भी नहीं आएगी जैसे हम इस दीवार को अज़ल[2] से चाट रहे हैं और अबद[3] तक चाटते रहेंगे।" ये कहते-कहते उसने ताम्मुल[4] किया। फिर अचानक बोला, "हम भी किसी आमिल के चक्कर में आ गए हैं। उसने हमें कुत्ते के बाल सीधे करने पर नहीं लगाया, दीवार चाटने पर लगा दिया।"

"ये तू क्या कह रहा है ?" याजूज माजूज का मुँह तकने लगा।

"मैं ठीक कह रहा हूँ, याजूज, ये दीवार वही चक्कर है ?"

याजूज सुनकर बहुत चकराया। उसका दिल बैठ गया। मगर जब उसने एक नज़र दीवार पर डाली तो उसे पतला वर्क़ पाकर उसमें फिर हौसला पैदा हो गया, "देख यार, अगर ये चक्कर भी है तो आज रात-रात में हम इसे ख़तम कर देंगे। तू देखता नहीं कि अभी अव्वल रात है और हमने दीवार कितनी चाट ली है।"

याजूज उठ खड़ा हुआ और दीवार चाटने के लिए मुस्तैद हुआ। मगर याजूज जमा बैठा रहा। जम्हाई लेते हुए बोला,

"यार, रोज़-रोज़ के चक्कर से मैं बिलकुल बोर हो चुका हूँ, तू दीवार को चाट, मैं चला।"

"तू कहाँ जाएगा ?"

"बस किसी अलाव पर जाकर बैठूँगा, हाथ तापूँगा और कहानी सुनूँगा।"

"यार, वाक़ई कितने दिन हो गए, कि हम न किसी अलाव पर जाकर बैठे, न कोई कहानी सुनी।" एकदम से कितने ही भूले-बिसरे अलाव याजूज के तसव्वुर में ज़िंदा हो गए। बीच में दहकती हुई आग, इर्द-गिर्द बैठे हुए लोग, हर उम्र के, कोई जवान, कोई बूढ़ा और दरमियान में बैठा कोई बुज़ुर्ग, कि रात के जादू के साथ कहानी का जादू जगा रहा है। "यार तू यहाँ मुझे अकेला छोड़ जाएगा !"

"फिर तू भी चल।"

माजूज डाँवाडोल हो गया। उसे डाँवाडोल देख माजूज ने टहोका, "यार, छोड़ इस चक्कर को। जारूत के अलाव पे चलते हैं और आशिर से कहानी सुनते हैं, कितने ज़माने से हमने उस बुज़ुर्ग से कहानी नहीं सुनी।"

याजूज पर माजूज की बात असर कर गई। वो उठने ही लगा था कि नज़र दीवार पर जा पड़ी। दीवार को देखते ही उसकी नीयत बदल गई। "यार, ये प्रोग्राम कल तक के लिए मुल्तवी नहीं हो सकता !"

"कल क्या हो जाएगा, जो आज सूरत है, वही कल होगी।"

"नहीं, मुझे यक़ीन है कि आज रात हम इस दीवार को ज़रूर चाट डालेंगे। कल हम बिलकुल फ़ारिग़ होंगे।"

---

1. जब तक 2. आदि 3. अंत 4. विचार

"छोड़ यार, कब से हम आज-कल, आज-कल कर रहे हैं, इस आज-कल ही में हमने उम्र की कितनी सुहानी रातें ज़ाया कर दीं।"

"यार, जहाँ इतनी रातें ज़ाया की हैं, वहाँ एक रात और सही, आज की रात और इस दीवार को चाटकर देखते हैं।"

"अच्छा, इस शर्त पर रुकता हूँ कि बस आज की रात और हम इस दीवार को चाटेंगे। चटे या न चटे, कल की रात यहाँ नहीं लगानी।"

"मान ली तेरी शर्त।"

ये तय हो जाने के बाद दोनों सरगर्मी से अपनी लंबी-लंबी ज़बानें निकालकर दीवार पर झुक गए।

रात गए तक दीवार को चाटने के बाद दोनों एक ज़रा दम लेने के लिए रुके। माजूज ने दीवार का जायज़ा लिया तो देखा कि वो तो बिलकुल वरक़ बन गई है। उसने इत्मीनान का साँस लिया। सोचा कि बस अब तो आँखों की सुइयाँ रह गई हैं। मगर माजूज को नींद आने लगी। उसने कहा, "यार याजूज, मैं ज़रा एक झपकी ले लूँ। बहुत नींद आ रही है।" ये कहकर वो बस फ़ौरन ही सो गया और ख़र्राटे लेने लगा। उसके ख़र्राटों ने अजीब असर किया कि याजूज भी ऊँघने लगा। उसने सोचा कि अब कौन-सा ऐसा काम रह गया है, क्यों न मैं भी झपकी ले लूँ। और, वो भी सो गया।

याजूज-माजूज दोनों जैसे घोड़े बेचकर सोए। आँख उनकी उस वक़्त खुली जब सिर पर सूरज आ गया और उन्होंने क्या देखा कि दीवार फिर अपनी ज़ख़ामत[1] और बुलंदी के साथ उनके सिर पर खड़ी है। ये देखकर उन ग़रीबों का जी ढह गया।

याजूज-माजूज दिन-भर ऐसे ढहे पड़े रहे, जैसे कोई दीवार ढही पड़ी हो। जब शाम हुई तब कहीं उनमें जान आई। उन्होंने लस्तम-पस्तम अपने होश-हवास दुरुस्त किए। याजूज ने दीवार की तरफ़ देखा, और शाम के बढ़ते अँधेरे में वो दीवार उसे अपने सिर पर पहाड़ की तरह खड़ी नज़र आई। मगर ये तय हो चुका था कि अब इस दीवार को चाटना नहीं है।

माजूज फ़ुर्ती से खड़ा हुआ, "चलो, यहाँ से चलें।"

"कहाँ ?"

"जारूत के अलाव पर चलते हैं, अब तक तो रौशन हो चुका होगा। वहाँ पुराने यारों से मिलेंगे और आशिर से कहानी सुनेंगे।"

दोनों वहाँ से उठ जारूत के अलाव की तरफ़ हो लिये। मगर वहाँ पहुँचे तो किसी को न पाया। न अलाव, न अलाव वाले। कोई अधजली लकड़ी, कुछ ठंडी राख। लगता था कि एक ज़माने से यहाँ अलाव गरम नहीं हुआ है। दोनों बहुत हैरान हुए कि आख़िर यारों पर क्या गुज़री कि अलाव अब यहाँ गरम नहीं होता।

देर बाद एक आदमी उधर से गुज़रता हुआ नज़र आया। उसे रोककर पूछा कि

---

1. चौड़ाई

भाई आज की शब अलाव गरम नहीं हुआ।

"अलाव, कैसा अलाव, यहाँ तो कोई अलाव गरम नहीं होता।"

"जारूत कहाँ है ?"

उस आदमी ने दोनों को ग़ौर से देखा, "तुम कब की बात कर रहे हो, जारूत ने मुद्दत हुई यह अलाव छोड़ दिया। वो अब हवेली में रहता है, इस वक़्त वो आतिशदान के सामने बैठा होगा।"

"हवेली ? वो क्या होती है ?"

उस आदमी ने दोनों को फिर ग़ौर से, हैरत से देखा–"तुम तो बिलकुल जंगली लगते हो। हवेली को नहीं जानते कि क्या होती है ! ऊँची दीवारें, मोटी छतें, भारी दरवाज़े, बस यही हवेली होती है।"

"दीवारें, अच्छा तो जारूत ने दीवारें खड़ी कर ली हैं।" याजूज-माजूज हैरान रह गए। फिर पूछा, "और आशिर कहाँ है ?"

"आशिर ? अच्छा वो बूढ़ा क़िस्सागो। वो तो ज़माना हुआ, मर गया।"

"आशिर मर गया !" याजूज-माजूज ने ताज्जुब से पूछा और अफ़सोस करने लगे।

"अच्छा आशिर का बेटा इमराम, कि हमारा यार था, कहाँ चला गया ?"

"है तो वो यहाँ, मगर इस वक़्त फ़िल्म देखने गया है।"

"फ़िल्म ?" याजूज-माजूज एक मर्तबा फिर मुतहय्यिर[1] हुए।

आदमी हँसा, "अब तुम पूछोगे कि फ़िल्म क्या होती है।"

"नहीं, अब इसके आगे हम कुछ नहीं पूछेंगे।" और याजूज-माजूज वहाँ से उलटे पाँव फिरे और जहाँ से चले थे, वहीं फिर आ बैठे।

"यार दुनिया बहुत बदल गई है।" याजूज सोचते हुए बोला।

"यार कहाँ से कहाँ पहुँच गए।" माजूज तल्ख़ सी हँसी हँसा।

"हम यहाँ दीवार चाटते रह गए, यारों ने वहाँ नई दीवारें खड़ी कर लीं और छतें पाट लीं।" ये कहते-कहते उसकी आवाज़ में एक दुख पैदा हो गया, "हम तो दीवार को न चाट सके, दीवार ही ने हमें चाट लिया।"

"हमने अपने कितने रोज़ो-शब इस दीवार पर सर्फ़ किए और दीवार है कि ज्यों की त्यों खड़ी है।" उस वक़्त याजूज भी दुखी हो रहा था।

"रोज़ो-शब," माजूज ने याजूज की बात काटी, "मुझे तो यूँ लगता है कि हमारी सारी ज़िंदगी एक लंबी रात है जिसके बीच-बीच में सुबह हमारे रात के किए-कराए को अकारथ करने के लिए नमूदार होती है।"

"सुबह," याजूज बदमज़ा लहजे में बड़बड़ाया और चुप हो गया।

"रात बहुत हो गई है, अब हमें सोना चाहिए।" माजूज ने जम्हाई लेते हुए कहा।

याजूज-माजूज बहुत रातों के जागे हुए थे। सोचा था कि लंबी तान के सोएँगे। आँखें दोनों की नींद से बोझिल थीं। मगर अजब हुआ कि लेटते ही नींद ग़ायब हो गई।

---

1. चकित

रात गए तक वो करवटें बदलते रहे।

"यार, नींद नहीं आ रही है।" याजूज ने एक लंबी जम्हाई ली और उठकर बैठ गया।

"मुझे भी नहीं आ रही।" माजूज भी उठकर बैठ गया।

याजूज-माजूज उठकर बैठ गए थे। नींद तो नहीं आ रही थी। अब क्या करें।

"रात ऐसे कैसे कटेगी," माजूज बोला, "बातें ही करें।"

"बातें !" माजूज अफ़सुर्दा[1] हो गया," दीवार को चाटते-चाटते मेरी ज़बान इतनी ज़ख़्मी हो गई कि मैं ज़्यादा बोल नहीं सकता।

माजूज बोला, "मैं तो रोज सुबह फिटकरी के पानी से ग़रारे करने के बाद शामिल जर्राह का दिया हुआ मरहम लगा लेता हूँ। मेरी ज़बान को तो उससे बहुत आराम आ जाता है।"

"वो तो यार मैं भी करता हूँ। मग़र ये तो रोज़ का क़िस्सा है। ज़ख़्म भरने नहीं पाते कि नए ज़ख़्म पैदा हो जाते हैं। ऐसी हालत में फिटकरी के ग़रारे और शामिल जर्राह का मरहम भी कितना फ़ायदा पहुँचा सकते हैं।"

"ये भी ठीक है।"

"वैसे यार मेरा ख़याल है," याजूज सोचकर बोला, "मेरी ज़बान भी कुछ मोटी पड़ गई है।"

"जब नहीं बोलेंगे तो ज़बान मोटी ही पड़ेगी। हमारा बाप कहा करता था, बोलते रहो कि गूँगे न हो जाओ।"

"है तो ठीक बात, मगर यार एक वक़्त में एक ही काम हो सकता है।"

"हाँ," माजूज ने एक हल्की सी तल्ख़ी के साथ कहा।

"हाँ, एक वक़्त में एक ही लामानी[2] काम किया जा सकता है।" माजूज ने याजूज के बयान में थोड़ी-सी इस्लाह[3] कर दी। फिर बोला, "यार कभी-कभी जब मैं बोलता हूँ तो मुझे यूँ लगता है कि जैसे मैं बोल नहीं रहा, दीवार चाट रहा हूँ।" याजूज माजूज की बात सुनकर सोच में पड़ गया। उसे शक था कि बोलते वक़्त उसके साथ भी ऐसा ही होता है।

"यार, अब सोना चाहिए।" वो अफ़सुर्दगी से बोला।

याजूज-माजूज एक मर्तबा फिर दराज़ हुए और सोने की कोशिश करने लगे। मगर नींद का कोसों पता नहीं था। याजूज को बेख़्वाबी के साथ अजब बेकली हो रही थी। बार-बार उसका मुँह खुल जाता और ज़बान बाहर निकल आती। ज़बान को वो ओंठों पर फेरता। तालू से रगड़ता। फिर मुँह बंद करके आँखें मूँदके साकित हो जाता। फिर उसका मुँह खुल जाता और वो जम्हाई लेता और फिर ज़बान को गर्दिश देता। होंठों पर फेरता। तालू से रगड़ता। आख़िर उससे न रहा गया। बेकल होकर उठ खड़ा हुआ।

---

1. उदास 2. निरर्थक 3. सुधार

एक अँगड़ाई ली और दीवार की तरफ़ चला।

"कहाँ," माजूज ने टोका।

"यार, नींद तो आ नहीं रही, मैंने सोचा कि चलूँ चलके दीवार ही को चाटें।"

"फ़ायदा ?"

"फ़ायदा तो कुछ भी नहीं है। हमारी नातवाँ[1] ज़बानें इस ऊँची हैबत भरी दीवार का कुछ नहीं बिगाड़ सकतीं।"

"फिर ये लाहासिल अमल क्यों किया जाए ?"

"यार, मुझे तो अब सब ही कुछ लाहासिल और लामानी नज़र आता है। मगर ठाली से बेगार भली। कम-अज़-कम रात तो कटेगी।"

याजूज ने क़दम आगे बढ़ाया, ज़बान निकाली और दीवार को चाटना शुरू कर दिया। माजूज बैठा तकता रहा। दीवार चाटते याजूज को तकते-तकते उसकी ज़बान में खुजली होने लगी—'क्यों न मैं भी दीवार को चाटना शुरू करूँ ! है तो ये मुहल[2] अमल मगर ज़बान की खुजली तो जाएगी।' और माजूज भी अपनी लंबी ज़बान के साथ वहाँ पहुँचा और दीवार को चाटने लगा।

रात ढलने लगी थी कि याजूज थककर ज़रा साँस लेने के लिए रुका। उसने नज़र भरकर दीवार को देखा और बहुत मुत्मईन हुआ। दीवार चट-चटाकर पतली वरक़ जितनी रह गई थी। उसने माजूज को टोका, "देखता है बे, दीवार का तो आज हमने भुरकस निकाल दिया है, अब इसमें रह क्या गया है।"

"हाँ, हमने दीवार को बहुत चाट लिया है मगर मैं डर रहा हूँ कि कहीं फिर सुबह न हो जाए।"

याजूज तश्वीश में पड़ गया, "यार, तू ठीक कहता है, मगर फिर क्या किया जाए ?"

"हम सिवा दुआ करने के क्या कर सकते हैं !"

फिर याजूज-माजूज ने हाथ उठाकर दुआ की कि,-"ऐ हमारे रब, तेरी बख़्शी हुई लंबी दर्द-भरी रात हमारे लिए बहुत है। सुबह के शर[3] से हमें महफ़ूज़ रख और उजाले के फ़ित्ने को दफ़ा कर।"

---

1. कमज़ोर 2. व्यर्थ 3. उपद्रव

दीवार

''वो तो हँस रहा है।''

''क्या ?'' एकदम से सबकी नज़रें जिबरान के चेहरे पर मरकूज़ हो गईं।

जिबरान ने एक मर्तबा फिर कान लगाकर कुछ सुनने की कोशिश की। फिर बोला, ''हाँ, बिलकुल, ये तो हँसी की आवाज़ है। वो हँस रहा है।''

सबने कान लगाकर उस दूर की आवाज़ को सुनने की कोशिश की और अपनी हिरासाँ[1] नज़रों और तश्वीश-भरी ख़ामोशी से जिबरान के बयान की तस्दीक़ की। सिर्फ़ एक इमासा था, कि उस तश्वीश में हिस्सेदार नहीं था। उसकी ख़ामोशी तस्दीक़ की बजाय बेतआल्लुक़ी का रंग लिये हुए थी। मुंदरीस ने, कि उनके बीच बड़ा था, अपनी तश्वीश को अपने वक़ार पर ग़लबा नहीं पाने दिया। एक वक़ार के साथ किसी क़दर अफ़सुर्दा लहजे में बड़बड़ाया, ''वो भी...'' और चुप हो गया।

दफ़अतन[2] अमीर ने झुरझुरी ली और उठ खड़ा हुआ। रफ़ीक़ों[3] ने उसी तरह चुप बैठे हुए इस्तिफ़सारआमेज़[4] नज़रों से उसे देखा।

''मैं ख़बर लेकर आता हूँ।'' और वो चला गया।

वो सब उसी तरह चुप बैठे थे। अब शाम का धुँधलका था। अमीर का तआक़्क़ुब करते हुए भी उनकी नज़रें ज़्यादा दूर तक उसे नहीं देख सकी थीं और अब उसकी राह तकते हुए भी ज़्यादा दूर तक नहीं देख सकती थीं। मगर बढ़ता हुआ अँधेरा समाअत[5] की राह में हायल[6] नहीं था। कान उसी तरह दूर की आवाज़ पर लगे हुए थे।

''अब तो कोई आवाज़ नहीं आ रही।'' इसाहेल बोला।

जिबरान ने थोड़ी देर कान लगाकर सुना। इसाहेल की ताईद करते हुए बोला, ''हाँ, अब कोई आवाज़ नहीं आ रही। लगता है उसने हँसना बंद कर दिया।''

फिर उन्होंने क़दमों की आहट सुनी। देखा कि अमीर वापस आ रहा है। कोई कुछ नहीं बोला, किसी ने कुछ नहीं पूछा। सवाल उनके होंठों पर नहीं, आँखों में था। तकती हुई इस्तिफ़सारआमेज़ नज़रों ने अमीर पर नरग़अ[7] कर लिया।

''वो तो वहाँ है ही नहीं।''

''क्या ?'' एक मर्तबा फिर सब चौंक पड़े।

---

1. भयभीत 2. अचानक 3. दोस्तों 4. प्रश्नवाचक 5. श्रवण-शक्ति 6. बाधक 7. ठहर गई

"हाँ, मेरे अज़ीज़ो, वो अब वहाँ नहीं है। मैंने क़रीब जाकर उस लंबी फ़सील पर एक सिम्त से दूसरी सिम्त तक नज़र डाली। वो वहाँ नहीं था।"

"तो वो भी..." मुंदरीस ने अपने पुरवक़ार मगर अफ़सुर्दा लहजे में कहा और ख़ामोश हो गया।

"मगर कहाँ गया वो ?" इसाहेल ने मुज़्तरब[1] होकर कहा।

"जहाँ उससे पहले जाने वाले गए थे।" मुंदरीस ने मुतानत[2] के साथ जवाब दिया। उसकी मुतानत ने जैसे रफ़ीक़ों के लबों पर मुहर लगा दी। सब चुप के चुप रह गए। देर बाद इसाहेल बड़बड़ाया, "कितने हमारे रफ़ीक़ इस राह गए और ग़ुम हो गए। अजब बात है कि हर रफ़ीक़ उधर की ख़बर लेकर आने का ऐलान करके जाता है मगर दीवार पर चढ़ते ही उसकी ज़बान पर ताला लग जाता है। फिर वो हमारी तरफ़ नहीं, दूसरी तरफ़ देखता है। क़हक़हा लगाता है और दूसरी तरफ़ उतर जाता है।"

"दूसरी तरफ़ क्या है ?" इसाहेल ने सवाल उठाया।

"दूसरी तरफ़ ?" सबने हैरान होकर सवालिया नज़रों से देखा और सोच में पड़ गए—सिवाय इमासा के।

मुंदरीस ने इमासा को मुत्मईन देखा और पूछा, "ऐ इमासा, तूने कुछ जाना कि दूसरी तरफ़ क्या है ?"

"दूसरी तरफ़ जानने के लिए कुछ नहीं है।"

"कुछ नहीं है ? फिर आदमी उधर क्या देखकर हँसता है ?" अमीर ने बरहम होकर सवाल किया।

"यही देखकर कि वहाँ देखने के लिए कुछ नहीं है।"

अमीर ने इस पर ताव खाया। खड़े होते हुए बोला, "मैं दीवार पर चढ़ूँगा और ख़बर लेकर आऊँगा कि दीवार के उस तरफ़ क्या है ?"

रफ़ीक़ों ने हैरानो-परेशान नज़रों से उसे देखा, कि वो दीवार की तरफ़ जाने के लिए तैयार खड़ा था।

"तुझसे पहले जानेवाले भी यही कहकर गए थे।" इमासा ने ज़हर-भरी हँसी के साथ कहा।

"मगर मैं वापस भी आऊँगा।" अमीर ने गुस्से से कहा, और तेज़ी से रवाना हो गया।

अमीर जल्दी ही आँखों से ओझल हो गया, कि वो तेज़ी से चला था और शाम का अँधेरा गहरा होने लगा था। रफ़ीक़ों ने हद्दे-नज़र तक उसे जाते देखा और फिर कान लगाकर बैठ गए। एक ख़ौफ़-भरे इंतज़ार में कि शायद वही आवाज़ जो वो कई बार सुन चुके थे, फिर आए।

जिबरान ने यकसूई[3] के साथ कुछ सुनने की कोशिश की। फिर बोला, "लो वो भी...।"

---

1. पीड़ित 2. समझदारी 3. एकाग्रता

‘‘क्या ? वो भी !’’ रफ़ीक़ों ने चौंककर पूछा।

जिबरान ने एक मर्तबा फिर दूर की आवाज़ पर कान लगाए, ‘‘हाँ, वो भी।’’

रफ़ीक़ों ने अपने-अपने तौर पर हँसने की उस आवाज़ को सुना और ख़ौफ़-भरी आवाज़ में बोले, ‘‘वो भी... ।’’

फिर वो आवाज़ आनी बंद हो गई। जिबरान ने बहुत कान लगाए मगर कुछ सुनाई न दिया। मायूसी से बोला, ‘‘अब कोई आवाज़ नहीं आ रही।’’

‘‘मतलब ये है कि गया।’’ मुंदरीस ने कहा।

‘‘और क्या मतलब हो सकता है।’’

देर तक सब चुप बैठे रहे। आख़िर इसाहेल ने झुरझुरी ली—‘‘काश, हमारे पास याजूज-माजूज की ज़बानें होतीं।’’

‘‘फिर क्या होता ?’’ इमासा ने बेज़ारी से कहा।

‘‘फिर हम उस दीवार को रात-रात में चाट डालते।’’

‘‘मगर सुबह को वो फिर खड़ी हो जाती।’’ इमासा ने उसी बेज़ारी से कहा।

‘‘हम उसे फिर चाट डालते।’’

‘‘और अगली सुबह को वो फिर खड़ी हो जाती।’’

मुंदरीस अपने बुज़ुर्गाना अंदाज़ में बीच में पड़ते हुए बोला, कि ‘‘अज़ीज़ो, आपस में तकरार मत करो, सिर जोड़कर ये सोचो कि इस दीवार के मसले का हल क्या हो।’’

‘‘बेहतर हो कि हम वापस हो लें।’’ जिबरान बोला।

इसाहेल ने जिबरान को घूरकर देखा, ‘‘क्या कहा, वापस ?’’

‘‘हाँ, वापस, अब वापसी ही में आफ़ीयत है। वरना ये दीवार हमारे सिर बहुत ख़राबी लाएगी।’’

‘‘मगर वापसी हमें ज़्यादा ख़राब करेगी।’’

‘‘वो ख़राबी इस ख़राबी से बहरहाल बेहतर होगी कि हम बारी-बारी से दावा और ऐलान करके दीवार पर चढ़ें और फिर बेमा’नी हँसी हँसते हुए, बोले बग़ैर दीवार के उस तरफ़ उतर जाएँ। आख़िर इस अमल से हासिल ?’’

मुंदरीस ने ठंडी साँस भरी, ‘‘अज़ीज़ो, मैं ये देखता हूँ कि इस दीवार ने हमारे दरमियान दीवारें खड़ी कर दी हैं। क़ब्ल इसके[1] कि हमारे दरमियान दीवारें ऊँची हो जाएँ, हमें इस मसले का हल तलाश कर लेना चाहिए, सो अज़ीज़ो, मैंने सोचा है कि अब मैं ख़ुद दीवार पर चढ़ूँगा।’’

‘‘मुंदरीस तू ?’’ सबने चौंककर उसे देखा।

‘‘हाँ मैं, मैं दीवार पर चढ़ूँगा और दूसरी तरफ़ की ख़बर लाऊँगा।’’

‘‘ये वही ऐलान है,’’ जिबरान बोला, ‘‘जो आगे जानेवाले करके गए थे। वो ये ऐलान करके गए और वापस नहीं आए।’’

---

1. इससे पहले

"मगर मैंने वापसी की तरकीब सोच ली है।"

"वो क्या ?"

"मैंने तरकीब ये सोची है कि एक लंबी रस्सी लेकर उसका एक सिरा मैं अपनी कमर से बाँधूँ और दूसरा सिरा तुम्हारे हाथ में पकड़ाऊँ। फिर दीवार पर चढ़ूँ। जब मैं हँसी का शिकार हो जाऊँ और दीवार के उस तरफ़ ज़क़ंद[1] लगाने के लिए हमहमी बाँधूँ तो तुम मिलकर रस्सी को अपनी तरफ़ खींचो। यूँ मैं ज़क़ंद लगाने से बाज़ रहूँगा और ख़बर लेकर वापस आऊँगा।" इमासा ये सुनकर बेसाख़्ता हँसा मगर मुंदरीस ने उसकी हँसी से चश्मपोशी की और अपने मनसूबे पर अमलदरामद का एहतिमाम किया। एक लंबी रस्सी लेकर उसने एक सिरा मज़बूती से अपनी कमर में लपेटा और गिरह लगाई। दूसरा सिरा रफ़ीक़ों के हाथ में पकड़ाया और चला दीवार की तरफ़।

दीवार पर चढ़ने से पहले मुंदरीस ने जिबरान और इसाहेल को देखा, कि रस्सी का सिरा मज़बूती से पकड़े हुए थे। फिर इमासा को देखा जो अलग खड़ा था–"ऐ इमासा, क्या तू अब भी अलग-थलग रहेगा। और मुझे दीवार के उस पार गिर जाने देगा ?"

इमासा ने ताम्मुल किया। मगर फिर एक अलकसाहट के साथ आगे बढ़कर रस्सी को थामा और बोला, "अफ़सोस है मुझ पर कि मैं जानता हूँ कि ये अमल कितना बेमा'नी और लाहासिल है और फिर भी इसमें शामिल हो रहा हूँ।"

मुंदरीस दीवार पर तेज़ी से चढ़ा। जिबरान और इसाहेल ने चश्मे-ज़ून में देखा कि मुंदरीस दीवार की मुँडेर पर खड़ा है और उस पार देखता है। ये देखकर इसाहेल पुकारा, "ऐ मुंदरीस, कुछ कह तूने दीवार के उस पार क्या देखा।"

इसाहेल की पुकार शाम के सन्नाटे में सहरा में गूँजी और गुम हो गई। इसाहेल ने ताज्जुब किया कि उसने मुंदरीस को पुकारा और मुंदरीस ने कोई जवाब नहीं दिया। फिर जिबरान ने मुंदरीस को पुकारा और ताज्जुब किया कि मुंदरीस ने उसकी पुकार का भी कोई जवाब नहीं दिया।

"अजब बात है कि मुंदरीस हमारी पुकार को सुन रहा है और चुप है।"

"मुंदरीस अब नहीं बोलेगा कि उसने दीवार के उस तरफ़ देख लिया है।" इमासा बड़बड़ाया।

"मगर," जिबरान चौंका, "मगर वो हँस रहा है।"

"क्या ?" इसाहेल ने कान खड़े किए, "मुंदरीस हँस रहा है।"

दोनों ने कान लगाकर सुना और हैरान और खौफ़ज़दा हुए। मुंदरीस ने भी जिस पर वो तकैय्या[2] किए बैठे थे, हँसना शुरू कर दिया था।

"क्या मुंदरीस भी ?" जिबरान ने तश्वीश के साथ कहा।

"नहीं, मुंदरीस को हर हाल में वापस आना है, कि वो रस्सी से बँधा हुआ है, और रस्सी का सिरा हमने मज़बूती से पकड़ रखा है।"

---

1. छलाँग 2. भरोसा

“मगर इसाहेल मेरी मुट्ठी भारी होती जा रही है।”

“ऐ जिबरान, रस्सी को मज़बूती से थामे रह कि इसी तौर पर हम मुंदरीस को दूसरी तरफ़ ज़क़ंद भरने से बाज़ रख सकते हैं।”

इसाहेल और जिबरान ने और उनके साथ इमासा ने रस्सी को मज़बूती से थामा। मुंदरीस पहले आहिस्ता हँसा, फिर उसकी हँसी की आवाज़ तेज़ होती चली गई। हत्ता कि एक लंबा क़हक़हा बन गई। इसाहेल, जिबरान और इमासा ने इस लंबे क़हक़हे को एक ख़ौफ़ के साथ सुना और उनकी मुट्ठी भारी होती चली गई।

“अजीज़ो, रस्सी को अपनी तरफ़ खींचो मुबादा हम खुद दीवार पर खिंचे चले जाएँगे।” इमासा बोला।

रस्सी को अपनी तरफ़ उन्होंने पूरी ताक़त से खींचा और महसूस किया कि उन्होंने मुंदरीस को अपनी तरफ़ कर लिया है। पर जब उन्होंने क़रीब जाकर देखा तो हैरत और ख़ौफ़ से उनकी आँखें खुली रह गईं।

जिबरान बोला, “अज़ीज़ो, ये हम क्या देखते हैं कि मुंदरीस आधे धड़ की सूरत ख़ून में लथपथ पड़ा है, बाकी आधा धड़ कहाँ गया ?”

“मुझे लगता है कि खींचातानी में आधा धड़ हमारी तरफ़ आ पड़ा और आधा धड़ दूसरी तरफ़ जा पड़ा।”

जिबरान ने इसाहेल की ये बात सुनकर ताम्मुल किया। फिर इमासा से मुख़ातिब हुआ “ऐ इमासा, तू इस बारे में क्या कहता है ?”

इमासा हँसा, “मुंदरीस ने एक शौक़े-फ़िज़ूल में अपने वजूद को कितना मज़हकाखेज़[1] बना लिया है कि वो आधा इधर पड़ा है, आधा दीवार के उस तरफ़।”

इसाहेल ने ख़ून में लथपथ अधूरे मुंदरीस को देखा और दर्द के साथ कहा, “काश, हमारे पास याजूज-माजूज की ज़बानें होतीं।”

“फिर क्या होता ?” इमासा ने जलकर कहा।

“फिर हम इस दीवार को रात-रात में चाट डालते।”

“और सुबह को वो फिर खड़ी हो जाती।” इमासा ने जले-भुने लहजे में कहा, और ज़हर में बुझी हँसी हँसा। फिर वो हँसता चला गया।

जिबरान और इसाहेल दोनों सकते में आ गए।

“इमासा भी।” जिबरान इससे आगे कुछ न कह सका।

“और वो तो दीवार पर भी नहीं चढ़ा है !” इसाहेल ने ताज्जुब से कहा।

जिबरान और इसाहेल दोनों हैरत और दहशत से इमासा को तकते चले जा रहे थे, जिसकी हँसी ऊँची होते-होते अब एक लंबा क़हक़हा बन चुकी थी।

---

1. हास्यास्पद

ख़्वाब और तक़दीर

नाक़ों पे सवार चुप साधे, साँस रोके हम देर तक उस राह चलते रहे। हत्ता कि आगे-आगे चलते हुए अबू ताहिर ने अपने नाक़े की नकेल खींची और इत्मीनान-भरे लहजे में ऐलान किया, "हम निकल आए हैं।"

"निकल आए हैं ?" हम तीनों ने ताज्जुब और बेयक़ीनी से अबू ताहिर को देखा, "रफ़ीक़, क्या हम तेरे कहे पर ऐतबार करें ?"

अबू ताहिर ने ऐतबार से जवाब दिया, "क़सम है उसकी जिसके क़ब्ज़-ए-कुदरत में मेरी जान है, हम शहरे-बेवफ़ा से निकल आए हैं।"

फिर भी उसने हमें क़ायल न किया। आँखें फाड़-फाड़कर इर्द-गिर्द देखा। गिर्दो-पेश का पूरा जायज़ा लिया। कूफ़े के जाने-पहचाने दरो-दीवार वाक़ई नज़रों से ओझल थे। ये गिर्दो-पेश ही और था। तब हमें बावर आया कि हम निकल आए हैं। बस, तुरत अपने नाक़ों से उतरे और बेइख़्तियार सजदे में गिर पड़े और अपने पैदा करने वाले का शुक्र अदा किया। फिर राह के किनारे खजूरों के साए में बैठकर अपने तोशे को खोला। एक-एक मुट्ठी सत्तू फाँके और ठंडा पानी पिया। इस साइत में ठंडा पानी हमें कितना ठंडा और मीठा लगा। लगता था कि हम प्यासों ने आज एक ज़माने के बाद पानी पिया है। खुदा की क़सम उस आफ़तज़दा शहर में तो गिज़ाएँ अपना ज़ायक़ा खो बैठी थीं। और ठंडे-मीठे कुएँ यकक़लम[1] खारी हो गए थे या शायद हम इतने बेमज़ा हो गए थे कि अल्लाह तबारको-ता'ला की पैदा की हुई नेमतें हमारे लिए बेलज़्ज़त हो गईं थीं।

ये सब उस शख़्स के वारिद होने के बाद हुआ। वो शख़्स बालाक़द[2] घोड़े पर सवार, स्याह अमामा पहने, मुँह पर ढाँटा बाँधे, ढाल-तलवार ज़ेबे-कमर किए हुए शहर में दाख़िल हुआ। लोग समझे कि इमाम ज़माँ का वरूद[3] हुआ। गली-गली, कूचा-कूचा ये ख़बर फैली। लोग मसरूर[4] हुए। इमाम के तसव्वुर से मसहूर[5] हुए। मरहबा कहते घरों से निकले और उसके गिर्द आ खड़े हुए। किस शान से सवारी क़सर अल मारा की सिम्त चली। लगता था कि पूरा शहर उमड़ा हुआ है।

क़सर अल मारा के ऊँचे दरवाज़े पर पहुँचकर उसने घोड़े की बाग खींची, और मजमे की तरफ़ रुख़ किया। रुख़ करते-करते दफ़अतन ढाँटा खोला। खूंख़ार सूरत

---

1. एक तरफ़ से 2. ऊँचे 3. अवतरण 4. आनंदित 5. मंत्रमुग्ध

कफ़ेदर दहान[1] नियाम[2] से शमशीर निकाली और कड़ककर कहा कि ऐ लोगो, तुममें से जो जानता है, वो जानता है, जो नहीं जानता, वो जान ले कि मैं आ गया हूँ। सब सन्नाटे में आ गए, वो भी जिन्होंने देखा और जाना कि कौन है जो आ गया और वो भी जिन्होंने देखा मगर न जाना कि कौन है जो आ गया है।

उसने अपना ऐलान किया और क़सर अल मारा के अंदर चला गया। लोग देर तक साकित खड़े रहे। आख़िर को अबुलमंदज़र ने मेहरे-सकूत[3] तोड़ी। अफ़सोस-भरे लहजे में बोला, "शहर कूफ़ा पर ख़ुदा रहमत करे। इंतज़ार उसने किसके लिए खींचा था और वारिद कौन हुआ।"

"कौन है जो वारिद हुआ है ?"

"ऐ लोगो, तुफ़[4] है तुम पर कि अभी तक तुमने नहीं पहचाना कि ये किस बाप का बेटा है। उस बाप का जिसका बाप नहीं था और जिसे लौंडी ने जना था।"

"ज़ियाद का बेटा !" बेइख़्तियार किसी की ज़बान से निकला और एक दफ़ा फिर सब सन्नाटे में आ गए।

उसके आने की ख़बर फैलती गई और कूचे और ख़याबाँ ख़ाली और ख़ामोश होते गए। मैं मंसूर बिन नुमान अलहदीदी भरे कूचों से गुज़रकर क़सर अल मारा तक पहुँचा था और ख़ाली ख़याबानों और लू हक़ करते कूचों से गुज़रकर वापस घर पहुँचा और जब उस बे-आराम रात के बाद सुबह हुए पर मैं घर से निकला तो देखा कि शहर बदल चुका है। ख़ुदा की क़सम मैंने उस शहर को भट्टी पर चढ़े कढ़ाह की मिसाल उबलते देखा था। अब मैं उसे सीना-ए-अहले-हवस[5] की सूरत ठंडा देख रहा था और मैं दिल में रोया कि शहर किस शोर से सिर उठाते हैं और कितनी सिरअत[6] से ढह जाते हैं।

मैं गिरफ़्त-दिल[7] अपने रफ़ीक़ देरीना मसअब इब्न-बशीर के पास पहुँचा। गलूगीर[8] होकर कहा कि, "ऐ मसअब तूने देखा कि कूफ़ा आन की आन में कितना बदल गया है !"

मसअब ने मुझे घूरकर देखा और कहा कि, "ऐ मन्सूर, ताज्जुब मत कर और आहिस्ता बोल।"

मैंने उसे ताज्जुब से देखा, "रफ़ीक़, क्या तू वो नहीं है जो कल ऊँची आवाज़ से बोल रहा था ?"

वो बोला, "कल सबसे ऊँची आवाज़ में अबुलमंदज़र बोला था और आज वो क़सर अल मारा की दीवार तले ठंडा पड़ा है।"

ये कहकर वो रफ़ीक़ मुझसे शिताबी[9] से रुख़सत हुआ और क़सर अल मारा की तरफ़ चला गया।

तब मैंने जाना कि क़सर अल मारा वाक़ई बदल चुका है और वाक़ई मुझे आहिस्ता बोलना चाहिए। बल्कि नहीं बोलना चाहिए। क़ैस बिन मसहर को मैंने देखा कि वो बोला

---

1. अत्यंत क्रुद्ध चेहरा 2. म्यान 3. सन्नाटा 4. लानत 5. वासना-लोलुप व्यक्ति का सीना 6. शांति 7. दुखी-हृदय 8. गले मिलकर 9. तेज़ी से

और हमेशा के लिए चुप हो गया। इब्न-ज़ियाद के आदमी उसे पकड़कर क़सर अल मारा की छत पर ले गए। कहा कि बोल क्या बोलता है। उसने ऊँची आवाज़ में अपना ऐलान किया कि उस ख़ामोश शहर के हर घर में उसकी आवाज़ सुनी गई। दूसरे ही लम्हे उसे छत से नीचे धकेल दिया गया। क़सर अल मारा की दीवार तले वो कितनी देर तक सिसकता रहा। देर बाद उसका दोस्त अब्दुल-मोमिन बिन अमीर उस राह से गुज़रा और अपना ख़ंजर निकालकर उसके गले पर फेर दिया। एक बूढ़े ने सरग़ोशी में उससे कहा कि तूने ख़ूब हक़्क़े-दोस्ती अदा किया और उसने मस्कत[1] जवाब दिया कि मैं अपने अज़ीज़ दोस्त को सिसकता हुआ नहीं देख सकता था।

मैं ये नक़्शा देखकर वहाँ से फिरा और ख़याबाँ-खयाबाँ परेशान फिरता फिरा। लग रहा था कि मैं कूफ़े में नहीं हूँ, ख़ौफ़ के सहरा में भटक रहा हूँ।

ख़ौफ़ के सहरा में भटकते-भटकते मेरी मुठभेड़ अबू ताहिर से हुई और अबू ताहिर ने मुझे जाफ़र रबई और हारुन इब्न सुहैल से मिलाया। कितने दिनों तक हम चारों गूँगे-बहरे बने इस ख़ौफ़ के सहरा में भटकते फिरे। आख़िर के तईं हमने सब्र का दामन हाथ से छोड़ा। सर जोड़कर बैठे और सोचा कि किसी सूरत यहाँ से निकल चलिए। इस तजवीज़ पर जाफ़र रबई रो पड़ा। बोला, ''मैं कूफ़े की मिट्टी हूँ। इस मिट्टी को कैसे छोड़ दूँ।''

हारुन इब्न सुहैल बोला, ''हर चंद कि मैं मदीना की मिट्टी हूँ, मगर पालनेवाले की क़सम, इस क़ुरिए[2] से मुफ़ारक़त[3] मुझे भी रुलाएगी कि मैंने अपनी जवानी के अय्याम[4] इसी शहर के कूचों में गुज़ारे हैं।''

तब अबू ताहिर ने, कि हममें सबसे बड़ा था, मेरी तरफ़ देखा, ''ऐ, मन्सूर, तू इस बाब[5] में क्या कहता है ?''

मैंने अर्ज़ किया कि, ''रफ़ीक़, हुज़ूर की ये हदीस याद करो कि जब तुम्हारा शहर तुम पर तंग हो जाए तो वहाँ से हिजरत कर जाओ।''

ये कलाम सुन रफ़ीक़ क़ायल हो गए और निकल चलने की तैयारियाँ करने लगे।

हमने शहर से निकलना कितना आसान जाना था, मगर कितना मुश्किल निकला। शहर के दरवाज़ों पर पहरा था। आने-जाने वालों पर रोक थी। कितनी मर्तबा हम दोनों दरवाज़ों तक गए और पहरेदारों को चौकन्ना देखकर चुपके से वापस चले आए। कूफ़ा हम पर तंग होता जा रहा था। तंग होते-होते वो चूहेदान की मिसाल बन गया। उसके अंदर हम ऐसे थे जैसे चूहेदान में चूहे, कि चक्कर काटें और निकलने की राह न पाएँ।

निकलने की कोई सूरत न देखकर हम जी जान से बेज़ार हुए। हारुन इब्न सुहैल ने लंबी आह खींची और कहा कि, ''काश, हमारी माँएँ बाँझ हो जातीं और हमारे बापों के नुत्फ़े ज़ाया हो जाते कि न हम पैदा होते, न हमें ये स्याह दिन देखने पड़ते।''

जाफ़र रबई रोया और बोला, ''वाए[6] हो हम पर कि हम अपने ही क़ुरिए में

---

1. चुप करनेवाला 2. लोक 3. अलहदगी 4. दिन 5. अध्याय 6. दुख या व्यथा की व्यंजना में व्यवहृत शब्द

रंजे-असीरी खींचते हैं और वाए हो इस क़ुरिए पर कि वो अपने बेटों के लिए सौतेली माँ बन गया।''

यास[1] की इस इंतहा पर पहुँचकर हम जरी[2] बन गए। मरता क्या न करता। बस कमर हिम्मत बाँध चल खड़े हुए कि हर चाह बाद-आबाद[3]। मालूम नहीं ये कैसे हुआ कि पहरेदारों की आँखों पर पर्दे पड़ गए या नींद आ गई। बहरहाल हम अब शहर से बाहर थे और आज़ाद फ़िज़ा में साँस ले रहे थे।

शाम के साए बढ़ते जा रहे थे और हवा गरम से ठंडी होने लगी थी।

''हमनफ़्सो, रात काली है और सफ़र लंबा है।''

''ऐ जी, क्या ये रात कूफ़े के दिनों से ज़्यादा स्याह है ?''

ये दलील सबको क़ायल कर गई। हम उस दम-ब-दम काली होती रात में सफ़र करने के लिए कमरें कसकर तैयार हो गए।

''मगर जाना कहाँ है ?''

इस सवाल ने हमें चौंकाया। हम तो बस निकल खड़े हुए थे। ये तो सोचा ही नहीं था कि जाना कहाँ है।

अबू ताहिर ने ताम्मुल किया। फिर कहा, ''मदीने, और कहाँ ?''

मैं और जाफ़र रबई इस तजवीज़ के मुएइद[4] हुए। मगर हारुन सुहैल सोच में पड़ गया। दबे लहजे में बोला, ''अगर मदीना भी कूफ़ा बन चुका हो तो ?''

हम सबने उसे बरहमी से देखा।

''ऐ रफ़ीक़,'' जाफ़र रबई बोला, ''तू उस मुनव्वर शहर के बारे में, जबकि तू खुद वहाँ की मिट्टी है, ऐसा सोचता है !''

हारुन इब्न सुहैल रुका, फिर बोला, ''हमनफ़्सो, बेशक उस शहर मुबारक की ज़मीन आसमान है। वहाँ की मिट्टी मुसनबर[5] और पानी मसफ़ा[6] है, मगर मैं उस शहर की सिम्त से आने वालों से मिला हूँ। मैंने उन्हें परेशान पाया।''

इस शहर पर हम चुप हो गए। किसी से कोई जवाब न बन पड़ा। मगर हारुन इब्न सुहैल अभी चुप नहीं हुआ था। सोचते-सोचते बोला, ''हमनफ़्सो, में सोचता हूँ और हैरान होता हूँ कि नूरे-हक़ के मुनव्वर होने वाले शहर कितनी जल्दी मुनक़लिब[7] हो गए। कितनी जल्दी उनके दिन परागंदा[8] और रातें परेशान हो गईं।

अबू ताहिर ने उसे बरहमी से देखा, ''ऐ सुहैल के नाख़लफ़[9] बेटे, तेरी माँ सोग में बैठे, क्या तू इस्लाम की हिक़ानियत[10] से इनकार करेगा।''

हारुन इब्न सुहैल बोला, ''बुज़ुर्ग, मैं पनाह माँगता हूँ उस दिन से कि मैं खुदाए-बुज़ुर्गो-बरतर की हिक़ानियत में शक करूँ और इस्लाम की हिक़ानियत से इनकार करूँ, मगर ये कूफ़ा...।''

अबू ताहिर ने ग़ुस्से से उसकी बात काटी, ''कूफ़ा क्या? क्या कहना चाहता है

---

1. उदासी 2. बहादुर 3. जहाँ चाह वहाँ राह 4. समर्थक 5. पवित्र 6. स्वच्छ, शीतल 7. परिवर्तित 8. छिन्न-भिन्न 9. नालायक़ 10. एकेश्वरवाद, सच्चाई

तू ?"

"हाँ यही मैं भी सोचता हूँ कि कूफ़ा क्या और क्यों ? बार-बार इस ख़याल को दफ़ा करता हूँ और बार-बार ये ख़याल मेरा दामनगीर होता है, कि मुबारक शहरों के बीच कूफ़ा कैसे नमूदार हो गया और कितनी जल्दी नमूदार हुआ। हिजरत को अभी ऐसा कौन-सा ज़माना बीत गया है।"

मैंने देखा कि अबू ताहिर के मिज़ाज की बरहमी बढ़ती जा रही है। मैंने बात बीच में काटी और कहा कि, "रफ़ीक़ो, मेरी तजवीज़ है कि उस शहर चलें जिसे हक़-ताला ने शहरे-अमन क़रार दिया है। बेशक दुनिया जालिमों से भर जाए और ज़मीन फ़साद से तहो-बाला[1] हो जाए मगर मक्का के मुबारक शहर के अमन में खलल नहीं आएगा।"

सब रफ़ीक़ों ने मेरी इस तजवीज़ पर साद किया और हम फ़ौरन ही नाक़ों पर सवार हो गए।

तारीकी बहुत थी, कि ये चाँद के शुरू की रातों में से एक रात थी। मगर हमारा जज़्बा हमें खींचे लिये जा रहा था। अब रात भीग चुकी थी और आसमान से उतरती खुनकी ने हमारे दिलों में तरंग पैदा कर दी थी। शहरे-अमन के तसव्वुर में मगन और रिहाई के नशे से सरसार हम बढ़े चले जा रहे थे। नाक़े पर बैठे-बैठे मुझे ऊँघ आ गई। मैंने क्या हसीन ख़्वाब देखा कि मैं शहरे-अमन में नेक-पाक बुज़ुर्गों के बीच बैठा हूँ और कूफ़ा का हवाला सुनाता हूँ। अचानक कान में एक आवाज़ आई, "ये तो हम फिर वहीं आ गए।" और मैंने हड़बड़ाकर आँखें खोलीं। अब तड़के का वक़्त था और सामने कूफ़े के दरो-दीवार नज़र आ रहे थे।

"ये तो हम फिर वहीं आ गए।" जाफ़र रबई कह रहा था।

अबू ताहिर ने ताम्मुल किया, फिर कहा, "रात बहुत काली थी। हमने राह पर ध्यान नहीं दिया। जिस रस्ते आए थे, उसी रस्ते चल पड़े।"

हम सब चुप थे।

"अब क्या करें ?" जाफ़र रबई ने सवाल किया।

अबू ताहिर ने ताम्मुल किया और कहा, "रफ़ीक़ो, वापसी अब मुहाल है, कि पहरेदारों ने हमें देख लिया है, शायद क़ुदरत को हमारा यहाँ से निकलना मंज़ूर नहीं।"

हारुन इब्न सुहैल ने ठंडी साँस भरी, "दुरुस्त कहा, कूफ़ा हमारी तक़दीर है।"

और मैं मन्सूर बिन नुमान अलहदीदी अफ़सुर्दा होकर बोला कि, "हाँ, मक्का हमारा ख़्वाब है, तक़दीर हमारी कूफ़ा है।"

और, हम थक-हारकर वापस कूफ़े में आ गए।

---

1. ऊपर-नीचे

शोर

“क्या ख़याल है, इसके बाद क्या होगा।”

“इसके बाद कुछ भी हो सकता है।”

“मसलन।”

“मसलन,” वो सोच में पड़ गया, “यार कन्फ़्यूज़न बहुत है।” फिर वो चुप हो गया और चाय पीने लगा।

मैं भी चुप रहा और चाय पीता रहा। फिर बाहर से किसी के चिल्लाने की आवाज़ आई। मैंने कान खड़े किए। ग़ौर से सुना और खड़ा हुआ, “ ‘ज़मीमा’ आ गया।” बाहर जाकर ‘ज़मीमा’ ख़रीदा। वापस आकर ‘ज़मीमा’ खोला और हम दोनों ने इकट्ठे उसे पढ़ना शुरू किया।

पढ़ चुकने के बाद–“अब क्या ख़याल है तुम्हारा ?”

“यार इतनी ही ख़बर है, कोई नई तफ़सील तो है नहीं।”

“फिर भी क्या ख़याल है तुम्हारा, अब क्या होगा ?”

“अब क्या होगा,” सोच में पड़ गया, “यार टेढ़ा सवाल है।”

“फिर भी।”

सोचते हुए बोला, “मेरा ख़याल ये है...” मगर इर्द-गिर्द देखकर फिर चुप हो गया, “यार, यहाँ शोर बहुत है।”

मैंने आसपास की मेज़ों पर नज़र डाली। आसपास की सब मेज़ें भरी हुई थीं। चाय पीने वाले चाय कम पी रहे थे, बातें ज़्यादा कर रहे थे। हमारी मेज़ के बिलकुल बराबर की मेज़ सबसे ज़्यादा पुरशोर थी। प्यालियाँ कम, नफ़री[1] ज़्यादा। इतनी ऊँची आवाज़ में बोल रहे थे कि उनके होते हुए आसपास की किसी मेज़ पर इत्मीनान से बात नहीं हो सकती थी।

मैंने दिल ही दिल में ताज्जुब किया। थोड़ा गुस्सा भी किया। क्या बेफ़िकरे लोग हैं। ऐसे बैठे बातें कर रहे हैं जैसे कुछ हुआ ही नहीं है।

दूर की मेज़ों का जायज़ा लिया। किचन के बराबर के गोशे में कई मेज़ें ख़ाली नज़र आईं।

---

1. लोग

हम दोनों उठकर किचन के बराबर वाले गोशे में जा बैठे। ये गोशा वाक़ई पुरअम्न था। बात इत्मीनान से हो सकती है। चाय का नया ऑर्डर दिया। फिर उसकी तरफ़ देखा, ''यहाँ बात हो सकती है।''

''हाँ, यहाँ बात इत्मीनान से हो सकती है।'' उसने इत्मीनान का इज़्हार करते हुए कहा।

''फिर, क्या ख़याल है तुम्हारा, अब क्या होगा ?''

इसी घड़ी दो शख़्स दाख़िल हुए और हमारे पास की मेज़ पर आकर बैठ गए। एक की नज़र हमारी मेज़ पर रखे 'ज़मीमा' पर पड़ी। ''अच्छा 'ज़मीमा' शाया हो गया है।'' उठकर क़रीब आया—''ज़रा देख सकता हूँ।''

''ज़रूर,'' ये कहते-कहते मैंने वो एक-वरक़ी अख़बार उठाकर उसके हवाले कर दिया।

'ज़मीमा' लेकर वो अपनी मेज़ पर जा बैठा और सामने फैलाकर पढ़ने लगा। थोड़े फ़ासले की मेज़ पर बैठे हुए एक शख़्स ने 'ज़मीमा' को ताड़ा। ''अच्छा 'ज़मीमा' आ गए...'' ये कहते हुए उठा और क़रीब आकर उस फैले वर्क़ पर झुक गया। उसने ये बात किसी क़दर ऊँची आवाज़ में कही थी। आस-पास भी कई मेज़ों पर जहाँ ये बात सुनी गई, कान खड़े हो गए। कई-एक उठकर आए और उस मेज़ के गिर्द खड़े हो गए। ''क्या कहता है, 'ज़मीमा'।''

इस्तफ़सारात[1], तब्सरे[2], कोई ताईदी[3] आवाज़, कोई इख़्तलाफ़ी नोट, कोई तास्सुब[4] भरा कलमा—फिर लहजा तुंदो-तेज़[5] होता गया। आवाज़ें ऊँची होती चली गईं।

हम दोनों चुप उधर देखते रहे। फिर वो बेचैनी से बोला, ''यार बहुत शोर है, यहाँ बैठकर तो बात करना बहुत मुश्किल है।''

''तो फिर निकलें यहाँ से।''

वहाँ से निकल खड़े हुए। सोचा कि क़ैफ़े दि पीस में फ़िज़ा पुरसकून होगी। मगर वहाँ क़दम रखा तो लगा कि शोर के समंदर में उतर गए हैं। फिर मुख़्तलिफ़ चायख़ानों में झाँका। हर जगह रश, हर जगह शोर।

''यार, बहुत शोर है।''

''समझ में नहीं आया कि आज इतना शोर क्यों है ?'' मैंने कहा।

''और रश देखो, लगता है कि सारा शहर चाय पीने और गप्पें मारने निकला हुआ है। लोग कितने बेफ़िकरे हैं।''

''इतना शोर, इतना रश ! इस शहर में तो हमारे लिए साँस लेना मुश्किल हो जाएगा।'' मैंने उसकी ताईद की।

''यार, ये शहर कितना ख़ामोश हुआ करता था, हम कितने इत्मीनान से इस सड़क पर चला करते थे।''

मैंने सड़क पर दूर तक नज़र दौड़ाई। बसें, मोटरें, टैक्सियाँ, रिक्शे और सबसे बढ़कर स्कूटर। एक तूफ़ान उठा हुआ था। शोर, अल्लाह तौबा। बस उस एक साइत

---

1. पूछताछ 2. टिप्पणियाँ 3. समर्थन की 4. आक्रोश 5. तीखा और तेज़

में जब हम एक ख़ामोश गोशे की तलाश में थे, अचानक हमें अहसास हुआ कि शहर में कितना हुजूम हो गया है, और शोर कितना बढ़ गया है।

अब शायद उसके यहाँ भी बात करने की ख़्वाहिश ज़ोर पकड़ गई थी। ख़ामोश गोशे की तलाश में जितना मैं सरगर्म था, उतना ही वो था। कहाँ-कहाँ पहुँचे और कहाँ-कहाँ से मायूस फिरे। और, बात करने की ख़्वाहिश थी कि बढ़ती जा रही थी। जैसे हमें बहुत अहम मसायल पर गुफ़्तगू करनी है।

"रेस्तराँ सब भरे हुए हैं, आओ चलो कंपनी बाग़ चलते हैं।"

हम उस पुरशोर शाहराह से गुज़रकर एक ख़ामोश रस्ते पर पड़ लिये। चार क़दम चलकर कंपनी बाग़ पहुँच गए। कंपनी बाग़ की फ़िज़ा में कितना सुकून, कितनी आसूदगी थी। जहाँ-तहाँ इक्का-दुक्का आदमी। कोई किसी रौश पर चहलक़दमी करता हुआ, कोई ख़ामोश किसी बेंच पर बैठा हुआ। हम भी एक पत्थर की बेंच पर बैठ गए। शोर का समंदर पार करके आए थे, सुस्ता रहे थे। क़रीब से एक जोड़ा गुज़रा। थोड़ा आगे चलकर नौजवान ने लड़की का हाथ थाम लिया।

दोनों दरख़्तों के साए में चलते-चलते एक घने पेड़ की ओट में गए और नज़रों से ओझल हो गए।

"तफ़्सीलात का पता नहीं चल रहा, बहुत कन्फ्यूज़न है," वो बड़बड़ाया।

पानी रे पानी तेरा रंग कैसा—दूर से आवाज़ आई।

आवाज़ क़रीब आती गई। एक नौजवान ट्रांजिस्टर हाथ में लटकाए चला आ रहा था। क़रीब ही घास के तख़्ते पर बैठ, ट्रांजिस्टर एक तरफ़ रख जूते के तस्में खोलने लगा। गाने ने हम दोनों को अपनी तरफ़ मुतवज्जो कर लिया। कान लगाकर सुनते रहे, सुनते रहे।

"ये लता थी ?"

"हाँ, और साथ में किशोर कुमार।" मैंने कहा।

मगर उसके बाद ट्रांजिस्टर की आवाज़ ऊँची होती चली गई। लता का एक गाना, दूसरा गाना, तीसरा गाना। फिर मटरगश्ती करते चंद नौजवान आए। क़रीब ही पास के एक तख़्ते पर उन्होंने भी डेरा डाल दिया। उनके पास टेपरिकार्डर था। उन्होंने अपनी पसंद के गाने सुनने शुरू कर दिए थे।

"यार, ये तो बहुत बोरियत है।"

"और इनकी पसंद कितनी बेहूदा है, वल्गर।" मुझे इस टोली पर सख़्त गुस्सा आ रहा था।

"हमें आज इस शहर में कहीं पनाह नहीं मिलेगी।"

"पता नहीं लोग गाना इतनी ऊँची आवाज़ में क्यों सुनते हैं।"

"धीमे से ग़ैरमुअस्सर[1] हो चुके हैं। शोर इतना है कि किसी को किसी की बात सुनाई नहीं देती। ऐसे में आदमी क्या बात करे !"

हम दोनों चुप हो गए। एक तरफ़ से ट्रांजिस्टर, दूसरी तरफ़ से टेपरिकार्डर। दाएँ

---

1. अप्रभावी

शोर, बाएँ शोर। हम बेज़ार होकर उठ खड़े हुए। मुख़्तलिफ़ रोशों पर चहलक़दमी की। शाम हो चुकी थी। बाग़ में सैलानियों का हुजूम बढ़ता जा रहा था। हम बाग़ से बाहर निकल आए।

"नहीं।"

"बी.बी.सी. सुनना चाहिए।" ये कहते-कहते वो शुरू हो गया। आख़िर दिमाग़ में तो वही बात अटकी हुई थी। बल्कि काँटा खटक रहा था। जब तक काँटा निकल नहीं जाता, हममें से किसी को चैन नहीं आ सकता था। काँटा अब निकलने लगा था। मगर उसी दम फिर पीछे क़दमों की आहट हुई। वो चुप हो गया। पीछे चलने वाला तेज़ क़दम चल रहा था। हमने अपनी रफ़्तार सुस्त कर दी। जल्दी ही वो आगे निकल गया। अब इत्मीनान से बात हो सकती थी। मगर ये सड़क ऐसी थी, शाम पड़े लोग चहलक़दमी करने इधर आते थे और जो साहब हमारे पीछे आ रहे थे वो इतने इत्मीनान से चल रहे थे कि हमारी रफ़्तार में सुस्ती आ जाने के बावजूद हमारे और उनके दरमियान फ़ासला पैदा नहीं हो सका।

"चलो फिर घर चलते हैं।" मैंने तजवीज़ पेश की।

"तुम तो अकेले ही रहते हो।"

"और क्या !"

"फिर चलते हैं। वहाँ इत्मीनान से बात करेंगे।"

पलट लिये। घर जाकर अपना कमरा खोला, "बैठो।"

बैठते हुए उसने एक नज़र इर्द-गिर्द डाली, "तुम्हारे पास रेडियो नहीं है ?"

"रेडियो, न ट्रांजिस्टर।"

"होता तो इस वक़्त बी.बी.सी. सुनते।"

"तुम्हारा ख़याल है कि बी.बी.सी. कुछ बताएगा।"

"बिलकुल बताएगा। वैसे आज अपना रेडियो भी सुनना चाहिए मगर तुमने तो ये खटराग रखा ही नहीं है, न रेडियो, न टीवी।"

"ऐसे खटराग बीवियाँ इकट्ठा किया करती हैं।" मैंने कहा।

"और बीवी बज़ाते-ख़ुद एक खटराग है।"

"इसीलिए तो पाला नहीं।"

"अच्छा किया, सुकून से हो," रुककर बोला, "मुझे लगता है कि तुम्हारे हमसाए[1] भी सब छड़े हैं।"

"कैसे जाना ?"

"यार, यहाँ ख़ामोशी बहुत है।"

"ये मुहल्ला नहीं है, फ़्लैट हैं। फ़्लैट में रहने वालों का पता नहीं चलता वरना मेरे दाएँ-बाएँ जितने फ़्लैट हैं, उनमें पूरे-पूरे ख़ानदान आबाद हैं।"

मैंने सोचा कि पहले कुछ चाय का ऐहतिमाम कर लेना चाहिए। चाय सामने रखी

---

1. साथी

हो तो बात इत्मीनान से होती है। दूध देखा, मौजूद था। चाय की पत्ती और चीनी तो रहती ही है। केतली में पानी भरा और हीटर पर रख दिया।

"यार तुम्हारे पड़ौस में कोई बच्चा भी नहीं है ?"

"अरे यार बहुत हैं।"

"आवाज़ तो कोई आ नहीं रही। किसी क़िस्म की कोई आवाज़ ही नहीं है।"

"मैंने कहा न कि ये फ़्लैट हैं। तुम मुहल्ले के हिसाब से मत देखो।"

मेरे जवाब ने उसे मुत्मइन नहीं किया। थोड़ा चुप रहकर बोला, "यार, बहुत सन्नाटा है। लगता है कि जंगल में आ गए हैं।"

मैंने कोई जवाब नहीं दिया। मेरा ध्यान सुनसुनाते पानी की तरफ़ था।

"ये तुम क्या कर रहे हो ?"

"चाय बना रहा हूँ। अभी तैयार होती है। फिर इत्मीनान से बातें करेंगे।"

"छोड़ो यार, वहाँ अपने ठिकाने पर चलकर चाय पीते हैं।" वो एकदम से उठ खड़ा हुआ, "यहाँ से तो मुझे वहशत होती है।"

मैंने उसे हैरत से देखा, "यहाँ इत्मीनान से बात हो सकती थी।"

"ठीक है...मगर," उसने कलाई पर बँधी घड़ी देखते हुए कहा, "यहाँ बैठ गए तो ख़बरों का वक़्त निकल जाएगा। अपने ठिकाने पर चलते हैं, वहाँ रेडियो है। ख़बरें भी सुनी जा सकेंगी।" रुका, बोला, "यहाँ तो लगता है, दुनिया से कटे बैठे हैं।"

वाक़ई इस कमरे में बंद होकर तो दुनिया से मेरा रिश्ता बिलकुल टूट जाता है। कुछ पता नहीं चलता कि बाहर दुनिया में क्या हो रहा है। असल में इस कमरे में कोई ऐसा दरीचा नहीं जहाँ से आसमान नज़र आता हो। आसमान नज़र न आए तो यही लगता है कि दुनिया से हमारा रिश्ता टूट गया है।

बाहर निकल खड़े हुए। सड़क ख़ाली थी।

"क्या बज गया है ?" उसने थोड़ा चौंककर कलाई पर बँधी घड़ी देखी, "कमाल है, आज इतनी जल्दी सन्नाटा हो गया !"

वाक़ई सन्नाटा था। कोई रिक्शा गुज़रती तो थोड़ा शोर होता मगर उसके गुज़र जाने के बाद ख़ामोशी और गहरी हो जाती। हमें अपने क़दमों की चाप सुनाई दे रही थी। हम आहिस्ता चलने लगे।

अपने ठिकाने पर पहुँचे। आज ये रेस्तराँ इतनी जल्दी ख़ाली हो गया ! अभी थोड़ी देर पहले हम इसे भरा छोड़कर गए थे। उस वक़्त शोर से कान पड़ी आवाज़ सुनाई नहीं दे रही थी। सिर्फ़ एक मेज़ पर दो शख़्स बैठे थे। थोड़ी देर में वो भी रुख़्सत हो गए। अब सिर्फ़ हम रह गए। चाय का ऑर्डर दिया।

"आज अभी से यहाँ उल्लू बोलने लगा।" वो बोला।

"अच्छा है, हुजूम में बात नहीं हो सकती।"

"हाँ, अच्छा ही है," फिर सोचकर बोला, "यार कन्फ्यूज़न बहुत है।"

"कन्फ्यूज़न पहले नहीं था ?"

''ठीक कहते हो, कन्फ़्यूज़न पहले भी था।'' फिर सोच में डूब गया, आख़िर ज़बान खोली, ''इसके पीछे क्या है, ये तो अच्छी तरह वाज़ेअ नहीं। मगर मेरा ख़याल है,'' वो चल पड़ा था कि इतने में चाय आ गई। चुप हो गया और चाय बनानी शुरू कर दी। चाय बनाते-बनाते बोला, ''यार, वो लड़की अच्छी थी।''

''लड़की, कौन-सी लड़की।''

''वही लड़की जो कंपनी बाग़ में नज़र आई थी।''

''अच्छा वो,'' और वो लड़की अपनी हरी-भरी गात और शादाब पिछाए के साथ तसव्वुर में फिर गई—''हाँ, अच्छी थी।''

जैसे हवा रुकी हो और अचानक एक ठंडा झोंका आ जाए, मुझे तो ऐसा ही लगा। वो भी बश्शाश[1] नज़र आ रहा था। फिर उसने उस ख़ुशगवार जिस्म के जुम्ला तफ़्सीलात[2] पर ग़ौर किया और तय किया कि लड़की वाक़ई अच्छी थी।

''यार,'' वो सोचते हुए बोला, ''लड़की तो हमारी ज़िंदगी से निकल ही गई।''

मैं हँस पड़ा—''आई कब थी ?''

''फिर भी,'' संजीदगी से बोला, ''आगे कम-अज़-कम इतनी वीरानी तो नहीं थी।''

मैं फिर हँस दिया, जवाब कोई नहीं दिया।

सोचकर बोला, ''वो नहीं दिखाई दी ?''

मैं चकराया, ''कौन ?''

''वही।''

अब मेरी समझ में आया कि किसे पूछ रहा है। तबीयत अफ़सुर्दा[3] हो गई, ''नहीं यार।''

''उसके बाद से नज़र ही नहीं आई ?''

''नहीं।''

''ताज्जुब है।''

मैंने ख़ुद उस बात पर उस वक़्त कितना ताज्जुब किया था। ताज्जुब और अफ़सोस करके फ़ारिग़ हो गया था। अब जो उसने इज़हारे-ताज्जुब किया तो मुझे फिर एक मर्तबा ताज्जुब हुआ कि वाक़ई ऐसी ओझल हुई कि फिर नज़र ही नहीं आई।

''यार, तुम्हारे साथ भी वही हुआ जो मेरे साथ हुआ था।''

''और जो हर शरीफ़ आदमी के साथ होता है,'' मैंने टुकड़ा लगाया।

हम दोनों ही अफ़सुर्दा हो गए। फिर न उसने कोई बात की, न मेरा बात करने को जी चाहा। चुप बैठे रहे और चाय पीते रहे । बी.बी.सी. की ख़बरों का वक़्त आया और निकल गया। रेडियो पाकिस्तान, ऑल इंडिया रेडियो—सब ख़बरों के वक़्त निकल गए।

''चलें यार।''

''हाँ, चलना चाहिए।''

हम चल खड़े हुए। वो अपने घर की तरफ़, मैं अपने घर की तरफ़।

---

1. ख़ुश 2. बारीकियों 3. उदास

सुबह के ख़ुशनसीब

हम लोग बीच जंगल में थे और गाड़ी रुकी खड़ी थी। कितनी मर्तबा गुमान हुआ कि गाड़ी अब चली, मगर नहीं चली। कितनी मर्तबा गाड़ी से बाहर बिखरे हुए मुसाफ़िर सीटी देते इंजन से इशारा लेकर लपक-झपक वापस अपनी-अपनी निशस्त[1] पर आए और दम साधकर बैठ गए कि कब गाड़ी हरकत में आती है। गाड़ी या तो हरकत में आई ही नहीं, आई तो बस इस क़दर कि पहिए मुश्किल से थोड़ा घूमे और डब्बों को थोड़ा झटका लगा, मगर पहिए पूरा चक्कर लेने से पहले ही रुक गए और गाड़ी एक थरथरी के बाद फिर साकित हो गई। मुसाफ़िर बैठे रहे—बैठे रहे। फिर किसी ने बेइत्मीनान होकर पहलू बदला। थोड़ा बेज़ार होकर उठ खड़ा हुआ। एक-एक फिर गाड़ी से उतरे और पटरी पर चहलक़दमी करने लगे। किसी ने पटरी को पार किया और दरख़्तों के साए में जा बैठा।

"अम्मी, गाड़ी क्यों नहीं चलती ?" बच्चे ने बोर होकर माँ से सवाल किया।

"चलेगी।"

"कब चलेगी ?"

"बस, अभी चलेगी।"

मगर वो कमसिन माँ से ये जवाब पहले भी सुन चुका था। बेदिली से उसने सुना और बाहर झाँकने लगा।

सामने की निशस्त पर बैठी हुई औरत ने गोद के बच्चे को पहले ख़ाली बातों से बहलाने की कोशिश की। जब वो न माना और सीने पर दस्तदराज़ी करने लगा तो उसने क़मीज़ का दामन उठाकर बच्चे का मुँह अंदर किया और दामन गिरा लिया। क़मीज़ का दामन उसने इतनी चाबुकदस्ती[2] से उठाया कि पेट के एक बेमा'नी से गोशे के सिवा कुछ नज़र नहीं आया। ख़ैर उससे इतना पता तो चल ही गया कि उस मलगजो लिबास के अंदर कितना रौशन बदन छुपा हुआ है।

मेरे बराबर की निशस्त पर बैठे हुए बड़े मियाँ जो बड़ी यकसूई[3] से अख़बार पढ़े चले जा रहे थे, बिल-आख़िर अख़बार पढ़ते-पढ़ते थक गए। अख़बार को एक तरफ़ रखा और बड़-बड़ाए, "बहुत देर हो गई। आख़िर गाड़ी क्यों नहीं चल रही ?"

"कोई क्रासिंग होना है।" क़रीब में बैठा हुआ ब्रीफ़केस वाला आदमी बोला।

---

1. जगह 2. कुशलता 3. एकाग्रता

"मेरे ख़याल में तेज़गाम आ रही है।" दूसरे ने टुकड़ा लगाया।

"तेज़गाम ?" ब्रीफ़केसवाले ने कलाई पर लगी ख़ूबसूरत घड़ी देखी, "तेज़गाम का तो ये वक़्त नहीं है।"

"फिर और कोई गाड़ी होगी।"

"हाँ, और कोई गाड़ी होगी। मगर बड़ी देर लगाई।"

"असल में पैसेंजर के साथ यही होता है। चींटी की चाल चलती है और क़दम-क़दम पर रुकती है।"

पैसेंजर ट्रेन की ख़राबियाँ अब उन पर खुल रही थीं। सवार होते वक़्त तो वो उन्हें किश्ती-ए-नूह नज़र आ रही थी। प्लेटफ़ॉर्म पर कितना हुजूम था, कितनी धक्कापेल के साथ वो गाड़ी में घुस रहे थे और सीट लेने के लिए एक-दूसरे पर गिर रहे थे। एक-दूसरे को धकेल रहे थे। एक-दूसरे से उलझ रहे थे। जो अंदर घुस आए थे, उनकी सरतोड़ कोशिश थी कि अब कोई अंदर न आए ! जो बाहर रह गए थे उनकी सरतोड़ कोशिश थी कि किसी तरह अंदर दाख़िल हो जाएँ। अंदर दाख़िल होनेवालों ने कितनी फ़ुर्ती से अपने डिब्बे के दरवाज़े बंद किए थे और बाद में आने वालों ने कितने ज़ोर के साथ दरवाज़े खुलवाए थे और सामने आने वालों को धक्का देते हुए बिस्तरों और बक्सों को फलाँगते हुए निशस्त की तलाश में बढ़े चले जा रहे थे। कितनी धींगामुश्ती के बाद कभी बैठने की और कभी महज़ खड़ा होने की जगह मयस्सर आई। फिर जब गाड़ी चली तो हम सवार हो जाने वालों ने अपने आपको कितना ख़ुशनसीब और पीछे रह जानेवालों को कितना बदनसीब जाना था। फिर यकायक पीछे रह जाने वालों के लिए हमारे यहाँ कितनी हमदर्दी का जज़्बा पैदा हो गया था। चलती हुई गाड़ी के साथ दौड़ते-दौड़ते अगर कोई हैंडल पकड़कर लटक गया तो किसी न किसी ने जल्दी से उसके लिए दरवाज़ा खोला और उसे अंदर आने की राह दे दी। फिर चलती हुई गाड़ी से हमने एक गूना इत्मीनान के साथ अपनी-अपनी खिड़की से बाहर झाँक के देखा। प्लेटफ़ॉर्म पर खड़े रह जाने वाले मुसाफ़िर कितने बेआसार और कितने क़ाबिले-रहम नज़र आ रहे थे।

अब पहिया उलटा घूमने लगा था। इस गाड़ी के मुसाफ़िर होने की बिना पर हम अपने आपको कितना बेआसरा, कितना क़ाबिले-रहम समझ रहे थे। वो जो गाड़ी में सवार न हो सके ? अच्छे रहे वो लोग जो इस गाड़ी में सवार होते-होते रह गए।

"मेरी सीट तो जहाज़ में बुक थी," ब्रीफ़केसवाला बोला, "लेकिन प्रोग्राम में तब्दीली की वजह से मुझे अपनी सीट कैंसिल करानी पड़ी। उसके बाद किसी फ़्लाइट में कोई सीट नहीं मिली। सोचा कि ट्रेन पकड़ी जाए। तेज़गाम, सुपर, किसी में सीट नहीं मिली। आख़िर को पैसेंजर में बैठना पड़ा।"

एक दफ़ा फिर मुसाफ़िर तेज़ी के साथ अंदर आए और अपनी-अपनी निशस्त पर आकर बैठ गए। असल में अभी-अभी इंजन ने सीटी दी थी।

"गाड़ी अब चलने वाली है।" कहने वाले के लहजे में दबी-दबी ख़ुशी का रंग शामिल था।

''वाक़ई ?''

''हाँ, बस चलनेवाली है, इंजन ने सीटी दे दी है।''

''अल्लाह तेरा शुक्र है।''

कमसिन लड़के ने झाँककर बाहर देखा, ''अम्मी देखो।''

''क्यों, क्या बात है ?''

''धुआँ,'' उसने उँगली से इशारा करते हुए कहा।

अम्मी ने बाहर झाँककर देखा। मैंने भी बाहर झाँका। वाक़ई इंजन ने अचानक कितने ज़ोर-शोर से धुआँ उगलना शुरू कर दिया था। सीटी ही से नहीं, उस धुएँ से भी शायद मुसाफ़िरों ने ये इशारा लिया था कि बस अब गाड़ी चल पड़ेगी। इंजन के मुँह से ऐसा काला धुआँ निकल रहा था कि लगता था कि कोई देर जाती है कि सारा जंगल काला हो जाएगा। चलती गाड़ी का इंजन जब धुआँ उगलता है तो उसकी बात और होती है। फ़िज़ा में कालौंस की एक लकीर खिंचती और मिटती चली जाती है। मगर जब खड़ा हुआ इंजन धुआँ उगलता है तो फ़िज़ा की पाकीज़गी के लिए ख़तरा बन जाता है।

इंजन ने धुआँ उगलते-उगलते एक दफ़ा फिर सीटी दी, इतनी तेज़ कि पूरे जंगल में गूँज गई। हम मुसाफ़िरों के दिल जैसे सीटी की आवाज़ से गरमा गए हों। वो जो एक बेज़ारी छाई हुई थी वो काफ़ूर हो गई। हम सभी मुस्तैद अपनी निशस्त पर बैठ गए। लग रहा था कि गाड़ी बस हरकत में आने ही वाली है।

बैठे रहे, बैठे रहे, पहियों ने बिलकुल पहले की तरह एक हल्की-सी जुंबिश की थी और उनसे एक तक़लीफ़-भरी आवाज़ भी पैदा हुई थी जैसे पहियों को गर्दिश करने में तक़लीफ़ हो रही हो। मगर फिर वही सकता। और अब तो धुएँ का ज़ोर भी कम होता जा रहा था। काले से भूरा हुआ और फिर बिलकुल ही मद्धम हो गया।

जब गाड़ी किसी तौर हरकत में न आई तो फिर वही बेज़ारी। बड़े मियाँ ने बोर होकर फिर अख़बार उठाया और पढ़ी हुई ख़बरों को पढ़ना शुरू कर दिया। सामने बेज़ार गोद में बच्चा फिर कुलबुलाया और औरत ने इस मर्तबा इतनी बेज़ारी और लापरवाही से क़मीज़ ऊपर उठाई कि दम-भर के लिए तो पेट के ऊपर का हरा-भरा मुंतक़ा[1] भी नुमायाँ हो गया।

''गाड़ी आज नहीं चलेगी।'' किसी ने बेज़ार होकर कहा।

''अम्मी गाड़ी नहीं चलेगी,'' कमसिन लड़के ने ख़ौफ़ज़दा होकर कहा।

''चलेगी बेटे।''

''कब चलेगी ?''

''बस थोड़ी देर में चलेगी।''

कमसिन लड़के ने बे-ऐतबारी से माँ का जवाब सुना और फिर बाहर देखना शुरू

---

1. हिस्सा

कर दिया।

"शाम हो रही है।" एक मुसाफ़िर ने बाहर झाँकते हुए कहा।

हाँ वाक़ई, वो वसी-ओ-अरीज़ मैदान और खेत जो अभी थोड़ी देर पहले तक धूप में चमक रहे थे, अब छाँव में आ चुके थे और छाँव फैलने के साथ-साथ जैसे उदासी फैलती जा रही थी।

"रात कहीं इस जंगल में न गुज़ारनी पड़ जाए।"

"इस जंगल का रास्ता तो दिन में भी महफ़ूज़ नहीं, रात गुज़ारनी पड़ी तो..." वो कहते-कहते रुक गया। मगर उसके तश्वीश-भरे लहजे ने सबकुछ कह दिया था।

बड़े मियाँ ने अख़बार से नज़रें उठाकर कहने वाले की सूरत देखी। फिर अख़बार एक तरफ़ डालकर मुँह ही मुँह में कोई आयत पढ़ी–"लाइलाह..." चुप हुए, फिर उन्होंने बोलने वालों की तरफ़ से मुँह फेरकर मुझे अपने ख़िताब के लिए चुना।

"बेटे, तुम कहाँ जा रहे हो ?"

"ये सवाल बेमुहूल[1] है।"

उन्होंने ग़ौर से मेरी सूरत देखी, "बेमुहूल कैसे है।"

"हममें से किसे कहाँ जाना है, ये तो बाद की बात है। पहली बात तो ये है कि हम यहाँ से कब निकल रहे हैं।"

"और निकल भी रहे हैं या नहीं," किसी क़रीब बैठे हुए ने टुकड़ा लगाया।

इसी घड़ी गार्ड अपनी सफ़ेद वर्दी में गुज़रता नज़र आया। एक मुसाफ़िर उसे देखकर फुर्ती से उठा और गाड़ी से उतर गया। थोड़ी देर बाद वापस आ गया। सबने उसे मुतजस्सिस[2] नज़रों से देखा।

"ये गार्ड था ?"

"हाँ।"

"क्या कहता है, गाड़ी क्यों नहीं चल रही ?"

"आगे गड़बड़ है।"

"मेरा ख़याल है," ब्रीफ़केसवाला बोला, "आगे कोई हादसा हो गया है। नहीं तो गाड़ी इतनी देर नहीं रुक सकती थी।"

"हुआ तो नहीं है, हो जाता।"

"अच्छा ?"

"और इसी गाड़ी के साथ हो जाता। वो तो बरवक़्त[3] पता चल गया।"

"अच्छा, क्या बात थी ?"

"आगे पटरी उखड़ी हुई थी।"

"फिर तो बच गए।"

"हाँ, यहाँ से निकल जाएँ तो फिर जानें।"

---

1. व्यर्थ 2. जिज्ञासु 3. वक़्त पर

हाँ वाक़ई, मैंने सोचा, पहले यहाँ से तो निकलें और इसी के साथ मुझे फिर उस घड़ी का ख़याल आया जब हम इस गाड़ी में सवार हुए थे। हम गाड़ी में बैठे लोग किस तरह एक अहसासे-तहफ़्फ़ुज़ के साथ उन पर तरस खा रहे थे जो पीछे रह गए थे। अब वो हम पर तरस खाएँगे। ख़ुशनसीबी और बदनसीबी का कितनी जल्दी तबादला हो गया। सुबह के ख़ुशनसीब शाम होते-होते बदनसीब बन चुके थे। अच्छे रहे वो लोग जो गाड़ी में सवार नहीं हो सके और एक वक़्ती बदक़िस्मती से गुज़रकर ख़ुशकिस्मत बन गए और हम...हाँ, और हम—मैंने इर्द-गिर्द नज़रें डालीं, शाम की छाँव बाहर से रेंग-रेंगकर अंदर आ गई थी। साथ ही उदासी भी जो शाम की छाँव की हमज़ाद है। डब्बे में अभी लाइटें नहीं जली थीं। अपनी-अपनी निशस्त पर चुपचाप बेहिसो-हरकत हुए सब आदमी साये दिखाई पड़ रहे थे।

बेसबब

बीवी ने उसकी तरफ़ ग़ौर से देखा, ''किस बात पर हँस रहे हो ?''

''मैं हँस रहा हूँ ? नहीं तो।'' वो सिटपिटा गया।

''लो, हँस ही नहीं रहे हो, बाँछें तो खिली जा रही हैं।'' रुकी, फिर बोली, ''कोई याद आ रहा है !''

''याद कौन आता !'' वो सिटपिटाकर चुप हो गया।

कई मर्तबा उसने कोशिश की कि बीवी इधर-उधर हो जाए तो दिल खोलकर हँसा जाए। मगर वो टस से मस नहीं हो रही थी। नाश्ते के बर्तन बावर्चीख़ाने में रखे और फ़ौरन ही वापस आ गई। रफ़्ता-रफ़्ता उसे यक़ीन आ गया कि घर में उसे हँसने की आज़ादी मयस्सर नहीं आ सकती। फिर कहाँ जाया जाए। घर से मायूस होकर उसने बाहर तसव्वुर दौड़ाया और ऐसे मुक़ामात को ध्यान में लाया जहाँ इत्मीनान से हँसने के इम्कानात[1] थे। असल में आज सुबह ही से उसका हँसने को जी चाह रहा था। दफ़्तर आज उसे देर से जाना था। ख़याल यही था कि घर में इत्मीनान से बैठेंगे और हँसेंगे। जब घर के अंदर हँसने के इम्कानात उसने मसदूद[2] देखे तो उठ खड़ा हुआ।

''तुम्हें तो दफ़्तर आज देर से जाना था।'' बीवी ने टोका।

''हाँ, मगर एक-दो काम बाहर के हैं। सोचा कि उन्हें निबटा लिया जाए। फिर उधर से उधर ही दफ़्तर चला जाऊँगा।''

''जा रहे हो तो बिजली का बिल भी अदा कर दो। परसों आख़िरी तारीख़ है।'' ये कहते-कहते बीवी उठी, अंदर गई और वापस आकर बिजली का बिल और रक़म उसके हवाले कर दी।

जब वो चलने लगा तो बीवी को फिर काम याद आ गया, ''अजी, मैंने कहा कि ख़ाला अम्माँ को मनीऑर्डर भी तो भेजना था। बिल अदा करो तो वहीं कहीं डाकख़ाने में मनीऑर्डर भी कर देना।'' और जल्दी से सौ का नोट अंदर से लाकर उसके हाथ में पकड़ा दिया।

घर से निकलकर उसने अपने आपको आज़ाद महसूस किया—'अब मैं इत्मीनान से हँस सकता हूँ।' स्कूटर स्टार्ट करते हुए हँसी उसके होंठों पर खेलने लगी थी कि

1. संभावनाएँ 2. सीमित

दफ़अतन ख़याल आया कि लोग उसे स्कूटर पर हँसता देखेंगे तो क्या कहेंगे। आदमी स्कूटर पर बैठा हो और हँस रहा हो, तो कितना अजीब सा लगता है। बस इस ख़याल के साथ उसने हँसी को मुल्तवी कर दिया।

बिजली के बिल की अदायगी के लिए बैंक पहुँचा तो काउंटर के सामने एक पूरी क़तार को पाया। वो भी क़तार में लग गया। क़तार में खड़ा रहा। बोर होता रहा। जैसे-तैसे बारी आई।

बिल अदा करके डाकख़ाने पहुँचा। मनीऑर्डर फ़ार्म लेकर उसे पुर किया। फ़ार्म पुर करते-करते काउंटर पर और कई मनीऑर्डर भेजनेवाले आ खड़े हुए। एक के बाद दूसरा। दूसरे के बाद तीसरा। वो सबसे पीछे था। सबसे बाद में उसकी बारी आई।

बैंक और डाकख़ाने ने उसे बहुत बोर कर दिया था। सोचा कि किसी ठंडे गोशे में बैठकर चाय पी जाए कि तबीयत बहाल हो। क़रीब ही रेस्तराँ था। उसमें दाख़िल हो गया। ठंडा पानी पिया, गर्म चाय का घूँट चढ़ाया, तब कहीं जाकर तबीयत बहाल हुई। तबीयत की बहाली के साथ हँसने की ख़्वाहिश ऊदकर आई। मगर फ़ौरन ही ख़याल आया कि आसपास की मेज़ से किसी ने उसे हँसते देखा तो क्या सोचेगा। यही कि इस आदमी का दिमाग़ चल गया है। उसने इर्द-गिर्द नज़र डाली। मेज़ें भरी हुई थीं। ये लंच का वक़्त था। सब खाने में मसरूफ़ थे। किसी चेहरे पर कोई हँसी नहीं थी। 'मुझे हँसने की फ़ुरसत है', उसने सोचा, 'मगर मैं अकेला हूँ।'

आदमी अकेला हो और हँस रहा हो तो ख़्वाहमख़्वाह शक होता है कि सनक गया है। तो हँसने के लिए दूसरे की शिरकत ज़रूरी है। 'ये अजब तरह की पाबंदी है,' उसने चिढ़कर सोचा।

सोचा, दफ़्तर चलना चाहिए। हँसने के लिए दफ़्तर से बेहतर कोई जगह नहीं हो सकती। वहाँ हँसने में शिरकत करने वाले आसानी से मयस्सर आ जाते हैं। दफ़्तरों में इन दिनों यही कुछ होता है, फ़ाइलों के ढेर लगते रहते हैं, दफ़्तरी वक़्त बातों में गुज़रता है—कभी सियासी मसायल पर बहस, कभी लतीफ़ाबाज़ी। फ़ारूक़ी को कितने लतीफ़े याद हैं। उसे बस बहाना चाहिए, शुरू हो जाएगा।

मगर दफ़्तर में पहुँचकर उसने और ही फ़िज़ा देखी। मसला ये ज़ेरे-बहस था कि फ़ारूक़ी की सीनियोरिटी को नज़रअंदाज़ करके अली अहमद को जो फ़ारूक़ी से जूनियर था, अगला ग्रेड दे दिया गया था। फ़ारूक़ी का मूड सख़्त ऑफ़ था।

एक बेज़ारी के साथ वो दफ़्तर से घर की तरफ़ चला। बस उसी बेज़ारी के आलम में उसके ज़ेहन में एक सवाल उठ खड़ा हुआ, कि आख़िर वो हँसना क्यों चाहता है। 'हाँ, आख़िर मैं हँसना क्यों चाहता हूँ ? लेकिन क्या हँसने के लिए किसी सबब का होना ज़रूरी है ?' उसे याद आया कि सुबह जब उसकी बीवी ने उससे पूछा था कि क्यों हँस रहे हो, उसे इस सवाल से कितनी घबराहट हुई थी। जिंदगी के हर मरहले में, हर फ़ैल[1] पर ये सवाल खड़ा करना कि क्यों कर रहे हो, कितनी फ़िज़ूल बात है,

---

1. कार्य

आदमी को कुछ काम ऐसे भी करने चाहिए जिनका कोई मक़सद न हो। 'तो मुझे अपने आपसे ये नहीं पूछना चाहिए कि मैं क्यों हँसना चाहता हूँ। बस हँसना चाहता हूँ। महज़ और सिर्फ़ हँसना, किसी वजह के बग़ैर, सबब और मक़सद के बग़ैर।'

उसने अपने इस इस्तदलाल से अपने आपको क़ायल कर लिया था। मगर दिल के अंदर एक चोर था कि दूसरों को वह कैसे क़ायल करेगा। दूसरे हँसने और रोने, दोनों की वजह पूछते हैं। तो दूसरों को वो किस तरह क़ायल करेगा। दूसरों को क़ायल करने की तदबीर सोचते-सोचते उसने इर्द-गिर्द का तसव्वुर किया, और हर तरफ़ उसे वो कुछ नज़र आया जिस पर सिर्फ़ हँसा ही जा सकता है। हँसने के लिए इर्द-गिर्द इतना सामान होते हुए कोई क्यों पूछे कि क्यों हँस रहे हो और क्यों बताने की ज़रूरत पेश आए कि हम किस वजह से हँस रहे हैं। उसे ताज्जुब हुआ कि फ़ीज़माना[1] हँसने का इतना वाफ़र[2] सामान मौजूद है, फिर भी हम कितना कम हँसते हैं। जैसे हमारे न हँसने से सूरते-हाल की मुज़हकाख़ेज़ी[3] जाती रहेगी।

घर पहुँचकर उसने हालात को बहुत साज़गार[4] पाया। अब नक़्शा सुबह से बिलकुल मुख़्तलिफ़ था। बीवी बावर्चीख़ाने में मसरूफ़ थी। रात के खाने की हँडिया ख़ासी देर से चढ़ाई गई थी। उसे इतनी फ़ुरसत ही नहीं थी कि उसके पास आकर बैठे। इस तनहाई को उसने बहुत ग़नीमत जाना। तनहाई भी कितनी ग़नीमत होती है। ऐसे में कि कोई देखने वाला न हो कि आप क्या कर रहे हैं, आदमी कितना आज़ाद महसूस करता है।

उसने यूँ ही रेडियो ऑन कर दिया। स्विच घुमाने लगा। कभी एक स्टेशन लगाया, कभी दूसरा स्टेशन। कोई ख़ास स्टेशन लगाना और सुनना मक़सूद नहीं था। वो तो बस तफ़रीहन स्विच घुमा रहा था। एक स्टेशन से ड्रामा नश्र हो रहा था। ड्रामा कॉमेडी की क़िस्म से था। कुछ देर उसने ड्रामा सुना और ख़ुश हुआ। फिर उसने स्विच घुमाया और दूसरा स्टेशन लग गया। यहाँ बच्चों की कहानी हो रही थी। सुननेवाले बच्चे बीच-बीच में खिलखिलाकर हँसते। फिर उसने स्विच घुमा दिया। एक और स्टेशन लग गया। कुछ गाने-बजाने का प्रोग्राम हो रहा था। गाने-बजाने वाली टोली पूरी तरंग में थी।

जो भी स्टेशन लग जाता, उसे यही अहसास होता कि वहाँ से ख़ुशी नश्र हो रही है। दुनिया में लोग कितने ख़ुश हैं। उसने दिल में कहा, 'हाँ, दुनिया में लोग कितने ख़ुश हैं।' वो बड़बड़ाया और उदास हो गया—बग़ैर सबब के।

---

1. हर ज़माने में 2. बहुत ज़्यादा 3. हास्यास्पदता 4. सुखद

क़िश्ती

बाहर मींह बरस रहा था, अंदर हिब्स[1] बहुत था। हिब्स से परेशान होकर किसी-किसी ने सिर बाहर निकाला, फिर फ़ौरन ही अंदर कर लिया।

"बारिश कुछ कम हुई ?"

"बिलकुल कम नहीं हुई। उसी शोर के साथ हुए चली जा रही है। ये बारिश है या क़यामत है ?"

"अंदर के हिब्स से तो बहरहाल बेहतर सूरत है।"

"कोई बेहतर सूरत नहीं। अंदर हिब्स, बाहर बारिश। आदमी आख़िर कहाँ जाए।"

"सब कुछ तो डूब गया, अब आख़िर बारिश क्यों हुए चली जा रही है !"

"हम जो बाक़ी रह गए हैं।"

"हाँ, बस हम ही रह गए हैं। मगर हम कितने, उँगलियों पर गिन लो। बाक़ी तो चरिंद-परिंद ही हैं।"

"हाँ, बाक़ी तो चरिंद-परिंद ही हैं, शायद इसलिए भी हिब्स बहुत हो गया है। जानवरों के दरमियान साँस लेना कितना मुश्किल होता है। पता नहीं कब तक हम इस तौर पर जानवरों के दरमियान बसर करते रहेंगे।"

"हाँ पता नहीं कब तक। बारिश तो रुकने का नाम ही नहीं ले रही। कितने दिन गुज़र गए कि इसी एक रफ़्तार से हुए चली जा रही है।"

"शुरू किस दिन हुई थी ?"

"किस दिन, हाँ कम-अज़-कम हिसाब तो करना चाहिए कि किस दिन शुरू हुई थी और अब कितने दिन हो गए।" सबने अपने-अपने तौर पर याद किया, पर किसी को याद न आया कि वो कौन-सा दिन था और कौन-सी तारीख़ थी जब बरसना शुरू हुआ था।

"इसका मतलब ये है कि हमें अब कुछ अंदाजा नहीं कि कितने दिन से सफ़र में हैं।"

हम कितने दिन से सफ़र में हैं—सब सोच में पड़ गए। कितने दिन से, कितने बरस से, कितनी सदियों से। बारिश और सफ़र में यही होता है। लगातार बरसे तो लगता है कि बरस-बरस से बरस रहा है, और बरस-बरस बरसेगा। सफ़र के बीच कोई पड़ाव

---

1. उमस

न आए तो यूँ महसूस होता है कि जनम-जनम से सफ़र में हैं।

"बहरहाल जिस दिन बारिश शुरू हुई है, उसी दिन हम घरों से निकले थे। सो अगर हममें से किसी को ये याद हो कि हमने किस रोज़ अपने घरों को छोड़ा था तो...।"

"घरों को ?"

घरों को छोड़ने के बाद ये पहला मौक़ा था कि घरों का नाम किसी के लब पर आया था—तो हमारे घर भी थे, ये सोचकर वो हैरान हुए और छोड़े हुए घर दफ़अतन उनके तसव्वुर में यूँ उभरे जैसे अभी-अभी वो उन्हें छोड़कर निकले हैं।

"काश, वो भी मेरे साथ सवार हो जाती। जाने अब किन पानियों में घिरी होगी।"

"वो कौन थी ?"

"वो जो ज़ीने से उतरते हुए सीढ़ियों के बीच मुझसे टकराई थी।" और वो सारा मंज़र उसकी आँखों में फिर गया। वो हिरनी जैसी आँखों वाली, कि अपने लबादे के अंदर दो पके फल लिये फिरती थी और जब उन सीढ़ियों से उतरते हुए उसने उसे थामा तो लगा कि दो गर्म धड़कते पोटे वाली कबूतरियाँ उसकी मुट्ठियों में आ गई हैं। दूसरे ही लमहे वो उसकी गिरफ़्त से आज़ाद थी और वहशी हिरनी-सी क़ुलाँचें भरती भागी चली जा रही थी। पर बाद उसके वहशत उस हिरनी की कम होती चली गई, हत्ता कि भरी दोपहरी में टीले के पीछे, खजूर तले वो उसके गर्म बोझ से ढहती चली गई।

ज़ीने, ड्योढ़ियाँ, आँगन, टेढ़ी-मेढ़ी राहें, टीले, फलों से लदे, परिंदों से भरे ऊँचे पेड़, एकदम से उन्हें कितना कुछ याद आ गया था।

"उन घरों को क्या याद करना जो ढह गए और बह गए।"

हाँ, ये तो उन्हें अभी तक ख़याल आया ही नहीं था कि जो पानी पहाड़ों की चोटियों से गुज़र रहा है, उसने उनके घरों को कहाँ छोड़ा होगा।

"मगर हम उन घरों को कैसे भूल जाएँ, कि हमने उन घरों में बैठकर उतरनेवाली दुलहिनों के लिए गीत गाए और गुज़रनेवालों के लिए गिरया[1] किया।"

तब सब आँखें डबडबाईं। फिर उन सबने मिलकर अपने घरों को याद किया और वो रोए।

"अजीज़ो, उन घरों की बरबादी मुक़द्दर हो चुकी थी।"

"वो कैसे ?"

तब गिलगामिश दोज़ानू हो बैठा और यूँ गोया हुआ कि, "हमसफ़रो, दीदा इबरत निगाह[2] रखते हो तो मुझे देखो कि मैं किन-किन पुरशोर समंदरों से गुज़रकर उस इक़्लीम[3] में पहुँचा जहाँ इतना पुश्तम इस्तराहत[4] करता था। मैंने फ़रियाद की कि ऐ इतना पुश्तम मैंने सुना था कि हरकत में बरकत है और सफ़र वसीला-ए-ज़फ़र[5] है, पर मुझ दरमांदा-राह[6] ने हरकत को बेबरकत पाया और सफ़र को लाहासिल जाना। जबकि

---

1. रोना 2. प्रेरक दृष्टि 3. द्वीप 4. आराम 5. कामयाबी का माध्यम 6. राह में थक जानेवाला

तू हयाते-जाविदानी[1] के मज़े लूटता है और इस बहिश्त-बुनियाद[2] इक़लीम में आराम करता है। ये सुख़न[3] सुन इतना पुश्तम ने ताम्मुल किया। फिर यूँ लबकुशा[4] हुआ कि ऐ तीरःबख़्त[5] मैं देखता हूँ कि रंजे-सफ़र ने तुझे हल्कान कर दिया है और अलम ने तेरे अंदर घर कर लिया है, सो तू घड़ी-भर के लिए दम ले, फिर मुदब[6] हो बैठ और गोशे-होश[7] से सुन कि क्योंकि मैंने हरकत में बरकत देखी और सफ़र को वसीला-ए-ज़फ़र जाना और इस राह हयाते-जाविदाँ पाई। मैंने अपना घर ढाया, फिर किश्ती बनाई। इस पर मैं हैरान हुआ, यूँ बोला कि ऐ बुज़ुर्ग, ये मैं क्या सुनता हूँ, कहीं कोई अपने हाथों से भी अपना घर ढाता है। इतना पुश्तम ये सुनकर अफ़सुर्दा[8] हुआ, फिर बोला कि मेरे खुदाबंद की मर्ज़ी यही थी। वो मेरे ख़्वाब में आया और ख़बर दी कि अनीलील गुस्से में है कि ज़मीन पर शोर बहुत हो गया है, कि ये शोर उसे सोने नहीं देता। सो इतना पुश्तम, तेरी आफ़ीयत[9] इसमें है कि अपना घर ढा दे और किश्ती तामीर कर, तो ऐ गिलगामिश घर अपना मैंने खुदावंद की मर्ज़ी से ढाया और किश्ती बनाई।''

तब उन्होंने सोचा और याद किया कि हुआ क्या था। हुआ यूँ कि ज़मीन आदमियों से भर गई, आदमियों से नीज़[10] जुल्म से। खुदावंद ने तो बस आदमियों को पैदा किया था, पर उसने आगे बेटियाँ पैदा कर डालीं और खुदावंद के बेटों ने इन बेटियों को ख़ूबसूरत पाया और अपनी जोरुएँ बना लिया और इन बेटियों ने जोरुएँ बनकर मज़ीद[11] बेटियाँ जनीं, कि मज़ीद खुदा के बेटे उन पर रीझे और उन्हें जोरुएँ बनाकर अपने घरों में लौटे। बस इस तौर ज़मीन आदमियों से भरती चली गई। आदमियों से नीज़ जुल्म से, और ऐसा हुआ कि खुदावंद पछताया और दिलगीर[12] हुआ और फिर यूँ बोला कि मैंने आदमज़ाद को भर पाया। सो मैं अब इनसान को जिसे मैंने ख़ल्क़[13] किया था, नाबूद[14] करूँगा कि ज़मीन बहुत बिगड़ गई है और जुल्म से भर गई है।

फिर इन्हीं बिगड़े हुओं के बीच एक नेक बंदा था कि खुदावंद के साथ चलता था और खुदावंद ने उससे कहा कि ऐ लमक के बेटे तुझे बचाऊँगा, सो तू ऐसा कर कि एक किश्ती बना और देख जब तूफान उठे तू हर ज़ीरूह[15] के एक जोड़े को साथ ले और किश्ती में बैठ जा और बन्दे ने वैसा ही किया जैसा उसके खुदावंद ने उससे कहा था।

पर वो बंदा भी जोरूवाला था और उस जोरू ने बेटे जने जिन्होंने बड़े होकर ख़ूबसूरत बेटियों को अपनी जोरू बनाया और वो जोरू शौहर को किश्ती बनाते देखती तो ठट्ठा करती और बेटों को जमा करके कहती कि तुम्हारे बाप ने ये क्या खटराग फैला रखी है कि दिन-भर और रात-भर लकड़ियाँ काट-काटकर कुछ बनाता रहता है।

ये ताने सुन-सुन लमक के बेटे नूह ने आख़िर ज़बान खोली और कहा कि ऐ मेरी ज़िंदगी की शरीक, डर उस दिन से कि तेरा गरम तंदूर ठंडा हो जाए और तू आकर मुझे तूफ़ान की ख़बर सुनाए और भोर भए मनुजी ये देख भौचक रह गए कि मछली

---

1. अनश्वर जीवन 2. स्वर्गोपम दीप 3. कथन 4. बोला 5. भाग्यहीन 6. सतर्कता से 7. होश के कोने से 8. उदास 9. खैरियत 10. और 11. और, इससे आगे 12. दुखी 13. रचना करना 14. नष्ट 15. प्राणी

बड़ी हो गई है और बासन छोटा रह गया है। कल ही तो स्नान करते समय उनके चुल्लू में ये मछली आ गई थी कि उस समय छिंगलिया उँगली के समान थी। वो उसे फेंकने लगे थे कि उसने दुहाई दी कि प्रभु शांति, मैं तुम्हारी शरण लेने आई हूँ कि मैं छोटी मछली हूँ और नदी-अंदर बड़ी मछलियों के बीच नहीं रह सकती कि बड़ी मछली छोटी मछली को खा जाती है। उन्होंने उसे अपनी शरण में ले लिया और एक कुंडे में जल भरकर उसे उसमें डाल दिया। पर अब वो देख रहे थे कि कुंडा छोटा रह गया है और मछली बड़ी हो गई है।

मनुजी ने मछली को कुंडे में से निकालकर घड़े में डाल दिया और पानी उसमें भर दिया। पर अगले दिन भोर भए जब मनुजी पूजा के लिए उठे तो देखा कि घड़ा छोटा रह गया है और मछली बड़ी हो गई है कि दुम उसकी घड़े से बाहर निकली हुई है। अब उन्हें और अचरज हुआ कि तनिक-सी मछली बढ़ते-बढ़ते इतनी बढ़ गई कि घड़े में नहीं समाती। मछली ने दुहाई दी कि प्रभु कृपा करो, घड़े में मेरा दम घुट रहा है।

मनुजी की कुटिया के बाहर एक जलकुंड था। उन्होंने मछली को घड़े में से निकालकर जलकुंड में डाल दिया और निश्‍चिंत हो गए। फिर अगले दिन उन्हें चिंता लग गई। जलकुंड छोटा रह गया था, मछली बड़ी हो गई थी कि पूँछ उसकी जलकुंड से बाहर निकली हुई थी। मछली ने फिर दुहाई दी कि प्रभु तुमने मुझे अपनी शरण में लिया है पर मुझे तुम्हारी शरण में चैन नहीं मिला। मनुजी ने ये सुनकर मछली को जलकुंड से निकाला और नगर के बाहर तलैया में खिसका दिया। कहा कि ले अब तू तलैया में तैर और चैन कर।

मनुजी मछली को तलैया में छोड़कर ऐसे आए जैसे सिर से बड़ा बोझ उतारकर आए हैं। उस रात वो चैन से सोए। पर जब तड़के में उनकी आँख खुली तो खुली की खुली रह गईं। मछली की पूँछ तलैया से निकल लंबी होते-होते उनके आँगन में आन फैली थी। वो झटपट उठे, तलैया पर गए। क्या देखा कि तलैया छोटी रह गई है, मछली बड़ी हो गई है। इतनी बड़ी कि तलैया के अंदर तो बस उसका मुँह था, बाकी धड़ और पूँछ, सब बाहर। मछली बोली कि हे प्रभु, तुम्हारी शरण में मैं तैरने और साँस लेने को तरसती हूँ।

मनुजी ने मछली को तलैया से निकाला, कमर पे लादा और चले गंगा नदी की ओर। वहाँ जाकर उन्होंने उसे नदी में छोड़ा और कहा कि हे री मछलिया, मैंने तुझे गंगा नदी की गोद में दिया। मैया की गोद में चाहे सिमट, चाहे फैल। पर वो अभी ये कहते थे कि मछली फैलने लगी। इतनी फैली कि गंगा मैया की गोद छोटी रह गई, मछली बड़ी हो गई।

मनुजी ये देख हक्का-बक्का रह गए। बोले कि अरी तू निराली मछली है कि फैलती ही जा रही है, जीने का नियम ये है कि जितनी चादर देखे, उतने पैर फैलाए। पर तेरे लच्छन ये हैं जितना जल देखती है, उससे ज़्यादा फैल जाती है। अच्छा अब तेरा उपाय यही है कि तुझे सागर की भेंट कर दूँ। ये कहकर उन्होंने मछली को गंगा की गोद से

लिया और कंधे पे लाद चले सागर की ओर।

सागर की ओर जाते हुए मनुजी को ध्यान की लहर बहाकर बीते समय में ले गई जब विष्णुजी बौने के रूप में प्रकट हुए थे। उन्होंने उस दुष्ट राजा से तीन डग धरती माँगी थी। उस मूर्ख ने सोचा कि बौने के तीन डगों में कितनी धरती जाती है, माँग मान लो। ये सोच उसने मान ली। पर विष्णुजी एकदम बौने से देव बन गए। उन्होंने तीन डग ऐसे भरे कि धरती और आकाश दोनों तीन डगों में समेट लिए। इस ध्यान ने मनुजी को चौंका दिया। एक संदेह के साथ उन्होंने मछली को देखा। पर तुरंत ध्यान की एक लहर और आई। जी में कहा कि उस समय तो धरती राक्षसों के चंगुल में थी जो विष्णु महाराज ने इस प्रकार जुल दिया और धरती को उनके चंगुल से निकाला। आज के दुष्ट ऐसे कौन से बड़े राक्षस हैं कि विष्णु महाराज ऐसा स्वाँग भरेंगे। उन्हें ये चाहें तो अभी चींटियों के समान मसल डालें।

बस यही सोचते-सोचते मनुजी सागर किनारे पहुँच गए। मछली को सागर में धकेला और कहा कि अब तू मेरा पिंड छोड़, इस विशाल सागर में जितना मन चाहे उतना फैल जा। वो ये कहते थे कि मछली फैलने लगी। फैलते-फैलते पूरे सागर पर छा गई।

मनुजी ने एक भय के साथ ये कुछ देखा। फिर श्रद्धा से उनका सिर झुक गया। दोनों हाथ जोड़कर आँखें मूँदकर खड़े हो गए और लगे कहने, प्रभु शांति, आवाज़ आई कि हे मनु, धरती अधर्मियों के हाथों अशांत है, पर तुझे शांति मिलेगी। सो तू नाव बना। जब सागर उमड़े और धरती डूबे, तू पंछियों-पक्षियों में से एक-एक जोड़ा संग ले और नाव में बैठ जा।

तब मनुजी बोले कि हे प्रभु, जब सागर उमड़ेगा तो मेरे हाथों की बनाई हुई बोदी नैया डूबेगी या तैरेगी ? आवाज़ आई कि हे मनु, तू उसे मेरी मूँछ के बाल से बाँध दीजियो। बोले कि बाँधूँगा। मेरे पास कोई रस्सी नहीं है। तुरंत एक साँप रस्सी समान लहरों में लहराया, हे मनु, ये रही रस्सी, इसी से नैया बाँध लीजियो।

तब ज़ौजा[1] हज़रत नूह की हज़रत के पास पहुँची। इस हाल से कि उसके हाथ आटे में सने हुए थे और होश उड़े हुए थे। ब-सद-तश्वीश[2] बोली, कि ऐ मेरे वाली, हमारा गर्म तंदूर ठंडा हो गया और पानी उसकी तह में से उबल रहा है। हज़रत ने ताम्मुल किया। फिर यूँ बोले कि देख रब्बुज़वाल जलाल[3] का दिन आन पहुँचा है, तू यूँ कर कि अपने जनों को इकट्ठा कर और किश्ती में सवार हो जा। इस पर वो जोरू यह बोली, कि मैं तंदूर पर तश्त[4] ढके देती हूँ, फिर पानी नहीं उबलेगा। ये कहकर वो दौड़ी हुई अंदर गई। तश्त उल्टा करके तंदूर पर ढका और ऊपर उसके बड़ा-सा पत्थर रख दिया। ये करके वो बाहर आई और अपने वाली से बोली कि देख मेरी तरकीब काम आई। पानी उबलना बंद हो गया। वो ये कहती थी कि पानी अँगनाई से निकलकर बाहर उमड़ने लगा। तश्त और पत्थर उसके बीच तैर रहे थे। उसी साइत बराबर के घर वाले की ज़ौजा हवासबाख़्ता[5] आई और चिल्लाई कि मेरे घर में तंदूर से फौवारा फूट रहा है,

---

1. पत्नी 2. बहुत अधिक अफ़सोस के साथ 3. ईश्वर का प्रकोप 4. परात 5. होश उड़े हुए

कि अँगनाई मेरी जल-थल हो गई। फिर मुख़्तलिफ़ घरों से बीवियाँ निकलीं, इस हाल से कि होश उनके उड़े हुए थे। हर एक के लब पर खब़र ये थी कि तंदूर उनके घर का गरम से ठंडा हुआ और पानी उससे उबलने लगा और सैलाब बाहर से उमड़े तो उसे रोका जा सकता है, मगर जब घर के अंदर से फूट पड़े तो क्योंकर उस पर बंध डाला जाए।

सो यूँ हुआ कि दम के दम में उस बस्ती के सब तंदूर ठंडे हो गए और वो ऐसा वक़्त था कि जब अभी-अभी घरवालियों ने अपने-अपने तंदूर गरम किए थे। हर तंदूर में अंगारे दहक रहे थे और रोटियाँ पककर गरम-गरम निकल रही थीं कि दफ़अतन एक तंदूर ठंडा हुआ। फिर दूसरा तंदूर ठंडा हुआ, फिर तीसरे तंदूर में आग बुझी और नमी पैदा हुई। फिर हल्का-हल्का पानी रिसने लगा। फिर जैसे तह फट गई हो। एक दम से पानी उबलने लगा। पानी तंदूरों से उबला, अँगनाइयों में उमड़ा और शाहराहों में फैला, और फिर बारिश शुरू हो गई, ऐसे जैसे आसमानों के सब दरीचे खुल गए हों। तब हज़रत नूह ने कहा कि बेशक ख़ुदावंद के क़हर का दिन आन पहुँचा है और हज़रत नूह ने किश्ती निकाली, सब जानवरों के जोड़ों को उसमें बिठाया और ज़ौज़ा से कहा कि ऐ मेरी ज़ौज़ा, देख क़हर की साइत आन पहुँची, तंदूर पर ढका हुआ तेरा तश्त पत्ते की मिसाल पानी में बह गया और आँगन तेरा पानी से भर गया। अब यूँ कर कि अपने जनों को इकट्ठा कर और किश्ती में सवार हो जा।

तिस पर वो ज़ौज़ा ये बोली कि ऐ मेरे वाली, इस घर में मैंने तेरे संग पाँच सौ से ऊपर बरस खींचे, दिन गुज़ारे, रातें बसर कीं। याद कर हम दोनों ने मिलकर इस घर में कितने दुख देखे और कितने सुख पाए, कितनी बार मैं बार-आवर[1] हुई, दूधों नहाई, पोतों-पड़ोतों की बहारें देखीं। सोच कि मैं क्योंकर इस घर को छोड़ूँ !

तब नूह ने फ़रमाया कि ऐ मेरी रफ़ीक़ा, ख़ानाहस्ती[2] बेबुनियाद है और घर कि आदम के बेटों ने बनाए, बोदे हैं, और वाए[3] ख़राबी मेरी कि मैंने घर बनाया बीच उन लोगों के जिनके ज़ुल्म से ज़मीन भर गई और टेढ़ी हो गई। सो ढहना इस घर का मुक़द्दर ठहरा। सो इससे पहले कि दीवारें इसकी बैठ जाएँ और छत इसकी आन पड़े, तू यहाँ से निकल और किश्ती में बैठ कि आज ज़मीनो-आसमान के बीच वही एक पनाहगाह है।

पर ज़ौज़ा उन हज़रत की ढीठ होकर यूँ बोली, कि अगर मेरा घर मुझे पनाह नहीं दे सकता तो फिर मुझे कहाँ पनाह मिलेगी।

तब हज़रत अपने बेटों से मुख़ातिब हुए और कहा कि ऐ मेरे बेटो, तुम्हारी माँ ने तो ज़मीन पकड़ी है और हलाक होने वालों में शामिल हो गई है, तुम बाप की सुनो और जल्द किश्ती में बैठ जाओ, मुबादा तुम भी नाफ़रमानों में शुमार किए जाओ और हलाकत[4] के घेरे में आ जाओ।

---

1. संतानवान होना 2. घर का अस्तित्व 3. हाय-हाय 4. मृत्यु

ये सुन सब बेटे किश्ती में सवार हुए, सिवाए बड़े बेटे किनआन के, कि उसने माँ की राह को अपनाया और बाप से कहा कि ऐ मेरे बाप, क्योंकर इस घर को जिसमें मेरी नाल गड़ी है छोड़कर और क्योंकर उस मिट्टी से जिसने मुझे रस और जस दिया है, मुँह मोड़कर इस किश्ती में सवार हो जाऊँ जिसमें तूने हर रंग का जिनावर जमा कर लिया है।

हज़रत ने बेटे की बात सुनकर कहा कि ऐ मेरे बेटे, देख ये क़हर का दिन है, सो इनसान और हैवान सब एक किश्ती में सवार हैं कि तूफ़ान बेईमान है और ज़िंदगी की ज़मानत इस किश्ती के सिवा कहीं नहीं है।

बेटा बोला कि ऐ मेरे बाप, तनहाई की मौत हुजूम के साथ ज़िंदा रहने से बेहतर है और घर के अंदर पानी में ग़र्क़ हो जाना अच्छा है, बनिस्बत इसके कि आदमी अजनबी पानियों में जानवरों के साथ बसर करे।

तब हज़रत नूह अपनी बीवी और अपने बेटे से मायूस हुए कि उन्होंने ज़मीन पकड़ी और नाफ़रमानों में शुमार हुए और तब किश्ती रवाँ हुई और हज़रत ने कि सलाम हो उन पर हमारा, मुड़कर बसदयास[1] उस घर की जानिब देखा जिसे वो छह सौ बरस तक रस-बसकर छोड़ रहे थे और उन्होंने देखा कि उनके बाप का बनाया हुआ बड़े फाटक वाला वो घर, कि कल तक शाद-आबाद था, अब उमड़ती मौजों के बीच ख़ाली ढंडार पड़ा था और उनकी ज़ौज़ा ने और उनके बेटे ने बरसते आसमान तले छत पर पनाह ली हुई थी। फिर यूँ हुआ कि वो घर आँखों से ओझल होता चला गया और पानी का ज़ोर बढ़ता चला गया।

मींह ऐसे बरसा जैसे आसमान के सब दरवाज़े और दरीचे चौपट खुल गए हों। मींह दिन बरसा। रात बरसा। दिन-दिन बरसा। लगातार बरसा कि दिन और रात का, सुबह और शाम का, दिन और दिन का फ़र्क़ मिटता चला गया और ज़मीन नज़रों से यूँ ओझल हुई जैसे कभी थी ही नहीं।

फिर यूँ हुआ कि कौवे को किश्ती के अंदर बैठे-बैठे बेकली हुई। उसने पर फड़फड़ाए और काँय-काँय करता बाहर उड़ गया। मगर चक्कर काटने के बाद वापस आ गया। और उसकी वापसी ऐलान थी कि अब कहीं ख़ुश्की नहीं है कि पंजे लगाए जा सकें।

फिर चूहों के जोड़े को बेकली हुई। उन्होंने पूरी किश्ती का चक्कर काटा कि कहीं कोई बिल मिले और वो उसमें सरक जाएँ पर उन्होंने किश्ती में कोई बिल न पाया। मगर बिल तो होना चाहिए कि वो उसमें सरक सकें। ये सोच उन्होंने किश्ती के पैंदे को कुतरना शुरू कर दिया। किश्ती के जानवरों ने ये देखा और हिरासाँ[2] हुए ये सोचकर कि मुबादा किश्ती में छेद हो जाए और उसमें पानी भर जाए और वो ग़र्क़ हो जाएँ। तब उन्होंने फ़रियाद की हज़रत नूह से और अफ़सोस किया हज़रत नूह ने कि वाए ख़राबी मेरी कि मैंने किश्ती में सवार किया चूहों को जिनका शेवा[3] ही ये है कि कुतरो

1. बहुत उदासी के साथ 2. परेशान 3. काम

और सूराख़ करो। हज़रत ने उन्हें इस फ़ैल[1] से बाज़ रहने की हिदायत की, मगर वो बाज़ न आए। तब हज़रत ने तंग आकर शेर के मुँह पर हाथ फेरा, कि हाथ फेरते ही निकली उसके नथुनों से एक बिल्ली कि झपटी चूहों पर और चट कर गई उन्हें दम के दम में।

तब किश्ती के सब जानवरों ने शादमानी[2] की और बिल्ली पर आफ़रीं[3] भेजी कि उसने उन्हें आने वाली तबाही से बचा लिया। फिर यूँ हुआ कि उसी साइत कबूतरी ने पर फड़फड़ाए और किश्ती से बाहर निकल उड़ गई और देखा उन्होंने कि मींह थम गया है और कबूतरी जैतून की पत्ती चोंच में दबाए वापस आ रही है और शादमान हुए ये सोचकर कि पानी उतरने लगा है और खुश्की नमूद करने लगी है, मगर फिर उन्होंने ये देखा कि ज्योंही वो जैतून की पत्ती समेत किश्ती में उतरी त्यों ही बिल्ली उस पर झपटी और उसे चट कर गई। ये क्या हुआ, उन्होंने देखा और दम-बखुद रह गए, साथ में जैतून की पत्ती, अजीब बात है।

''अब हम बीच पानियों में हैं और कोई ये बतानेवाला नहीं कि खुश्की कहाँ है।''

मींह बेशक थम गया था। बादल की गरज कितनी देर से सुनाई नहीं दी थी। मगर पानी की धार उसी शोर से गरज रही थी और ऊँचे पहाड़ों की चोटियों से गुज़र रही थी। किसी-किसी ने सिर निकालकर बाहर देखा, फिर फ़ौरन ही अंदर कर लिया, ''बहुत पानी है।''

अंदर हिब्स बहुत था और बिल्ली बैठी थी। बाहर पानी गरज रहा था और ज़मीनो-आसमान मिले नज़र आ रहे थे। ज़मीनो-आसमान और ज़मीनो-ज़मान। लगता था कि एक ज़माना हो गया उन्हें घरों से निकले हुए और एक ज़माना हो गया उन्हें पुरशोर पानियों के बीच डोलते हुए।

''क्या कभी वापस नहीं जा सकेंगे ?''

''कहाँ ?''

''अपने घरों को।''

अपने घरों को ? एक बार फिर उन्हें हैरानी ने आ लिया। एक बार फिर घरों की याद ने उन्हें ऐसे आ लिया जैसे कोई बड़ा झक्कड़ पेड़ों को आ ले और उन्हें हिला दे।

''अजीज़ो, कौन से घर ! बाहर झाँक के देखो, कोई बस्ती, कोई दीवारो-दर कहाँ दिखाई पड़ते हैं ! क्या तुमने गिलगामिश से नहीं सुना कि इतना पुश्तम ने घर ढहा कर किश्ती बनाई थी ?''

''इतना पुश्तम ने अच्छा नहीं किया।''

''हाँ, मगर इतना पुश्तम के खुदावंद की तो तसल्ली हो गई कि अब ज़मीन पर पानी के शोर के सिवा कोई शोर नहीं है कि उसकी नींद में ख़लल डाले।''

---

1. कृत्य 2. खुशी जाहिर करना 3. बधाई, धन्यवाद

मार्कंडेय ने बाहर झाँककर देखा। चारों ओर घोर अँधेरा। अँधेरा और सन्नाटा और जल की गरजती धारा। परमात्मा नींद में थी और अनंतनाग के फन फैले हुए थे, उसने सिर अंदर कर लिया—नारायण, नारायण। गहराव के ऊपर अँधेरा था और खुदावंद की रूह पानियों पर जुंबिश करती थी। पानी जिसका कोई ओर-छोर नहीं था। पानी की गरजती धार में अज़ल और अबद के डाँडे मिल जाते हैं और ज़मीन और ज़मान घुल-मिल जाते हैं। उन्हें कुछ याद नहीं था कि कब से घरों से निकले हुए हैं और कब से पुरशोर पानियों में बह रहे हैं तिनकों की तरह, और कौवा फिर बेकल हुआ। पर फड़फड़ाए। कौवा उड़ गया और लौटके नहीं आया। उन्होंने बाहर झाँक के देखा। मींह बेशक थम गया था, मगर पानी उसी तरह उमड़ा हुआ था और गरज रहा था। कौवे का दूर-दूर पता नहीं था।

"कौवा सयाना जानवर है, वो लौटकर नहीं आएगा।"

"ख़ैर, ये तो पता चल ही गया कि कहीं न कहीं खुश्की है सो हमारी किश्ती भी किसी न किसी किनारे जा ही लगेगी। सो ऐ हमारे रब्ब, हमें बरकत की जगह उतारियो और तहक़ीक[1] तो सबसे बेहतर उतारने वाला है।"

"हमसफ़रो, बरकत की जगह कहाँ है ? हम गहरे पानियों के बीच में हैं। और कोई ये बताने वाला नहीं कि खुश्की कहाँ है और बरकत की जगह कौन-सी है। हाँ अगर नूह हमारे बीच में होता तो..."

"नूह ?...नूह यहाँ नहीं है !"

"नहीं।"

सबने ख़ौफ़-भरी नज़रों से एक-दूसरे को देखा, आँखों ही आँखों में एक-दूसरे से पूछ रहे थे, नूह कहाँ है ! तब हातिमताई ने ज़बान खोली, और ये कलाम लब पर लाया कि, "ऐ हमसफ़रान अज़ीज़ ऐ अज़ीज़ान बातमीज़, सब्र का दामन हाथ से मत छोड़ो। देखते रहो कि पर्दा-ए-ग़ैब[2] से क्या नमूदार होता है। मुझे देखो कि मैंने भरी नदियों के बीच ऐसी किश्तियों में सफ़र किया है जिनका कोई खेवैया नहीं था। कान धरकर सुनो कि कोहेनिदा की मुहिम में मुझ पे क्या बीती। हैरानो-सरगर्दां चला जाता था कि एक पहाड़ बुलंद अजीमुश्शान नज़र आया। उसी की तरफ़ मुतवज्जो हुआ। तीन दिन के बाद उसके नीचे जा पहुँचा और जिस पत्थर को उठाकर देखा उसके तले लहू बहते पाया। फ़िक्र करता था कि कोई यहाँ नहीं है जिससे इसका अहवाल पूछूँ। फिर क्या देखता हूँ कि एक दरिया बड़े ज़ोरो-शोर से बह रहा है और उसका ओर-छोर भी नहीं मिलता। निहायत मुतफ़क्क़िर[3] हुआ। दिल में कहर कि या अल्लाह अब इससे क्योंकर पार उतरूँ। इतने में एक नाव पर नज़र पड़ी कि इधर ही चली आती है, जाना मैंने कि कोई मल्लाह लिये आता है। जब किनारे आ लगी तो उस पर किसी को न देखा। मुतआज्जुब[4] हुआ। फिर शुक्र खुदा का बजा लाकर सवार हो लिया। क्या देखता हूँ कि एक दस्तरख़्वान

1. सच 2. अदृष्ट के पर्दे से 3. चिंतित 4. आश्चर्यचकित

में कुछ लिपटा धरा है। भूखा तो था ही, फ़ौरन हाथ बढ़ाकर खोला तो दो गरम-गरम नान और कबाब। हैरान हुआ कि या अल्लाह ये गरम नान किस तंदूर से आए हैं। ध्यान आया कि शायद मल्लाह ने अपने वास्ते रखा हो, पराए का हक़ खाना ख़ूब नहीं। इतने में एक मछली ने दरिया से सिर निकालकर कहा कि ऐ हातिम, ये रोटियाँ और कबाब तेरा ही रिज़क है, शौक़ से खा, कुछ अंदेशा जी में न ला। ये कहकर ग़ोता मार खो गई। मैं हैरान कि किश्ती कौन लाया, कबाब-रोटी कौन धर गया, मछली कौन थी !''

''मछली ?'' सब चौंक पड़े। मछली तो उनके ध्यान से उतर ही गई थी।

मछली कौन थी ? हाँ, पहले तो मनुजी भौंचक रह गए थे, पर फिर उसी की मूँछ के बाल से उन्होंने नाव को बाँधा।

सबने बाहर झाँक के देखा। बाहर चारों ओर घोर अँधेरा और अँधियारा और गरजते जल की धारा। मानो भवसागर उमड़ा था। पर मछली का कहीं अता-पता नहीं था।

''मछली तो कहीं दिखाई नहीं दे रही।''

''मित्रो, उसे ढूँढ़ो, उसी के बाल से तो हम बँधे हुए हैं।''

सबने बाहर दूर तक देखा। बस लहराती रस्सी दिखाई पड़ी, मछली कहीं नहीं थी, ''मित्रो, रस्सी तो है कि साँप समान नाव के चारों ओर लहरा रही है, पर मछली नहीं है।''

''ये तो बहुत चिंता की बात है।''

सो चिंता ने उन्हें घेरा और संदेह ने आन पकड़ा। दूर-दूर की बात ध्यान में आई। पर गुत्थी न खुली। नाव डोल रही थी, और चारों ओर जल की धारा गरज रही थी।

नए अफ़सानानिगार के नाम

मेरे अज़ीज़, मेरे हरीफ़[1], नए अफ़सानानिगार बलराज मेनरा, नया अफ़साना तुम्हें मुबारक हो, मगर—

मुबाश मुनकिरे-ग़ालिब कि दर ज़माना-ए-तुस्त[2]

तुमने बाक़र मेहदी को बीच में डालकर मुझसे जवाबतलबी की है। तुम्हारे बयान के मुताबिक़ वो कहते हैं, "इंतज़ार हुसैन की दास्तान या कथा अलामती[3] और तजरीदी[4] अफ़साने के लिए बहुत बड़ा चैलेंज है।" अभी मैंने उनके रिसाले में उनका मज़मून पढ़ा है जिसमें उन्होंने अपना बयान दुहराया है और लिखा है, "नए अफ़साने का मुक़ाबला तरक़्क़ीपसंद अफ़साने से नहीं है बल्कि दास्तानवी कहानी से है जिसके नुमाइंदे इंतज़ार हुसैन हैं।"

तुम मुझसे बयाने-सफ़ाई चाहते हो। चलो मंज़ूर। मगर बाक़र मेहदी बीच में आन ही कूदे हैं तो मैं पहले उनसे ज़रा अपनी ज़बान का हिसाब साफ़ कर लूँ। उन्होंने पिछले दिनों मेरे अफ़साने 'कछुए' की ज़बान को संस्कृतआमेज़ हिंदी कहा था। इस बयान से अज़ीज़ की उर्दूफ़हमी का पता चला। यूँ मुझे उर्दू-हिंदी क़ज़िए[5] की फ़िज़ा से निकल आने के इतने ज़माने बाद हिंदी से कद[6] नहीं रही है। हिंदी लिखने में या हिंदी में लिखने में अब मुझे कोई क़बाहत[7] नज़र नहीं आती, मगर अफ़सोस कि मेरी इस ज़बान से आशनाई नहीं। वैसे संस्कृत न जानने का ज़्यादा अफ़सोस है। जितनी और जैसी कुछ जानता हूँ, उर्दू ही जानता हूँ। हाँ, ये है कि ईंधन लिखता हूँ हीज़म नहीं लिखता। भिड़ को भिड़ और ततैये को ततैया कहता हूँ, ज़म्बूर नहीं कहता। शुकर-सद-शुकर कि मैंने उर्दू जोश मलीहाबादी और एम. एम. राशिद से नहीं पढ़ी है और उर्दू की तारीख़ को राम बाबू सक्सेना की 'तारीखे़-अदब-उर्दू' से नहीं समझा है। उर्दू मैंने अपनी बस्ती की ख़लक़त[8] से सीखी है और मीर, मीराबाई, कबीर और नज़ीर से पढ़ी है और 'वैताल पच्चीसी' डॉक्टर ज्ञानचंद के इस इंतबाह[9] के बावजूद पढ़ी है कि इसकी ज़बान उर्दू नहीं है। मेरी बस्ती

---

1. दुश्मन 2. इनकार नहीं किया जा सकता कि ग़ालिब अपने जमाने की मानी हुई हस्ती थे। 3. प्रतीकात्मक 4. नए 5. विवाद, 6. दुर्भावना 7. बुराई 8. जनता 9. चेतावनी

की ख़लक़त कौसर[1] में धुली ज़बान नहीं बोलती थी, वो लखनऊ वाले बोलते होंगे। मैंने कभी कौसर में धुली ज़बान बोलने और लिखने की कोशिश नहीं की। मैं ज़बान को बहुत धोने और पाक करने का क़ायल नहीं। लखनऊ के पाकबाज़ों[2] ने इस चक्कर में उर्दू के कितने ज़िंदा लहजे और लफ़्ज़ों पर झाँवा फेर डाला और ज़बान की तारीख़ मुरत्तब[3] करने वालों ने कैसे-कैसे शायरों को उर्दू से हिंदी की तरफ़ धकेल दिया। बाक़र मेहदी ऐसी ही तारीखों पर पले हैं और जोश की मंज़ूमात[4] को पढ़कर बड़े हुए हैं। उन्हें 'कछुए' की ज़बान संस्कृतआमेज़ हिंदी ही नज़र आएगी।

असल में मुझे बाक़र मेहदी के अपने बारे में मुख़्तलिफ़ बयानात पढ़कर ये अंदेशा पैदा हो गया है कि वो अपने गूनागूँ[5] तअस्सुबात[6] के चक्कर में मुझे किसी एक खूँटे से बाँध देना चाहते हैं। मुझे ख़ूब अहसास है कि जब से हमारे अदब में तहरीक़ों[7] की वबा[8] फैली है, अदीब किसी एक खूँटे से बँधना ज़्यादा पसंद करते हैं। इसमें फ़रीक़ैन[9] को सहूलियत रहती है। बँधे हुओं को बग़ैर तगो-दो[10] के मशीन से कटा चारा मयस्सर आ जाता है। दुहने वाले आसानी से दूध दूह लेते हैं मगर मैं किसी तहरीक का डंगर नहीं, कोई नज़रियाती[11] जानवर नहीं। नज़रियों से मुझे दिलचस्पी हो सकती है। किसी मरग़ूब[12] नज़रिए की तब्लीग़[13] की ख़्वाहिश भी हो सकती है मगर इस ख़्वाहिश ने मुझे कभी इतना हैवान नहीं बनाया कि अफ़साने को प्रोपेगैंडे की सतह पर ले आने पर तुल जाऊँ। मैं अफ़साने में नज़रिए के कंधे पर बंदूक़ रखकर नहीं चलाता। मेरे लिए तज्रिबे की गुलेल बहुत है। अफ़साना इस हक़ीर[14] फ़क़ीर पर ख़यालाते-आलिया[15] की सूरत में नाज़िल[16] नहीं होता, वारदात बनकर गुज़रता है।

बाक़र मेहदी ने मुझे नए अफ़साने का तमग़ा अता नहीं किया, ठीक किया। मैं इस ऐज़ाज का मुस्तहक़ नहीं हूँ। मैं तो माक़ब्ल-तारीख़ ज़मानों में भटकता फिर रहा हूँ और उन बुज़ुर्गों से कहानी का फ़न सीखने की कोशिश कर रहा हूँ जिनका फ़िक्शन की तारीख़ में कोई ज़िक्र नहीं मिलता। ऐ नए अफ़सानानिगार, ऐ मेरे अज़ीज़, मुझे पता है कि नए अफ़सानानिगार के हिस्से में भी कुछ अज़ीयतें[17] आई हैं। ऐसा न होता तो नया अफ़साना कैसे वजूद में आता, उर्दू अफ़साना वही सन 36 वाली लकीर का फ़क़ीर बना रहता। अब भी कितने हैं जो उसी लकीर को पीटते जा रहे हैं, हालाँकि साँप निकल चुका है। मगर जो छोटी सी अज़ीयत इस फ़क़ीर के नसीब में लिखी गई है वो तुम्हें अता नहीं हुई यानी न मेनरा को, न सुरेंद्र प्रकाश को, न अपने

---

1. स्वर्ग में एक कुंड 2. पवित्रतावादियों 3. संपादित 4. काव्य-संग्रह 5. अधकचरे 6. पक्षपात 7. आंदोलनों 8. महामारी 9. लड़ने वालों 10. बिना किसी खास कोशिश 11. विचारधारात्मक 12. पसंदीदा, लोकप्रिय 13. प्रचार 14. तुच्छ 15. उच्च विचार 16. अवतरित 17. दुःख

पाकिस्तान के अनवर सज्जाद को। बस इस अज़ीयत ने मुझे काम का आदमी नहीं रहने दिया वरना मैं भी अफ़साने की नई तकनीकें सीखकर नया अफ़सानानिगार बनने की कोशिश करता। मैं अपनी मुसीबत में ज़मीनों और ज़मानों में आवारा फिरता हूँ। कितने दिनों अजुध्या और कर्बला के बीच मारा-मारा फिरता रहा, ये जानने के लिए कि जब भले आदमी अपनी बस्ती को छोड़ते हैं तो उन पर क्या बीतती है और खुद बस्ती पर क्या बीतती है।

इसी तरह आवारा फिरते-फिराते मैं महात्मा बुद्ध की जातकों में जा निकला और शशदर[1] रह गया कि या मेरे मौला, ये कौन-सी दुनिया-ए-वारदात है जहाँ आदमी अनगिनत ज़मानों में और अनगिनत क़ालिबों[2] में ज़िंदा-ओ-ताबिंदा है। बेकराँ वक़्त[3] में, रंगा-रंग पैकरों में फैली हुई बेकराँ इनसानी ज़ात। मैंने मुड़कर तुम्हारे नए ज़माने और नए आदमी को देखा। चह पदी चहपदी का शोरबा। आज मेरे कल दूसरा दिन। मैं अब अगर तुम्हारे नए ज़माने में वापस आया तो इस अफ़सोस के साथ वापस आऊँगा कि किस वसीओ-अरीज़ कायनात से निकलकर सितमज़दों के किस जहान में आ गया—

जिसमें कि एक बैज़ा-ए-मोर[4] आसमान है

अल्लाह अगर तौफ़ीक़ दे तो जातकों से ये शऊर पाकर आज के आदमी के कर्ब[5] को समझा तो जा सकता है, लेकिन मुझे तो अपनी मुसीबत पड़ी हुई है। मैं जातकों की क़ायनात में हैरान फिरता हूँ और सोचता हूँ कि क्या मेरे साथ भी ये जन्म-जन्म का क़िस्सा है। किस-किस जन्म में किस-किस बस्ती से निकला और कहाँ-कहाँ जाकर बसा। मगर मैं तो अपने पिछले जन्म भूल चुका हूँ। बस जहाँ-तहाँ से कोई वाक़िआ, कोई बात, कोई याद आ जाती है। मैंने एक कहानी 'आख़िरी आदमी' लिखी। यारों ने लान-तान की कि ये मा'ज़ीपरस्त किस मा'ज़ी में पहुँच गया। फिर कहा कि ये अशरफुल-मख्लूक़ात[6] की तज़्लील[7] की गई है। फिर कहा असल में अलामती कहानी है। फिर कहा कि 'आख़िरी आदमी' ये शख़्स ख़ुद है। ये आख़िरी बात मेरे दिल में घर कर गई। वाक़ई आख़िरी आदमी तो मैं ख़ुद हूँ। ये अलामती अफ़साना नहीं, जातक कहानी है। मेरी जन्म-कथा। ये उस ज़माने की बात है जब मैं बनी इसरायल में पैदा हुआ था और सब्त[8] के दिन मछलियों का शिकार किया करता था। मगर मुझे कुछ-कुछ याद पड़ता है कि मैंने सब्त के दिन मछलियों का शिकार करने के सिवा और जन्म में और पाप भी किए थे, सो मुझे हर जन्म में ख़्वार[9] होना पड़ा है। मैं उन सब ख़्वारियों को याद करना चाहता

---

1. स्तब्ध 2. साँचों 3. बेचैनी के वक़्त में 4. मयूर का अण्डा 5. पीड़ा 6. प्राणियों में सबसे श्रेष्ठ (मनुष्य) 7. बेइज़्ज़ती 8. शनिवार 9. अपमानित

हूँ, क्यों ? इसलिए कि मैं अपने को इकट्ठा देखना चाहता हूँ। उन सब ख़्वारियों को, अपनी सब मुस्ख़[1] शक्लों को यकजा[2] करके देखना चाहता हूँ कि मैं कुल मिलाकर क्या बनता हूँ ! काश, मुझे अगले-पिछले सब अपने ज़माने याद आ जाएँ। इस तरह जैसे हाथी के हाफ़िज़ा[3] में उसके पिछले जन्म मुनव्वर होते हैं। फिर मैं सीधे-सच्चे लफ़्ज़ों में कहानी लिखूँ कि जन्म-जन्म पहले की बात है कि बनारस नगरी के राजसिंहासन पर देवदत्त बैठा राज करता था और नर-नारी, पशु-पक्षी सब उसके अन्याय की चक्की में पिसते थे और मैं...

तो अगर बाक़र मेहदी को मेरी कहानी पर लेबल लगाने का ऐसा ही शौक है तो वो उसे 'जातक कहानी' कह सकते हैं। 'दास्तानवी कहानी' का नाम मेरे अफ़सानों के सिलसिले में किफ़ायत करता नज़र नहीं आता।

मेरी 'जातक कहानी' नए अफ़साने के ज़ैल[4] में आती है या नहीं आती, पुरानियों के ज़ैल में जाती है या किस ज़ैल में, ये मैंने कभी सोचा नहीं। हाँ, एक बात कहूँ। मुझे बाज़ नई लिखी हुई तहरीरें बहुत पुरानी-धुरानी नज़र आती हैं। बाज़ बहुत पुरानी तहरीरें नई लगती हैं। जब मैंने जातक कहानियाँ पढ़ीं तो लगा कि मैं बिलकुल नई तर्ज़ का फ़िक्शन पढ़ रहा हूँ। लारेंस ने इंजील को एक ज़ोलीदा[5] पेचीदा अज़ीम नावेल समझा था। मैंने महात्मा बुद्ध को नया अफ़सानानिगार जाना, जोयस, काफ़्का और कामू से अलग। मगर जब मैं तीस बरस पहले का नया उर्दू अफ़साना पढ़ता हूँ तो लगता है कि मैं किसी दक़ियानूसी ज़माने का अदब पढ़ रहा हूँ।

हाँ, एक अंदेशा है—मैं जातक कहानियाँ लिखूँ और आप कहें कि ये शख़्स अपने आपको दुहरा रहा है, हालाँकि ये तो है ही तकरार का अमल और क़ुर्तुल ऐन हैदर तो महात्मा बुद्ध की जातकों के बारे में आसानी से कह सकती हैं कि बुद्ध ने अपने आपको दुहराया बहुत है। मुझे कुल्लियाते-मीर पढ़ते हुए दूसरे ही दीवान में लगा था कि मीर साहब अपने आपको दुहरा रहे हैं। पता नहीं मशरिक़[6] वालों पर ये क्या खुदा की मार है कि अपने आपको दुहराते बहुत हैं। इन लोगों के अदब में ऐसे इर्तक़ाई मदारिज[7] नज़र नहीं आते जैसे मग़रिबी[8] अदब की तारीख़ में नज़र आते हैं। ख़ैर ये इल्मी बहस है जो मेरे बस की बात नहीं है। वापस अपनी खाल में आता हूँ। जब मैं 'कछुए' लिख रहा था तो मुझे ख़ूब अहसास था कि मैं इससे पहले की कहानी 'ज़र्द कुत्ता' लिख चुका हूँ। तुम पूछोगे फिर ये कहानी क्यों लिखी। पता नहीं। शायद ये वजह हो कि मुझे ये शक पैदा हो गया था कि ये आदमी की बुनियाद में ख़राबी का मामला नहीं है बल्कि जिस तहज़ीब[9] के

---

1. विकृत 2. एकत्रित 3. स्मृति 4. श्रेणी 5. अस्त-व्यस्त 6. पूरब 7. ऊँची (उन्नत) श्रेणी 8. पश्चिमी 9. सभ्यता-संस्कृति

सयाक़ो-सबाक़[1] में ये बात हुई, उस तहज़ीब की ता'मीर ही में ख़राबी की कोई सूरत मुज़्मर[2] थी कि उसके बत्न[3] से ज़र्द कुत्ता पैदा हो गया। इस तश्वीश में सोचा कि चलो किसी दूसरी तहज़ीब में चलकर देखते हैं कि वहाँ क्या होता है; तो मैं पीछे चला और ये देखना शुरू किया कि जब मैं बुद्धजी के संघ में था तो उनकी आँख बंद होने के बाद मैं क्या कर रहा था। अगर ख़ुदा मुझे तौफ़ीक़ दे तो मैं तहज़ीबों में लंबे सफ़र करूँ और देखूँ कि तहज़ीबें बोरिए से क़ालीन तक का सफ़र कैसे तय करती हैं। और, किस मोड़ पर ज़र्द कुत्ता नमूदार होता है और कैसे बुलंदियों में उड़ते-उड़ते डंडी दाँतों से सरकने लगती है।

बात से बात निकलकर कहाँ निकल गई। मुबादा बिलकुल बहक जाऊँ, वापस आता हूँ। हाँ, तो मैं कह ये रहा था कि मैं जातक कहानी लिखता हूँ। ये नई है या पुरानी, पता नहीं। इतना पता है कि सन् 36 की हक़ीक़तनिगारी वाली कहानी से इसका कोई नाता नहीं हो सकता कि जातक कहानी हक़ीक़त के उस महदूद तसव्वुर की नफ़ी है जिस पर मज़्कूरा[4] हक़ीक़तनिगारी की इमारत खड़ी है नीज़[5] उस इनसानदोस्ती की जो मज़्कूरा अफ़साने का तुर्रा-ए-इम्तियाज़[6] समझी जाती है। जातक कहानियाँ पढ़ने के बाद सन् 36 की इनसानदोस्ती मुझे फ़िरक़ापरस्ती नज़र आती है। जातकों में आदमी लोग कोई अलग फ़िरक़ा नहीं हैं। सब मख़्लूक़ात एक बिरादरी हैं।

तो अपनी जातक कहानी का हक़ीक़तनिगारी वाले अफ़साने से तो कोई नाता नहीं। अलामती अस्लूब[7] से क्या रिश्तेदारी है, मैं क्या बताऊँ। तुम ख़ुद बोलो, मगर बाक़र मेहदी कहते हैं कि मेरी कहानी से नया अफ़साना ख़तरे में पड़ गया है। वाक़ई ? मेरी कहानी नए अफ़साने के लिए चैलेंज है, पता नहीं। मैं तो ये जानता हूँ कि मेरी कहानी बिल-आख़िर मेरे ही लिए चैलेंज है।

मैं इतना कुछ कह चुकने के बाद और ही कुछ सोच रहा हूँ। भाई मेरे, ये नया और पुराना क्या होता है। माज़ी और हाल, गुज़रा हुआ ज़माना, और नया ज़माना, अहद-क़दीम और असरे-हाज़िर, ये कैसी तफ़रीक़[8] है ? यूँ वक़्त का फ़लसफ़ा मैं नहीं समझता। मगर एक भले आदमी मोरिस निकिल की किताब 'लिविंग टाइम' में (इससे ये नतीजा मत निकाल लेना कि मैंने ऐसी तफ़लसुफ़ो-फ़लसफ़[9] की किताबों को बिलइस्तियाब[10] पढ़ा है।) मैंने एक बात पढ़ी और जी को बहुत लगी कि ये सारी तारीख़ एक जीता-जागता आज है। ये सारी फ़िक्र इनसानियत के आज में साँस ले रही है। हमारा ये नन्हा सा आज जिसे हम तरक़्क़ी की मेराज[11] जानते हैं, ख़ुद आज का एक छोटा सा

1. हिसाब-किताब (ज्ञान की दौड़) 2. छिपी हुई 3. गर्भ 4. आलोच्य 5. और 6. छज्जा या किनार 7. शिल्प, शैली, आकार 8. विभाजन 9. हिकमत-दर्शन 10. मुकम्मल 11. उत्कर्ष

जुज़[1] है। यार, इसका मतलब तो ये हुआ कि हम मूर्खों ने अपने मूरखपन से आज को कल बना दिया है। पूरे आज में साँस लेने की हिम्मत जो नहीं रही। बस अपनी बिसात-भर छोटा-सा आज उसमें से तराश लेते हैं और उसमें छिपकर बैठ जाते हैं।

इस पर मुझे याद आया कि 48-49 के सालों में जब मैं अपनी छोड़ी हुई बस्ती को याद करके कहानियाँ लिख रहा था तो बुज़ुर्गों ने अफ़सोस किया कि ग़रीब नोस्टेल्जिया का मारा हुआ है, जैसे नोस्टेल्जिया कोई मर्ज़ होता है। होता होगा। मगर यारों ने मेरा जितना इलाज किया, उतना ही मर्ज़ बढ़ता गया। अपनी बस्ती के दिनों को याद करते-करते मैं उन दिनों को याद करने लगा जो मेरी पैदाइश से पहले जगमगाए थे और जिनका ज़िक्र मैंने अपनी नानी अम्माँ से सुना था। मर्ज़ और बढ़ा। उन दिनों की याद सताने लगी जो नानी अम्मा ने देखे थे। ये सब दिन मेरे लिए गुज़रे हुए कल थे मगर जाने किन चोर-रास्तों से मेरे तसव्वुर में दाख़िल हो रहे थे। होते-होते ऐसे बहुत से कल जो मुसलमानों के चौदह सौ बरसों में बिखरे हुए हैं, मेरे तसव्वुर में समा गए। फिर यूँ हुआ कि इस बर्रे-सग़ीर[2] के हज़ारों बरसों में से मुख़्तलिफ़ कल मेरे तसव्वुर में रचने लगे। और भी कल होंगे जो मेरे अंदर हैं, मगर मुझे उनका शऊर नहीं। सब दिन और सब ज़माने हमारे अंदर हैं। मगर हम अपनी तंगजर्फ़ी[3] से उन्हें मारकर उन्हें मा'ज़ी बना देते हैं और अपने अंदर दफ़्न कर देते हैं। हमारे अंदर एक बड़ा मदफ़्न[4] है जिसमें जाने कितने आज कल बनकर दबे पड़े हैं। मुझ पर सनक सवार है कि कहानी का मंत्र फूँक कर सोये हुए कलों को जगाओ और अपने इस नन्हे से जागते आज में समो लो। मगर फिर वही बात कि मैं न हाथी हूँ कि मुझे अपने सारे कल याद हों, न महात्मा बुद्ध हूँ कि सारे गुज़रे कलों को समेटकर एक जगमगाता आज बना लूँ। मगर चलो हसरत ही सही। इस हसरत का हक़ तो मुझसे मत छीनो।

जब मैं यूँ सोचता हूँ तो मुझे लगता है कि अलिफ़ लैला, आग का दरिया और कथासरित्सागर, तीनों मेरे ही ज़माने की किताबें हैं। सो जैसे मेरे हमअस्र[5] बलराज मेनरा, वैसे मेरे हमअस्र सोमदेव जी। सो मेरे भाई, ये तो नहीं हो सकता कि मैं तुम्हारी ख़ातिर और तुम्हारे तंग-से आज की ख़ातिर सोमदेवजी की हमअसरी से इनकार कर दूँ। आगे तुम सोचो।

—तुम्हारा और सोमदेवजी का हमअस्र

इंतज़ार हुसैन

●●●

5. अंश 6. प्रायद्वीप 7. संकीर्ण स्वभाव